日本民间故事

第二季

（日）**田中贡太郎** 等／著

谭春波／编译

天津出版传媒集团

天津人民出版社

图书在版编目（ＣＩＰ）数据

　日本民间故事 . 第二季 /（日）田中贡太郎等著；
谭春波编译 . -- 天津 : 天津人民出版社, 2017.9（2017.11重印）
　ISBN 978-7-201-12030-0

　Ⅰ. ①日… Ⅱ. ①田… ②谭… Ⅲ. ①民间故事 - 作
品集 - 日本 Ⅳ. ①I313.73

　中国版本图书馆 CIP 数据核字 (2017) 第 155860 号

日本民间故事　第二季
RIBENMINJIANGUSHI DIERJI

出　　　版　天津人民出版社
出 版 人　黄　沛
地　　　址　天津市和平区西康路 35 号康岳大厦
邮政编码　300051
邮购电话　（022）23332469
网　　　址　http://www.tjrmcbs.com
电子邮箱　tjrmcbs@126.com

责任编辑　刘子伯
装帧设计　新艺书文化

制版印刷　三河市华润印刷有限公司
开　　　本　710×1000 毫米　1/16
印　　　张　18.5
字　　　数　180 千字
版次印次　2017 年 9 月第 1 版　2017 年 11 月第 2 次印刷
定　　　价　36.00 元

目 录

尸体上的手

我还是小孩子的时候，喜欢听邻居老爷爷给我讲故事。老爷爷以前拜过一个师父，专门教他棍法，老爷爷也学有所成，棍子使得出神入化。仲夏之夜，老爷爷经常会脱掉他灰褐色的上衣，光着膀子，露几手给我看。我也跟着他学了几招，老爷爷还经常拿起棍子陪我练。他教我，使棍子要专门打对方的头和裤裆。

"一定要用力！用力！"老爷爷说。

看到我全神贯注地练着棍法，老爷爷会笑着夸我："是是是，就应该这样练！不错！"

老爷爷需要远行的时候就会随身携带一根装有暗器的竹竿。老爷爷的院子里放了很多杂物，他总是爱坐在院子里做些杂事。一天，他正在那儿编着麻绳，我缠着他讲故事，于是他给我讲了一个像是他亲身经历的故事，当然，这或许只是书上乱编的。

一天，一个旅游爱好者正沿着山中的小路往上攀爬。山很高，他抬起头看了看，山峦起伏，一座连着一座。到了傍晚，太阳都下山了，只能看到溪谷旁的晚霞很是漂亮。时值深秋，山中有了些许凉意，树叶枯黄，在枝头摇摇欲坠。虽然没有风，但是依旧有叶子从树梢落下。地上有很多绽开的栗子，深棕色发亮的栗子很吸引人。如果不是太晚，着急赶路，又或者说山不高的话，这位游人还是相当有兴致拾些栗子的。他很焦急，想尽快穿过这个山林，到达山另一头的村庄。

赶了这么久的路，天也要黑了，他筋疲力尽了，但是又不想休息。于是他继续爬着……爬着爬着，已经听不到溪流的声音了，原来他已经到了深山中，溪流离他很远了。

终于快要到达山顶了。但是随着太阳下山，光线越来越暗，山中很是冷清凄凉，时不时还传来几声鸟的怪叫，打破着山林的沉静。天越来越黑了，头顶上的星星都开始出来遛弯了。游人心里有点害怕，甚至有点绝望，这个地方前不着村后不着店的，特别尴尬，要是掉头回去，要走一里才能碰到人。实在没办法，他只能继续前进。

走了大概五六里后，路就平坦很多了，应该是到达山顶了。突然间，他看到了灯光！游人简直像是看到了救星，看到了希望，有灯光就意味着有人家，他可算有落脚点了！

这户人家住的是一幢木板房，很小，主人在炉子边烤火。游人难以抑制住欢快的心情走到木板房的门口，说："打扰一下，您好，我计划去山另一边的村庄，但是天黑了，不方便赶路了，请问今晚能不能在您的屋子里住一宿？"

"你好！你来得太巧了，我正好要下山一趟，但是家里没人帮忙照看，你能帮忙看一下家吗？"主人回答。

"愿意！"游人脱掉了自己的鞋子，穿过套廊，来到了屋子主人的旁边。主人立马拿起地炉旁的茶壶，倒茶给游人。看到热茶，游人才想起原来自己口干了。

"真的是太感激了！"游人立马对主人说了谢谢，便一口喝下了热茶。

"其实，就在傍晚的时候，我老婆生病过世了，我正准备下山去告诉村民，正苦恼着没人看着家。刚刚好，你来了。现在你好好在我家休息吧。"主人对游人说。

听到这个，游人真的是悔得肠子都青了，心想，真的是太不凑巧了，我怎么恰好碰上了这样的事儿呢！现在到了这个境地，他根本不好拒绝啊，如果拒绝，他就只能睡在山林里了。

虽说为难，游人还是得答应屋子的主人："好的。"说完，他不自觉地看了主人的背后。

主人的背后摆了一个屏风，是反摆的，还折过，透过屏风还能看到床上躺了一个人。估计那就是主人的老婆吧。

主人去了架子旁边，端来了一盘食物说："这个时候你应该还没吃饭吧，可惜我吃过了，就不能招呼你吃热饭热菜了。你吃点这个吧。这个团子是供奉完我老婆剩下的，你将就着吃点吧，实在是不好意思。"主人把盘子摆在了游人的面前，这个团子是用粟米制成的。

要是放在平时，游人肯定立马拿起来吃了，但是……这个家里有一个死人，而且这盘团子还是供奉死人后剩下的……游人真的是一点胃口都没有。

"您真的是太客气了！我已经吃过了，不饿。"

"哦，现在不饿，那等饿了的时候再吃吧。"主人信了他说的，说罢，主人去壁橱搬出一床被子和一个枕头，平平整整地摆在了游人旁边。

"你先休息一下吧，我还要往山下去一趟。"

游人跟主人道谢。于是，主人点燃了一个火把，换上草鞋就下山去了。游人看了看地炉上挂着的水壶，周围一片寂静，他坐在那儿立起耳朵听着外面的声音，特别是主人的脚步声。听着听着，主人的脚步声越来越小，直到最后听不到了。

游人不自觉地看向了尸体。

屋内没有电灯，照明只能靠地炉的火光。在忽明忽暗的火光照明下，尸体的情况还能看清楚。尸体的头朝着后头，从游人的视线来看，只能看到绑着头发的后脑勺。枕头旁有一盘团子，跟游人旁边的团子是一样的。想到这个，游人害怕得不敢看了，逼着自己看水壶，不看死尸。

突然，起风了。风吹得屋外传来怪声，很是吓人。游人觉得全身发冷，但是他又很快恢复了，心里对自己说："我好歹也是七尺男儿，大丈夫有什么好怕的！"于是，他将手置于腹上，努力使自己放松平静。但是他还是只敢盯着水壶，不敢继续看尸体。

但是，他又很好奇，总想看尸体。他总是告诉自己：不要看，不要看，不要看！可是他总是控制不住自己。游人又对自己说："不要怕！人都死了，有什么好怕的！"

他给自己壮了壮胆，可是，没办法，他脑海里还是会想着尸体。

因为没看到脸，游人开始想象尸体的脸。尸体应该是苍白的、毫无血色的吧，头发乱糟糟的……唉，不该想，不敢想。他闭上了眼，再次想让自己平静下来。

过了一会儿，他觉得自己调整好了，于是又睁开眼睛，不经意间，他又看了看尸体。

正在他看向尸体的时候，他看到，尸体的一只手动了！那只手惨白瘦弱，不但动了，还从尸体的脸旁边伸出来！还拿起了一个团子！还缩回去了！

这可真的是太吓人了！游人吓得脚软了，整个人要吓傻了，他跟跟跄跄地惊慌地爬到了外面的套廊。但是外面天黑了，伸手不见五指，他也不敢逃走，只能坐在套廊，又瞧了瞧尸体。

正在这时，游人感觉，有一只手在抓他右脚！他低头一看，那是一只长了毛的手，特别凉！这下就更吓人了，游人昏倒了。

"醒醒啊！喂！醒醒！你怎么躺这里了？"游人感觉有人在摇他，才敢睁开眼睛。叫醒他的人正是房子的主人和两个村民样子的男子。

"你这是怎么了？"主人问。

主人下山去通知回来后，一进门就发现游人晕倒在套廊，不像是睡着了。

"啊……"游人惊魂未定，全身发抖。

"别怕别怕，告诉我发生什么了，我们都在，你不要怕！"主人见游人很怕，便安慰道。

游人坐了起来。

"你们随我进屋吧，"主人进屋了，招呼跟来的两个男子一起进去，"快上来。"

游人花了好久才恢复过来，然后他移到了地炉的旁边。

"快告诉我，我离开后发生了什么？"主人关心地问道。

"有一只苍白瘦弱的手……从脸后面伸出来……伸出来……拿了一个团

子……”游人回忆着这可怕的事，然后用手指了指尸体。

主人好像明白了什么。

“天啊……实在太对不起您了。拿团子的应该是我的孩子。他不知道自己的妈妈已经走了，一定要跟着妈妈睡，我就让他睡那儿了。你不要怕！”说罢，他起身过去，掀开了被子。

原来真的有个孩子，他才四五岁，正睡在尸体的身上，手里还拿着团子呢。

“他没有吃团子……”主人很伤心。

但是，游人还是有点害怕。

“后来又遇到了什么吗？”主人又问他。

“后来我不敢坐在屋里了，于是到套廊去坐下，谁知看到一只冰凉的、长了毛的手抓着我的脚……”游人说。

主人尴尬地笑了笑，然后走向套廊，掀开了套廊上的席子说：“看，就是它们抓了你的脚。”

游人好奇地过去看——原来，席子下有十几只猴子，这会儿正好被主人弄醒了，在那儿“喳喳喳”地叫着，很是热闹。

排在厕所前的人

她常常会来这家旅馆给客人献艺，但是在这里过夜还是头一遭。真没想到，这家白天热闹非凡的旅馆夜深人静的时候竟让人觉得凉飕飕的，四下里静悄悄的，一个人都没有。不过也难怪，现在毕竟是三更半夜，除了旅馆的服务员，哪里会还有人在外边走着呢？但她实在是非得去厕所不可，她想着要是有服务员能正好路过，陪着她一块儿去厕所该多好。不过她的希望应该是要落空了，因为这个旅馆的服务员也不会在半夜三更来打扰住客。于是，她只好硬着头皮，摸索着走下阁楼的梯子，往厕所的方向去。

这家旅馆位于东京近郊的一座山上，是一家颇具历史的旅馆了，建筑风格都很老气，不过使用的木材倒是坚固得很，可见建造者的用心。不过，毕竟是一家略显落后于时代的旅馆，就连路上的路灯发出的光都显得十分昏暗。要到厕所去，还得经过一个套廊，再拐过一个短短的走廊。她白天的时候曾经路过那个短短的走廊，走廊下边还有一条清水沟，旁边都是石菖蒲。这走廊要走到尽头了，看到一道竹子做的围屏之后才能到厕所。厕所旁边还设了洗手池，墙上镶着一面大镜子，她一想到半夜三更看到那么大一面镜子，就有些毛骨悚然。

于是她一到厕所那儿，就赶紧冲了进去。结果，她发现，厕所里边还有两个人在等着。这个厕所一共有三个单间，现在就有两个人在外边等着，看来里边还有三个人。她想着，这大半夜的，还有那么多人要上厕所啊。她走到那两人后边等着，反正等着也没事做，于是她就开始偷偷打量前边的两个人。前面是一男一女，男的穿着深蓝色的短上衣，女的则梳着银杏发髻，两人看上去都很年轻，看样子似乎是这家旅馆的厨子和服务员。

她等啊等啊，里头的人就是不出来。她感觉有些不耐烦了，又不好意思问，最后实在受不了，只好决定先回房间，问问一起来的客人，旅馆哪里还有其他的厕所。于是，她走回了房间去，客人这会儿正在抽着烟，一脸的惬意，看到她回来，便打了声招呼："你上完厕所啦？"

她气鼓鼓地坐下，说道："哪有！我到那里排了好久，里边的人就是不出来。反正我是没耐心等下去了，那里还有一个厨子和服务员在等着呢。"

这时，客人一下子就收了笑意，正色说道："你说你在厕所那里看到了一个厨子和一个服务员？"

"对啊，应该是这家旅馆的员工吧……怎么了？"

"的确是这里的员工，不过……我也要去厕所，你跟我来就知道了。"

"可是这会儿可能还在排着队呢。"

"不会的，相信我，跟我来就是。"

说着，客人又点了另一支烟，接着拉着她一起走了出去。他们走到厕所那儿一看，果然如客人所说，里边已经没人在等了。于是他们两人上了厕所以后，又一起回到房间去。她感觉有些奇怪，但客人似乎并不想提这件事，于是她也就什么都没问。

第二天一早，两人一块儿离开了旅馆，坐车回到了客人家去。一到客人家里，客人便笑着问她说："你知道你昨晚碰到的那两人是什么来路吗？"

她感觉有些奇怪，不假思索地回答道："不就是一个厨子和一个服务员吗？还能是什么来路？"

"他们啊，"客人顿了顿，接着说道，"是那家旅馆的幽灵啊。"

"啊？"她顿时瞠目结舌，不知说什么好。

"都怪我没跟你说这事，其实你第一次去的时候，直接进去就好了，他们也不会管你的。"

"你早知道这些事了？"她惊讶地说道。

"是啊，我都跟他们见过好多次啦。"

第二天晚上，有三个记者请了她去喝酒。大家边喝边聊，十分开心。聊了一些身边的日常趣事以后，其中一个记者说道："最近大家有没有听说什么奇闻怪事呢？"她一听这话，立马得意地说道："我正好前一天碰上了一桩灵异事件呢。"

于是，她就把前一天在旅馆的灵异经历从头到尾说了一遍，末了还加上一句："当时我就挨在他们后头呀！现在想起来还觉得有些后怕呢！"

"是那家山顶的 A 旅馆吗？"其中一个记者问道。

"对呀！你也见过吗？"

"这倒是没有，只是有所耳闻，真是一个厨子和一个服务员吗？"

"没错！绝对是，我亲眼看到的！"她露出了十分得意的神情。

父亲的无名指

我最近认识了一个医生，下面这个故事就是他亲身经历的。

我父亲是入赘到我母亲家中来的，他原先是一名小学老师。他和我母亲结婚的时候，内务省才刚刚开始规定医生要持证上岗，在这个制度里，凡是从前家里行医的人家，都能获得内务省颁发的行医执照，也不需要再去考。我母亲家是医生世家，外祖父就是一个医生，在我外祖父去世后，我父亲不得不转行做了医生，继承执照。

我七岁的时候，父亲就不幸去世了，所以我对他并没有太多的印象。在我仅存的一些和他有关的记忆里，他总是一副和蔼可亲的样子，对待病人也很好。他留着一撮红褐色的胡子，不时会露出落寞的表情。我父亲对我很是疼爱，把我视为珍宝，总担心我会不小心磕着或是碰着。我老家那里有个习惯，会把小宝宝称为"伢子"，但是等到我长到五六岁的时候，我父亲还是用"伢子"来称呼我。因此母亲也常常会用这件事来取笑他："我看你是改不了这个口了，指不定孩子成年了，你还是这么叫他。"

所以说，我父亲就是一个性情温顺的好人，他对待我母亲也是恭恭敬敬的。不过也可能是因为他是入赘，但我觉得主要还是因为他生性如此。他不仅性格温顺，还有些胆小怕事，如果来的是受了外伤的病人，尤其是那种要动手术的外伤，他就会略微显得有些惊惶失措，常常在给病者看完伤情后，已经是一副煞白的面孔了。

母亲曾经跟我说过，有一回，一个腰上长了瘤子的病人来求医。这样情况下，只能开刀才行，那个患者看着我父亲拿手术刀的手不停地在颤抖，还得宽慰他说："大夫，你就尽管放心地切吧，这点疼我还是能忍的。"

我父亲过世之后，家里的亲戚就一直在张罗着给母亲找一个上门女婿，一来是因为我母亲当时确实还年轻，二来也是因为家里的医生执照要有人继承才行。可我母亲并不领情，把亲戚们的好意都一一回绝了。过了几年，医生执照可以继承的这一制度也被国家废除了，亲戚们都惋惜，因为我母亲若是在我父亲过世之后再嫁，家里的医生执照好歹还能用几年的。不过因为我家里也算是有些家底的，就算没有医生执照，我们也能解决温饱问题，所以亲戚们也就不再管给母亲招入赘男人这回事了。

我八岁那年，母亲生了重病，现在想想，我母亲当时的症状和伤寒很相似。她就一直发着高烧，病情也丝毫没有好转的样子。家里的亲戚给她找来了一个叫山田的医生，这医生给我母亲诊疗之后，认定她命不久矣。山田医生给我母亲开了一些药以后就走，亲戚则商量着轮流换人照顾我母亲。大家都知道医生几乎给我母亲判了死刑，但又不知道该怎么办，就只能让她在家静养，因此亲戚们也不会在家里大声说话，就只会在隔壁房间说些悄悄话，不时还唉声叹气，整个屋子里都笼罩着一层阴影。我当时虽然还小，但也可以从亲戚悲切的眼神、哀叹的语气中了解到家里确实遭遇了大事。我有时候在我母亲的房间里，坐在她身边看着她，偷偷地抹眼泪，有时候我会去亲戚身边，偷偷听他们谈论我母亲的病情。

有一天晚上，天气特别闷热。我走到我母亲的房间里，发现居然没有一个人在看护着，这实在很奇怪。但我没有去找人，而是悄悄地走到我母亲旁边，坐下来陪伴她。这时候，我听到了有人走进来，木屐鞋踏在地板上发出的声音越来越近，嗒嗒嗒……不一会儿，一个医生模样的人走了进来，还提着一个小药箱。他走到母亲的另一侧，坐了下来，伸出手放在母亲的额头上，我看着他雪白的手，有些发愣——这绝对不是山田医生。然后他转向我的方向，说："我昨天来的时候，都没看到你。"

我有些吃惊，因为这声音实在太耳熟了，当然也绝对不是山田医生的声音。我愣愣地看着他，但是灯光太暗了，看不清长相，只能看出他是个皮肤白皙的男子，嘴边还有一圈胡须。

"唉，这病确实不好治啊。不过我这次带来了特效药，一定能治好她的。"那医生说道。

这时候我母亲醒了，她半睁着眼睛，意识还有些模糊的样子，说道："山田医生给我开了药……我要吃山田医生开的药……"

我当时想着，这医生看起来是个好人，说不定他带来的药还真能让我母亲起死回生呢。于是，我就劝母亲说："娘亲，这个医生也是一片好意，再说山田医生的药都吃这么久了，为什么不换一个医生试试看呢？"

然而我母亲还是摇头拒绝道："不行的，我都已经在吃山田医生开的药了……不能随便吃其他医生开的药……"我母亲是个生性要强的人，甚至有些固执己见。

我当时就有点生气了，埋怨道："您这是在固执什么呀……"

那医生倒也不生气，默默地把药箱拿出来，打开，从里边拿出了一管药，望着我说道："那我先把药放在这里了，你记得给她吃，这药吃了以后她就会好起来了。"接着，他把那管药轻轻抖了抖，倒在一张纸片上。

我静静地看着他做着这一系列的事情，我的眼光突然落在了他的无名指上，他的无名指有些弯——我父亲的无名指也是这样的。我突然感觉到一切都是那么熟悉，那么亲切。

"是父亲，是父亲来给母亲送药了！"我惊呼道，但是我当时的惊呼是因为和父亲久别重逢，并没有意识到他已经过世的这一事实。

没一会儿，他就把药弄好了，放在了母亲的枕头边，对我说："我先走了，你记得给你母亲喂药啊。"

我点了点头，然后他就走了出去。我拿起那包药，打开来看，就只是很平常的药粉。然后，我拿着药粉对母亲说道："母亲，先把这药吃了吧。"我母亲这回倒是不抗拒了，我就把药粉倒进了她口里，并且端过水杯给她送服。她喝完了以后，好像恢复了意识，问我道："你怎么在这儿呢？"

我回答说："我来看您，刚才父亲给您送药来了，您刚才吃下的就是那服药。"

第二天天快亮的时候，我母亲就退烧了，亲戚们纷纷喜极而泣，当天晚上，我母亲就说想吃东西了。两天后，我母亲的病就完全好了。我便告诉亲戚们说是吃了父亲送来的药，母亲才好起来的。大家都觉得很神奇，那天晚上其实有三个亲戚就在隔壁屋，但是他们完全没听到我所说的木屐声音，也没听到任何动静。不过大家都相信是我父亲救了我母亲，因为她也跟大家说，她那天晚上梦到了我父亲来探望她。

从长崎打来的电话

这天下午，京都西阵的一家商店里，好不容易闲下来的老板开始吃午饭。不过他才刚吃了一会儿，电话又响了起来，他只得站起身来去接电话。但电话那边传来的却是一个熟悉而又亲切的声音："喂，一郎在吗？"

老板回答道："我是，您是？"

"我是次郎啊！我刚回国。"

老板一听立马就激动起来，次郎就是他的亲弟弟，到中国去做生意，已经好些年没见到了，他马上追问道："你到哪里了，什么时候到家呢？"

只听次郎回答说："我现在在长崎的一家旅馆里。也不知道什么时候能回家去，我生病了……"

老板连忙说："你怎么了？还好吧？要不要我去接你呀？"

电话那边只说了一句"嗯"就突然挂断了，老板连"喂"了几声都没回音。虽然不知道弟弟现在是什么状况，但是感觉不太好，老板一想到这里就坐立难安。他想着反正他也知道弟弟住的旅馆名，而且弟弟也说了同意他去接，看来要把店里的生意先放一放，到长崎去了。于是，他便对旁边的掌柜说道："我弟弟从中国回来了，现在在长崎呢。刚才电话就是他给我打的，说他病了，让我去接他回来。这几天生意就要拜托你啦。"

结果掌柜一听老板的话，竟被吓得面无血色，半天才说了句话："长崎……长崎能打电话的吗……"

这一年是 1910 年，那时候长崎还不能给京都拨打长途电话。老板这才回过神来，连忙打电话去电话局问问情况，结果让他大吃一惊：长崎和京都之间确实还没通长途电话，并且刚才根本没有电话打到他家里来。他把查到的结果和掌柜一说，掌柜的脸色更加惨白了，因为他确实也听到了电话铃响。老板左思右想，实在不放心，还是决定去一趟长崎。于是他马上收拾些简单行李就动身去了火车站，到了长崎之后，他马上赶往了弟弟所说的那个旅馆。弟弟果然在那家旅馆里，不过已经断气了。给他治疗的医生告诉老板次郎的确切死亡时间，老板一听又惊讶了：那个时间正好就是他接到次郎电话的时间。

两个月后，田岛金次郎先生到京都来，便去了喜多村禄郎先生家里做客。当时，还有一个医生也在喜多村禄郎先生家里做客，于是他给在场的人讲了这个故事，故事的主角就是他的好朋友。这人素来是个做事严谨的人，这样的事情绝对不可能是他胡编乱造出来的。

失去母亲的孩子

在明治初年的时候，那会儿在东京的街上还能看到很多人力车，这些人力车的车夫通常背后都画着武士的图样，这些车夫通常都要从早忙到晚。他们其中有一人，妻子刚刚过世，留下了一个刚满三岁的孩子。这个车夫必须要出去拉车才能养活自己和孩子，而他又不放心幼子一个人在家，于是他出去拉车的时候，都会把孩子拜托给邻居照看。

有一天晚上，车夫迟迟没有回来。但是这天照看孩子的邻居手头也有一些事情要忙，他想着估计一会儿车夫就回来了，于是他对孩子说："你爹差不多该回家了，我先把你送回家去等着吧。"

然后邻居就把孩子送回了家，还给他点上了油灯。

然而，车夫一直都没有回来。独自在家的孩子便开始哭泣，一开始只是小声地啜泣，接着就变成了号啕大哭。声音传到了邻居家，邻居便感觉到有些内疚，心想不应该自己图方便就把孩子单独留在家里的，因此他准备起身去把孩子带回自己家里来。就在他正准备出门的时候，孩子的哭声没有了，取而代之的是嬉笑声。邻居听着孩子开心的笑声，便猜测应该是车夫正好回家来了。不过奇怪的是，车夫回来的时候，都会伴随着空车"嘎吱嘎吱"的声音，而且通常车夫还会到邻居家里来道谢。他左思右想，怎么都觉得在车夫家里哄孩子的那个人不可能是车夫。

为了探一探究竟，他还是决定去车夫家一趟，于是他便走出了门。这时候，恰好碰到车夫拉着车回来了，经过邻居家门口看到他时，还停了下来特地道谢，然后回自己家去了。

这就说明孩子刚才确实是自己一个人在家的，那他怎么会被哄得笑嘻嘻的呢？难道他是自己在逗自己吗？邻居想来想去还是觉得这其中有蹊跷。有一天，车夫又把孩子寄托在他家的时候，他便问孩子："前两天我把你送回家的时候，你爹还没回家，你还记得吗？"

孩子点了点头。他接着问道："那你怎么哭着哭着就笑了呀？"

"因为我娘来陪我玩了呀。"孩子歪着头回答道。

邻居顿时被吓出了一身冷汗，他战战兢兢地问道："你看到你娘回来了？"

"嗯。当时我等我爹等了好久，他都没回来，我就哭了。我一哭，我娘就来了。她把我抱在怀里哄我，还给我喂奶喝呢。"

邻居一听这话，赶紧拉起孩子的手，带他回到自己家，然后问他："你看到你娘是从哪里来的吗？"

"呐，就在那里。"孩子指着一个方向，邻居顺着他手指看去——那是车夫平时放车的地方。

借法衣的年轻人

　　这个故事发生的地点我不太记得了，可能是在东京的千住，也可能是在琦玉的熊谷。但是有一点可以确定的是，这是在一座尼姑庵里发生的事情。尼姑庵附近的村里有个年轻人，常常会到庵里来做客。有一天，庵主突然发现年轻人已经有好一阵子没来了，她感觉有些不对劲，于是她打算找个机会问问和年轻人同村的人，年轻人身上发生了什么事情。

　　结果没过几天，庵主还没找到可以问的人，年轻人倒是自己上门来了。

　　"哎呀，你终于来了……我说好一阵子都没见你了，还有些担心呢。"

　　年轻人笑了笑，说："我这段时间生了病，身体一直不太舒服，也不方便走动。"

　　"这样啊，"庵主看了看年轻人的脸，觉得他确实脸色很难看，便关切地问道，"那现在呢？好些了吗？"

　　"好多了，"年轻人回答道，但声音听起来还是有气无力，他接着说道，"其实我这次来，是想向您借一样东西……"

　　"如果我能借你的话，自然会借给你的，你想要借什么东西呀？"

　　"是这样的，我想借您的法衣一用。"

　　庵主听了感觉有些莫名奇妙，于是便问："可以倒是可以，可是你要借法衣做什么呢？"

"不会用来做什么坏事的，你就先借给我吧。"

年轻人说得很诚恳，似乎有难言之隐。庵主也不好再继续追问下去，便回到里屋去取了法衣来给年轻人，年轻人一番道谢之后，便离开了。

过了一会儿，庵主经过大门时，发现自己的法衣被放在了大门口。她感到十分奇怪，明明刚才年轻人来求她给自己法衣，怎么这么一会儿就把法衣丢在大门口了呢？难道是他拿了法衣回去之后，又发现没用了，然后又给拿回来丢在门口了吗？这也太失礼了吧！但是这个年轻人是个有教养的人，不会做这种事情才对，庵主百思不得其解。

正当庵主满腹狐疑的时候，年轻人家里派来了一个使者，告诉庵主，年轻人之前患了重病，已经卧床多日，就在昨天去世了。庵主十分吃惊，原来她刚才见到的是年轻人的鬼魂。

但是年轻人为什么要来找她借法衣呢？为了解开疑惑，庵主决定到年轻人家里去一趟，顺便吊唁年轻人。

她来到年轻人家里，找到年轻人的母亲，和她说了这件事。母亲边哭边说道："我也不知道那孩子为什么非得去借法衣……他最后这几天总是把衣服弄脏，我们就总是给他换，实在没衣服穿了，就只能先给他穿了女人的睡衣将就着……他可讨厌穿女人的睡衣了……"

灯笼

　　这个故事是一个来我家里做客的学生讲给我听的，是他本人的亲身经历。

　　到了八月中的时候，通常很多人就会回老家去，有一些经济宽裕的人就会去山上或是海边度假，当然也有留在东京的人。这些留在东京的人呢，要么是穷，要么是懒，要么就是因为有想勾搭的女服务员，还有一种，就是像我这样嗜酒如命的。

　　自然，像我这样的人，通常身边也有一群酒友。有一回，我和其中一个朋友约去本乡三丁目的一个酒吧喝酒。我俩坐下不久，酒吧又进来了两个人，我一看，嘿，居然是我们的熟人，于是就招呼他们过来一起喝酒聊天。

　　我们边喝边聊，越聊越起劲，这时候其中一个朋友提议说："唉，不如我们也出去玩两天？"

　　每个人都有了兴趣，于是一拍即合，当下马上就离开了酒吧，各自回去收拾行李，不一会儿就到电车站会合了，接着我们就踏上了去东京站的电车。

　　其实我们之所以这么冲动，是跟其中一个朋友讲的奇遇有关。这个朋友姓山本，他在巢湖那里租了一间房住。每次他从自己住的地方到电车站去的时候，都要经过一条小路，而这条小路通常都没什么人经过，显得特别冷清。小路的左边是围着寺院的篱笆，右边则是一堵围墙。寺院的篱笆上有一盏电灯，为了避免附近淘气的孩子搞破坏，所以这盏灯的外边还专门围了一圈铁丝网。电灯的旁边种着一棵橡树，这棵橡树的枝叶相当茂盛，几乎都要把电灯遮住了，风一吹，枝叶在灯光下摇曳的影子不停地变化着，特别有意思，所以山本每回经过这里的时候，都要看一眼。前几天，我们也出去喝了一回酒，还喝到了很晚，山本回家的时候还差点没赶上末班车。他下车之后就往家赶，经过那个路灯的时候，他又下意识地抬头看了一下。

不看不要紧，他就看了一眼，差点没把自己吓坏——那路灯居然在旋转！他以为是自己喝多了，都出现幻觉了，可是定睛一看，那路灯又和平时一样了。可他又觉得那不像是幻觉，可能是因为树叶晃动所以才让他产生了这种错觉，可是他一看旁边的树叶，一点动静都没有。他百思不得其解，不过也不打算追究，于是准备继续赶路，可是这时候，他突然又看到那电灯旋转了起来！而且这次他十分确定自己不是看错了，那电灯确确实实在旋转着。山本吓得撒腿就跑，一直回到家才放下心来。第二天，他就收拾好行李，先搬到森川町的朋友那里去寄住一段时间。

然而，在他讲完这个让他心有余悸的故事以后，我们这伙人却萌发了去夜游的念头。

电车到东京站的时候是晚上九点，这时候正好有一趟去往神户方向的火车准备发车，于是我们又搭上了那趟火车。两个多小时后，我们就到达了我们目的地的车站，不过从车站到计划去的那个海岸还有几里路。那个海岸有一家叫十垣的旅馆，我们中正好有一个人对那里很熟悉，他跟我们说，虽然旅馆不会为了他留空房，但是他们总会想办法让我们住一晚上的。

于是，我们几个酒友又在车站附近买了一些啤酒，喝完之后就开始往那家旅馆的方向走去。那天晚上没有月亮，四周黑漆漆的，天本来就有些闷热，再加上不时吹来的海风也是温热的，这让我们感觉很不舒服，没走几步路，大家就都出了一身臭汗。

走到河边的时候，我们都感觉到有些累了。有个朋友直接往地上一躺，大声宣布说："我不走了，我们就睡在这儿吧！"我们剩下的三个人面面相觑，虽说天气确实闷热，但直接这么露宿在外头还是不行的。不过因为我们确实也都累了，于是决定先坐下来歇一歇再继续走。然而，我们还没坐一会儿，就被嗡嗡的蚊子声弄得心烦气躁了。

"走吧走吧！太多蚊子了，简直受不了，再这么待下去，我就算不被弄疯了也要被蚊子吸干了。"

然后，我们又继续朝着目的地走去。先是经过了河上的小桥，过了这座小桥之后就看到有一片松树林，还有一处水稻田。在这个漆黑的夜晚里，蛙叫声、虫鸣声不绝于耳，倒也没觉得那么死气沉沉了。不过因为大家也都累了，所以也不继续说话了，只是闷着头一个劲地往前走。那时候，我有种异样的感觉，好像周围的气温也降了不少，因为我身上的汗都没了，甚至有点凉飕飕的。

而且，我认为不只是我一个人有那种奇怪的感觉，因为我们中有人提议大家伙轮流唱歌，不过似乎没人有这个兴致，不一会儿我们又都不说话了。

我们就一直这么默不作声地赶着路，渐渐地，连蛙声、虫鸣之类的声音都没有了，只剩下我们的鞋和地面摩擦的声音。

我越走越觉得有些怪怪的，那种奇怪的感觉越来越强烈，如影随形，简直就像有什么我们看不见的东西一直在跟着我们似的——不过也有可能是因为我们正好听过山本那个故事。

又走了半里路之后，我们就走出了松树林。路的左边有一座沙丘，这沙丘的边上还有着牵牛花之类的花花草草。接着，我们看到路的远处有一团火光，大伙便开始议论纷纷。

"咦？有光呢，那里是有一处人家吗？"

"看着更像是一个灯笼吧。"

"那儿是有人把灯笼挂在那里了？"

当我们又走近火光一些的时候，我们终于看到了火光的真面目——那确实是一个灯笼，而且还有一个人在那里，灯笼就是他提着的，他正朝着我们的方向走来。

要知道，赶了这么长时间夜路的我们，能在这种地方看到火光是一件多么值得雀跃的事情。不过，奇怪的是，这人为什么会和我们一样大半夜还在外边走着呢？莫非也是想出来夜游的人吗？

"居然还有人和我们一样，这个时间还游荡在外头……"

"嘿，估计跟我们一样，也是一个嗜酒如命的家伙，估计喝到这会儿才想起回家吧？"

"说不定人家只是去海水浴场办事，到现在才往回走呢？也说不定他要去火车站有急事呢？"

大家又你一言我一语地开始猜测着。不管这人是什么来头，总之他的出现已经让我们死气沉沉的一伙人重新恢复了活力，这会儿还挺开心的。等到我们双方慢慢地走近之后，我们看清楚了来人，他穿着一身学生的服装，还戴着学生帽，但是低着头看不清长相。我们正准备跟他打招呼的时候，他突然抬头了，嘿，居然是我们都认识的同学，叫西森。

大伙都认出他了，纷纷跟他打招呼："嘿！西森！居然是你呀！"

他的眼光正好和我对视，他说："原来是平山你们呀！"

我就接着问他："你怎么会这么晚还在外面呢？你这是要去哪儿呀？"

"我是要回家呀，"西森指着前面的方向，继续说道，"我家就在前边呢。那你们呢？怎么会这么晚在这儿？"

不知道是不是我的错觉，西森说这话的时候表情略有些落寞。可能是因为我们太久不见了吧！西森是我们的高中同学，我们还在上高中的时候，几个人都很要好，不过去了大学之后，因为不同专业的关系，见面越来越少，也就日渐疏远了。不过西森这人生性温顺，大家都很喜欢和他交朋友。不过西森并不怎么和我们聊家里的事情，我听到一些小道消息说，西森家是地方大财主来着，他祖父过世之后，理应由作为长子的他父亲来继承家业的。但是西森的叔叔是个相当阴险狡诈的生意人，虽然他在横滨做铁矿生意做得风生水起，但是他仍旧觊觎家里的财产，西森父亲的手段不如他，只能眼睁睁地看着他把所有财产夺走，只留下一栋空房子，就这么被活活气死了。所以我们读高中那会儿，西森常常会请假回家去处理家里的事务。

"嘿，我们几个人刚从本乡过来，准备要去石垣旅馆那里玩呢。"

西森听了我的话之后，笑了一下，接着说："你们几个人还是这么能玩呢！不过你们要去的那个地方还挺远的，你们对这里也人生地不熟的，怪不方便的吧？呐，灯笼给你们先用着吧。"

说完这话，他就把灯笼递了过来。我并不是那种会占别人便宜的人，不过确实是黑灯瞎火的，有个灯笼拿着的话实在太好了，所以我也顺从地接过了灯笼。

"那我们以后要怎么还你灯笼呢？"我问西森。

"你们就把它搁在你们住的旅馆就行了，我有空就会去取了。"

"那好，太谢谢你啦，西森。"

"没事，那我就先走了，我赶着回家呢。"说罢，西森就头也不回地走了。

于是我们就拿着西森的灯笼，兴高采烈地往前走了。走着走着，突然，我们之中的千叶君大叫了一声："啊……"于是我们就转向他的方向，问他是怎么了。

千叶的脸色在灯笼的光下，显得异常惨白，他半天才战战兢兢地说出了一句话："西森……西森不是上个月已经死了吗……"

我们一下子都想起了上个月从其他人那里得来的消息，西森上个月精神崩溃之后就自杀了。

"啊啊啊啊啊——"

我们纷纷大叫，丢下灯笼，慌不择路地往前跑去。

白衣惊魂

阿清有些紧张地坐在电车车厢里，他微微低着头好让别人注意不到他的脸。但他那双灵活的眼睛一刻不停地打量着车厢里的人。

车厢里的人不少，阿清坐在最后一排靠左侧的位置，先是观察了一下车厢中间站着的十几个人，这些人多是上班族，都拉着吊环昏昏欲睡；接着，阿清看了看坐在自己这边的人，最后再扫视了一遍对面的人。

没有"那种人"，阿清稍微松了一口气，放松地抬起了头。

就在他抬起头的瞬间，他看到了前门车门口的那个男人。男人戴着帽子，但阿清依然能看到他瘦削的面容，他脸的下半部分掩映在帽檐的阴影下，那黑色的胡须衬得他鼻头微青。

这个人阿清很熟悉，是曾经遇到过的警察。

怎么办？

阿清有些慌乱起来，他上电车便是想要躲开这些刑警，但没有想到还是遇到了。

都怪安三这个家伙，不然阿清现在怎么会走投无路呢？

一个小时前，阿清正坐在一家酒馆里喝着啤酒，别提多惬意了。正当他和服务员小姐开着玩笑的时候，安三出现了。

"喂，你把我应得的那一份给我！"安三一见到阿清就开始不住地嚷嚷起来。

阿清左右看了看，担心旁边有人听到了他们的对话，还好没有人注意到。

"说什么啊，你先坐下来一起喝杯酒行不行？"阿清安抚着安三。

"酒，我当然要喝。"安三顺势坐了下来，端起酒杯就喝了一口，"但是，东西还是不能少的！"

阿清皱了皱眉说："你在讲什么东西啊？是不是脑子不清醒？我哪有你要的东西呢？"

阿清一连串的问题只换来了安三的一句话："东西原本就应该有我一份，你跑不掉的！"

"我早就说过了，那里面就是些电车月票，都给你行了吧？"阿清没好气地说道。

安三满脸不信，轻蔑地嗤笑起来。

"你别缠着我了，我到哪里去弄你要的东西？"

"我可以不缠着你啊，只要你把包里的东西分我一份。"

"包里只有月票，你要不要？"

"呵呵呵！"

看着安三又发出嗤笑声，阿清有些恼火，旁边一个男人此时正盯着他们看，脸上带着意味深长的笑容。

阿清有些不自在，看着面前的安三，想起了昨天夜里发生的事情。

昨晚阿清和安三等在电车站旁边，看着一个年轻女人下车之后独自赶着路，他们悄悄跟着她，最后把女人堵在了一条漆黑的小巷子里。

阿清拿出藏着的匕首，以尖锐的刀尖抵着女人，恐吓道："别发出声音，不然别怪我们动手。"

女人紧贴墙壁，神情惊恐。安三把她手中的手提包一把抢过，瞪着她，"别想反抗啊，你不想死的话就乖一点，不然……嘿嘿嘿。"

女人动也不敢动。

"不错，你很听话，懂规矩就好。"

翻了一会儿，阿清有些不耐烦起来，问道："找到了没有？"

安三嘀咕着："怎么连个钱包都没有？"

安三的话音刚落，他们便听到了一边的小巷子传来了脚步声，正在往这边靠近。

阿清暗叫不好，他们竟然没有发现这个胡同旁边还有一条小巷子。

安三拔腿就跑，阿清的手还在女人怀中摸索着，正好摸到了一个钱包。他惊喜地喊了一声，也马上跑出了巷子。

天气暖烘烘的，暖风吹拂过来，阿清也不知道自己跑了多远，只是停下来的时候，安三已经不见了。他揣着钱包回了家，这才打开钱包看了看，钱包是鲜红色的软布做的，里面除了月票之外，还有三十多日元的现钱……

阿清可以确定，安三肯定不知道钱包里有些什么东西，他眼珠滴溜溜地转着，"我真的受不了你了，你就说你想要什么？"

"我要的很简单，你把'野猪'给我。"

"哎……"阿清叹了一口气，"我真的没有'野猪'，都说了很多遍了，只有月票，你懂了吗？"

安三摇摇头，"我只要'野猪'，你不给我我会一直烦你的，不会放过你！"

"哎，你不放过我什么啊？"

"我要我的东西，你别骗我了！"

"我没有骗你啊，你别开玩笑了，凭什么这么怀疑我啊，你这家伙！"

虽然安三一直缠着自己，但阿清依然觉得安三根本不知道包里有什么东西，只是在吓唬他。

"没有凭什么啊，我又没有证据，但是你还是要给我啊！"

"别啰唆了，我说了没有就是没有。"

安三又发出了那种嗤笑声，让阿清顿时怒火冲天。他冷静了一下，环视了一下周围的人。

之前那个男人还在看着他们，只是他身边多了一个脸上涂了很厚的白粉的服务员，在帮他倒酒。

阿清深呼口气，"你有完没完啊？别在这里给我啰唆了，不然小心点！"

"小心什么啊？我才不怕你，我还不会放过你呢！"

继续在酒馆里谈论这个一定会被人听到的，阿清只能说："好，我们出去说清楚！"

"说清楚就说清楚！我又不怕你！"

"小子，口气不小，等会儿看我怎么招呼你！"

阿清转过身去不再理安三，将怀中的钱包拿了出来，他感觉到身边的安三的目光停留在钱包上。

"买单，服务员！"阿清喊了一声。

服务员大概是在远处招待别人，过了一会儿才过来对他们说："一共一块九十五钱。"

阿清从钱包抽出来两块钱递给了服务员，"不用找了。"

他的钱包里并没有放很多钱，他是个谨慎的人。

安三的目光收了回去，没好气地说："走不走啊！出去说清楚啊！"

"难道我还会怕你？"阿清站起身来径直往门外走去。

两人刚出门走到马路上，对面一个人便径直往他们这里跑来，"松原兄！"

阿清借着路灯看了看，这个人竟然是他以前的搭档安松，不知道他突然找过来干什么。

"啊？千吉，是你啊，你有什么事情吗？"

"松原大哥，出事了！"安松慌乱的情绪也感染了阿清。

"什么事？"阿清心里暗暗觉得烦恼，一波未平一波又起。

"美风团的人被警察抓了好几个，有马和峰本全被抓进去了，你要小心啊！"

"怎么会这样？我知道了！"

"你快跑吧！"

阿清闻言慌乱地甩开安三跑进了一条小巷子，风穿过小巷子的时候发出呼啸声，刮得阿清的脸充斥着刺痛感。

出了小巷子的阿清已经冻得不行，便直接跳上了电车。他也不管电车驶向什么地方，反正他只是要跑得远远的，好不让警察抓到。

上了电车的阿清原本吁了一口气，没想到却反而陷入了绝地。

怎样才能从警察眼皮子底下逃掉呢？

阿清略一思忖，只能趁他没有注意到自己赶快下车了。想到这里，阿清便站了起来躲在站起来的那排乘客的身后，一点点移到了后车门的位置。

正好，电车到站了，车门一开，阿清便飞奔下车，跑出一段距离才看向电车的方向。

没有想到，那位警察竟然正好看向了阿清。

阿清身子一僵，暗想：完蛋了，被警察发现了，还是赶快逃吧！他此时正好站在中之岛公园的桥上，此时马上朝着楼梯口跑去。

再次回到马路上，风更大了，从阿清耳边呼啸着过去，让他感觉自己的脸都失去了知觉。

路灯的光都好像被风刮得黯淡了，阿清停了下来想要休息一下，却正好看到几十个穿着白色衣服的人在跑步。

难道是跑马拉松的人？

阿清看了看自己的衣服，连忙把自己的外套脱下放到一边，再把袜子脱下，径直追向刚刚那群人。

反正自己穿的也是白衣服，混在那群人中间，就算是从警察面前跑过，他们也不会想到阿清在跑马拉松吧？

这个计划真是好极了！阿清有些得意自己有灵活的脑子。

又跑了一段距离，但怎么都没看到那群跑马拉松的白衣人，阿清有些失望，但身体感觉很累。

阿清四处张望了一下，看到不远处的长椅上正好坐了三个白衣人，也许正是刚刚跑步的人在这里休息？

想了想，阿清便改变了计划，直接走向三个白衣人，"你们好哇！"

面对阿清的热情，三个白衣人却一声不吭，甚至连头都没有转过来。阿清有些奇怪，他们怎么如此冷漠？

他又打了一声招呼："你们好！"

三个人还是一动不动，阿清奇怪地凑到他们面前看了看，顿时吓了一跳，这三个白衣人竟然没有头！

阿清吓得掉头便跑，感觉自己的心脏都要跳出来了。

不知道跑了多远，阿清才敢松口气，回头看看，已经远离刚刚那条诡异的长椅。但他依然四顾看着，生怕有什么东西在跟着自己。

后面没有人，等他转过头的时候，正好发现迎面有两个人走了过来。其中一个人的脸是阿清痛苦的记忆。这个人是个警察，去年追着阿清一定要抓到他，害得阿清到处躲藏，过得十分落魄。

怎么办？往后跑吗？想起刚刚的无头白衣人，阿清哆嗦起来。正当他不知道怎么办的时候，他一眼瞥到了身边的电线杆。

有办法了！

阿清悄悄地靠近电线杆，双手双腿夹住电线杆，一点点往上挪去。

警察马上就要过来了，阿清更加急切地往上爬着……

阿清不知道的是，爬上去等待着他的并不是希望，而是一条漏电的电线。

两名公司职员酒后在公园闲逛，结果发现一具死尸。死者性别男，年龄看着不大，劳工装束。根据现场痕迹判断，死者疑似从电线杆上摔落……

喝不到水的鸟

有一个游历山区的青年俳人，在某天，他要到隔壁村去拜访一位富翁。时值初夏，许多树还只长出了嫩嫩的绿叶，在阳光下闪着耀眼的生机，树叶清新的香味迎来了鸟儿的驻足，清脆的鸟鸣声宛如一首歌。

青年俳人要去邻村，就要先过河，河水清冽，缓缓流淌。河道的两旁，有梯田，有茅屋，刚刚吐穗的麦子在正午的阳光下闪着金色的光芒，两三座茅草屋静静地躺在半山腰上。

青年俳人走到山脚的时候，就地选了一棵长势旺盛的胡桃木，悠然自得地在树下食用起玉米面团子。而在吃的同时，他的眼睛也没闲着，仰头瞧着面前河水。河浅的缘故，小河清可见底，青年看到河底的河床上，有不少小石子亮光闪闪，如同耀眼的紫水晶一般。而就在他看着河底的石子入迷时，两只一红一白的小鸟从远处飞来，像燕子那样滑翔在河面上。

这一红一白的小鸟并肩飞翔、齐声鸣叫，其乐融融的样子引起了年轻人的注意。不一会儿，那只白色的小鸟紧贴河面掠过，而在滑翔的时候，它的灰色小嘴就浸到了水里去喝水。红鸟是随后才仿照着白鸟那样去喝水的。但不知道为什么，红鸟一低头看河水，就赶紧飞离了河面，像是被什么惊吓到了。而白鸟又一次用同样的动作去河面上喝水，还摆出一副惬意享受的模样来。于是，红鸟又一次振奋起来，再度照学，然而这一次，红鸟依旧以失败告终，逃离河面前还发出凄厉的一声叫。

坐在岸上的青年在一旁看了，便觉得这着实奇怪，他眼睛一眨不眨地观察着两只鸟的举动，专注得连团子都顾不上吃。

"你都看到了吗，年轻人？"就在青年专注观察红白二鸟的同时，一个老人突然出现在了他身后，并问了他这样一个问题，态度严肃。

青年当然是被吓了一跳，回头看到原来是个穿一身轻衫的瘦削老人，这才松了一口气。

"唉，那只红鸟之所以喝不到水，是因为它误以为自己在水中的倒影是一团火……"老人向青年解释道。

青年听到老人如此一讲，越发好奇，便问道："老人家，这一红一白两只鸟，可有什么故事没有？"

于是，老人便在树根上坐下，向青年讲起了有关红鸟和白鸟的故事：

在很多年之前，村子里有个寡妇，寡妇家里还有两个女儿，都是她亲生的，然而寡妇却只对大女儿偏心疼爱，而对小女儿异常苛刻。例如小女儿替她捶个肩，她也要大骂："你的两只手硬得像石头，捶得我生疼！"小女儿每天做饭，寡妇也挑三拣四，不是说"这饭都烧焦了"，就是说"这饭太硬了"。遇到极冷的天气，寡妇也要求小女儿跟着她去地里劳作。

对大女儿，寡妇却从来舍不得让她干重活，最多让她去离家不远的小河边打打水。而且大女儿身上穿的永远是新衣服，轮到小女儿，却只有些破衣烂衫可穿。

时光飞逝，很快寡妇的两个女儿都长大了，到了该成家的年龄。这时候，隔壁村就有人看上了寡妇家的小女儿，派人来说亲，然而小女儿不愿离开寡妇，怎么都不肯同意。寡妇便把小女儿狠狠骂了一通，一边又草草把那婚事答应了下来。就这样，小女儿就嫁了出去，离开的时候哭得很伤心。小女儿婚后，但凡有空，便会回娘家看寡妇，即便路途遥远，途隔大山。

在小女儿嫁出去不久后，大女儿也要出嫁了。对大女儿的出嫁，寡妇是怎么都舍不得，而大女儿自己，则早就巴望着能从家里嫁出去。大女儿出阁的那天，寡妇千叮咛万嘱咐："有空了就回来看看你娘啊。"

但大女儿听了直摇头，满脸的不耐烦。

寡妇天天盼望着大女儿回来看她，结果，大女儿一直不回来看她。寡妇积攒了满腹的怨气，就在小女儿回来看望她的时候，把怨气都朝小女儿宣泄了出来，对此，小女儿却一点都没介怀过。

几年之后，寡妇生了病。小女儿知道后，便向婆家要了一封休书，因为她想只有这样，她才能专心回娘家好好照顾生病的母亲。

这往后，寡妇的病情一天天加重，而大女儿却还是一直不曾回过家。

某天晚上，寡妇用她干瘦干瘦的手抓住了小女儿的手，并将之紧贴在自己的脑门上，流着眼泪，对小女儿说："妈妈现在才看明白，你才是妈妈的好女儿，以前都是妈妈对不住你……"

第二天，寡妇就去世了。临终前，她紧紧抓住自己小女儿的手，说："你的姐姐会遭到惩罚的……"

之后，小女儿又嫁了一个好人家，幸福顺利地过完了余生，而寡妇的大女儿却得了咽喉病，连水都喝不了一滴，就这样被活活渴死了。

"那只红鸟，其实就是寡妇的大女儿，这是她应受的惩罚。"老人继续向青年解释道。

青年不由问起老人："当年寡妇的家在哪儿？"

老人伸手指向不远处的一块麻田，告诉青年："就在那里。"

青年看了看麻田，又回头看看水面。

水面上，一红一白两只鸟儿又飞了过去。

双魂记

我和朋友们都喜欢听民间传说，有些故事很离奇，有些故事又充满人情味。

朋友曾跟我讲过一个建筑工地的故事。工地的人计划将一座山丘推倒，然后用那些土填补学校坑坑洼洼的地面。没想到的是，山丘之上有许多旧坟头。一动工，不少烂棺材就露了出来，而一些石头之间，甚至能看到骇人的白头发。

有一个工人，总是起得很早来到工地，就为了抢先挑到最好用的那辆手推车。可气的是，无论他再怎么早起，总有人在他前面。这一天，他不等天亮，就急匆匆赶到工地上。手推车都被堆放在工地的厕所旁，当他赶上前去挑车时，看到了一个模糊不清的人影。

"你是谁？"工人诧异地问道。

不问还好，对方的回答让他毛骨悚然。

"我不知道该去哪儿，只好四下游荡……"

话音刚落，人影也跟着消失不见了。这时工人才想起之前在山丘上被发现的人骨，都被他们扔进了茅坑里，所以这难道是死者的魂魄吗？

还有一个朋友，跟我讲过两个神秘老人的故事。那两个老人经常在一条河边钓鱼，长得极像猫，身上的衣服也很像猫毛，没人知道他们是男是女，每当有人想仔细观察他们时，就看不见他们的踪影了。

但跟这些故事相比，我觉得最离奇的，还是得数"清太郎"的故事。

据说清太郎是高知县一户富农的养子。他和这家户主是舅甥关系。不幸父母早逝，他便寄住在舅舅家。虽说算是收养的孩子，但舅舅待他就像待自己的亲生孩子一样，不少外人甚至以为他是这家亲生的。

故事发生在六年前，也就是清太郎二十三岁的时候。虽然舅舅只供他读完了小学，但天资聪颖的他对学习颇感兴趣，所以总是趁农活空闲时读一些更高深的书本，直到自学起大学法律，舅舅才发现他在学业上如此长进。

舅舅自己有两个孩子，大女儿已经十八了，小儿子却还年幼，刚满五岁。看到清太郎勤奋好学，舅舅不禁想要把清太郎招为上门女婿，亲上加亲，又能帮忙料理家事，实在是再好不过的选择。

因着这些，清太郎和舅舅家的人都相处得极好，而在不知不觉间，清太郎对松子萌生了爱意。

原来清太郎的生活该是无忧无虑、轻松愉快的，他向来爱笑，人们常常能听到他开朗的笑声。只是没想到，事情在后来，却发生了变化。

一天傍晚，清太郎返回家时，听到舅舅和舅母在小声说些什么。当他们发现清太郎回来时，立刻闭口不言，停下了正在谈论的事情。清太郎甚至能明显感觉到，舅舅、舅母看待自己的目光和以往不同，舅母眼中，更有些许冷漠。

几天后，清太郎前往村子中心的一家酒馆参加聚会，聚会结束天色已黑，他独自走在回家的路上，途中经过一家小商店，几个村民正在商店门口闲聊。清太郎本无意听他们的谈话，然而经过之时，他听到那些人竟在谈论松子的婚事！

原来，舅舅、舅母准备把松子嫁给其他人，那个人家境不错，而且已经大学毕业，学的也是法律，目前在大阪的一家公司任职……

听到这些话，清太郎突然失魂落魄，心里既伤心又失落，竟不记得自己是如何回到了家……

从此，清太郎整个人都变了样。他不再是那个阳光青年，取而代之的是一个整日闷闷不乐、无精打采的年轻人。清太郎开始习惯发呆，他总站在院子门口，看着远方的山和水，望着那残如血的落日。

不久，松子的婚事谈妥，得知了这一消息的清太郎再也待不下去了，跟舅舅提出要离家求学的期望。

"哦？"舅舅先是惊讶，随即露出了高兴的笑容。

"虽然我只读到小学，去东京很难说能闯出属于自己的事业，但毕竟我还年轻，所以很想去试试……"

"我赞成你的决定呀！年轻人就该出门闯荡。这样，家里以后每月都给你汇些生活费去，你打算学哪个专业呢？"

"具体方向我还没有计划好，想一边补习以前的知识，一边计划将来。"

"行，舅舅赞成，你就按照自己的想法来。每个月给你多少钱够你用？"

"我不要一分钱。如果以后生活困难，我可能会跟您借点钱交学费，其他的，我自己可以搞定。"

"这样啊……好吧，那你需要任何帮助，都告诉家里，舅舅这边会尽全力的。你准备什么时候走？"

"我想明天天一亮就动身。"

"什么？怎么走这么急？你都不跟大家道个别就走吗？"显然，舅舅对清太郎的这一决定很是吃惊。

"虽然有些舍不得大家，但既然决定了，我想尽快去做。等我在东京安顿妥当，再写信给大家赔不是。"

"我还是觉得不用这么着急啊……"

"舅舅，其实我早就有这个想法了，只是到了今天才跟您提及……"

"既然如此，我就不劝你了，你准备带多少路费？我拿给你。"

"我用不着您再给钱，您平时给的零花钱我都存起来没动，已经有二十多块，够我用了。"

"二十块？这哪里够啊！二十块钱也就只能买张去东京的车票或船票了！"

"没关系的，够用的了。"

看清太郎一再坚持，舅舅只得作罢。

从舅舅房间出来后，清太郎心里一直很乱，他彻夜未眠，心不在焉地收拾行李，六神无主。

突然，他听到身后传来一阵脚步声，回头看去，不是别人，正是妹妹松子。

松子还未开口，就双眼发红，潸然泪下。

清太郎本想装作若无其事的样子安慰她，却发现自己心如刀割。安慰的话便没能说出口。

"哥，你为什么要离开呢？"

"我是男人呀，当然要靠自己去闯天下了。"

"但……"松子越哭越厉害，话都说不清了。

"别担心，外面比我想的复杂得多，也许我根本吃不下那种苦，混个两天就回家了。"

松子知道清太郎只是安慰她，更加抑制不住自己的眼泪，越哭越伤心。

此时，突然传来脚步声，原来是清太郎的舅母。

"松子？是你吗？"

"是！"松子依旧一言不发，清太郎赶忙替她答了话，并且缩回了本放在松子肩头的手。

"哎，你舅舅一告诉她你要去东京的消息，我就找不到她了，原来是在这里。"

舅母走上前来，面带愠怒之意。

"是我的错，没跟她打招呼就决定走，她不开心了。"清太郎主动替松子承担错误。

"都这么大了，还一点事都不懂，你先下去吧，娘还要跟你哥哥说些话。"

松子一声不吭，站了好一会儿，才不情愿地离开。

"清太郎，不如过些日子再走吧，我也好为你做几身新衣裳。"

虽然舅母说得很是关切，但清太郎明白这只是几句客气话，就婉拒了，只是礼貌地应答着。

"去东京闯荡是好事啊，只不过舅母还真有些舍不得……"

"过几天就秋收了，不能在家里帮忙，是我的不对……"

"哎呀，这都是小事，只不过大家都舍不得你，但好男儿志在四方，说到底，你还是要独自闯荡、自立门户的……"

他们谈话的间歇，松子的房间里传来几声咳嗽声，听着很痛苦，清太郎心中更是不忍。

翌日清晨，清太郎吃过早饭就上了路。走出院子几步后，他回头看去，松子脸色苍白，神情憔悴。

翌日傍晚，清太郎登上了驶向神户的船，眼看着夜色逐渐降临，在船板上仰望月光也不失为一件美事，然而此刻的清太郎心中五味杂陈。他的脑袋一片空白，看着此起彼伏的黑色波浪，月光洒在其中，不时泛起粼粼波光，夜风凛冽，周身分外清冷。

清太郎在甲板上缓慢踱步，偶尔飘来一阵腥臭，那大概是船上那些箱子里预备出口的鱼虾所发出的气味。

当清太郎走到船尾时，竟然看到了松子！他使劲揉了揉双眼，不敢相信眼前发生的一切。

松子开心地走近清太郎，两个年轻人的双手握在了一起。

"松子！你怎么会在这里？"

"我昨晚偷偷跑出来的，连夜赶路，看到你上了这船，我也就跟着买了票……"

"天哪，你该早告诉我呀。这可怎么办……舅舅、舅母一定会担心死的。"

"没关系，我出门前留下信件了，我撒谎说自己去祖母家，不出意外爸爸妈妈应该也追过去了。等咱们到达神户，我再向他们报平安吧。我实在不想再和你分开了。"说着这话，松子抱住了清太郎。

清太郎一方面心疼松子，另一方面又满心忧虑，这样一来，舅舅和舅母一定会以为是他拐走了松子。

看着清太郎的疑虑神色，松子坚定地说："哥，如果你想把我赶回去，我宁愿去死。"

看松子如此坚持，清太郎实在没有办法，只好答应带她去东京。

到东京后，清太郎和松子结为夫妇。清太郎废寝忘食苦读法律两年，终于如愿考到了律师资格证。夫妻俩又一同远赴朝鲜，在那里经营起一间律师事务所。又过了几年，松子放心不下爸爸妈妈，清太郎也终于下定决心回乡跟舅父舅母致歉，希望他们能接受自己和松子的婚姻。

昔日的年轻人如今已过而立，松子也成长为端庄的妇人。他们终于赶回了家乡。清太郎还是有些担心，便让松子在码头旁的客栈休息，自己先去探探舅舅一家的态度。

回到舅舅家，舅舅看到他后，非常激动，也很是开心。

"清太郎！你终于回来了！这些年舅舅太想你了！"

"对不起！"清太郎深深地鞠了一躬，"是外甥不好！"

看到清太郎连连道歉，舅舅有些疑惑，"唉？你怎么啦？回来是好事啊！为什么要道歉呢？快进来！我估计松子看到你，会高兴坏了的！"

听到舅舅这么说，清太郎很是疑惑，以为舅舅口误，想说舅母很高兴。

"舅母一切安好？"

"她一直挺好的，但……松子太可怜了，自打你走了，她就大病不起。不过今天奇怪了，早上起来她就心情奇佳，莫不是她对你会回来早有预感？"

听到舅舅这么说，清太郎更加糊涂了。

"舅舅……您说的这些是真的吗？当初我赶赴神户的时候，松子也偷偷登船了呀。看她实在是可怜，我就带着她去了东京，我们在那里成了家，随后我们一同去了朝鲜，我还在那里开了一间律师事务所……这些日子她很担心您和舅母，所以我们才鼓足勇气回来看望二老……她现在还等在码头旁的客栈里呢！"

"什么？"舅舅听到这些话，也倍感惊奇。"你走之后，松子就卧床养病，连闺房都不出，怎么可能和你在东京结婚了呢？"

两个人越说越糊涂，清太郎决定把松子领回来。

到了客栈，松子还在开心地等待他，两人一同回到了家。

到了家门口，这边是清太郎和开心的松子；那边是舅舅、舅母和一个焦虑的松子。两个松子一模一样，清太郎、舅舅、舅母都惊得合不拢嘴。

只见这时，一直陪在清太郎身边的松子竟自顾自向家里的松子走去，她的身影越发模糊起来，就像一个影子一般。不过两秒，她竟然和家里的那个松子合而为一了。

超灵感应

　　这是一个发生在 19 世纪的日本故事。

　　镰仓向来是一个避暑胜地。某日，自东京来到此地的田中先生从一家餐馆门前路过，店老板突然出来问道："请问您是田中先生吗？"

　　由于并不认识这个老板，田中倍感好奇，疑惑地答道："没错，我是。"

　　接下来，老板神神秘秘地对他说："不好意思，不远处的富人区有一位山崎夫人，特意叮嘱我，让我见了您给您带个话，请您去她府上坐坐。"

　　听闻老板的话，田中有些茫然，因为他并不认得那人口中的山崎夫人。所以他一再跟老板确认，觉得是老板认错了人。

　　"小的不会认错的。山崎夫人料到您想不起此事了，她说您对她有恩，但那是很早前的事了。昨天她就看到了您，但没来得及打招呼，所以告知了我您的长相、穿着打扮，让我看见您就请您过去。请您一定要去一趟，这可是夫人多年的心愿啊。"店老板一脸的诚恳，看样子确实不是信口开河。

　　虽然心中狐疑，但田中还是应允了，根据老板告知的地址找到了夫人府上。果不其然，那里有一幢很是考究的别墅。经由仆人禀报后，田中终于见到了店老板口中的山崎夫人。

　　一见面，山崎夫人就激动地向田中表达自己的谢意，谢谢他曾经的帮助，然而田中依旧丈二和尚摸不着头脑，完全不知道眼前的这位夫人是谁。

带着心中的疑问，两人聊了起来，田中这才想起山崎夫人到底是谁。原来他曾于五六年前在横滨劝解过一位想要自杀的女子，而这女子后来成为了当地一位富商的小妾，由于身体抱恙，才搬到环境宜人的镰仓来调理身体。

之后，两人渐渐熟络，经常往来。但天意弄人，没过多久，夫人和田中就各自回到了横滨与东京。

某一天，镰仓那家餐馆突然同时收到田中和山崎夫人家的来信。田中在信中称自己于前夜梦见了山崎夫人，询问她是否安好；而打开夫人家的来信，店老板才得知山崎夫人竟于前夜病发身亡……

水妖

正是梅雨季，整个一上午都阴雨绵绵的，午后，天气总算放晴了，空气里却依然弥漫着一股潮湿的热气。

河边有个酒吧，门前挂着一幅蓝色的厚布门帘，里面偶尔透出几处苍白的灯光和阵阵的青叶幽香。紧挨着门口，靠右手边的那张桌子前，并肩坐着两个学生，他们靠着墙，一边喝啤酒，一边和女招待阿幸说笑。

阿幸今天系了根红色的腰带，看上去很是显眼。

阿幸的同事阿菊穿了一身蓝衣服，坐在厨房门对面的椅子上。她有些心神不宁，总是站起来，不住地向外面张望，偶尔坐在那里，也一脸严肃地竖着耳朵，似乎在听着什么。

"阿菊，你发什么呆呢？是不是在想昨晚那个人啊？"忽然，阿幸走了过来，笑眯眯地和阿菊开起了玩笑。

阿幸说的"昨晚那个人"就住在附近，是一个出租车司机。他长得还算可以，如果没那么做作的话，倒还算是一个可爱的人。至于他的做作，从昨晚那件事上就可以很清楚地看出来——昨天晚上，他拿着为数不多的几个钱，破天荒地来喝酒，还带来了不知道从哪儿弄来的几支破破烂烂的烟卷。

进了店，他先是坐下来，要了酒，装模作样地显摆了一番，然后拿出烟，从烟屁股点着火，开始抽起来。

阿菊好心提醒他弄反了，但他毫不领情，反而瞪了阿菊一眼。

"要你多管闲事，老子就喜欢这么抽。"他梗着脖子，一本正经地说。

阿菊叹了口气，只好不管他了，不过，因为这件事，她和阿幸偷偷笑了一晚上。

"昨晚那个人？"阿菊愣了一下，饶有兴致地举起右手，做出抽烟的动作，模仿那司机的口吻，"老子就是喜欢抽烟卷——"

阿菊学得像极了，阿幸见了，被逗得哈哈大笑。那两位学生见状，不禁好奇起来，问他们在学谁。

"哎呀，你们不知道，是那个司机……"阿幸边说边走了回去，开始给学生们讲起昨晚的事。

阿菊见阿幸走了，终于松了口气，安静地坐在那里，继续想着北村先生。是的，阿幸弄错了，她并没有在想昨晚那个无趣的人，她一直惦念的都是北村先生。

阿菊呆呆地看着店门口，脑海里涌现起一张略微发胖、面色稍有苍白的脸。那就是北村先生。他似乎不是本地人，因为他之前从来没有来过这里。他第一次来这里还是月初。不过，自从那天之后，他每天都会来，而且每次都是独自一人，都是要一份炸鱼排和一杯啤酒。

他通常安静地坐在角落里，身上罩着阴影。他不爱说话，也不爱和人开玩笑。也许只有对阿菊是个例外。一次，北村先生喝完了酒，心情很好，就对阿菊夸起店面不错，还说自己以后会常来。阿菊看着北村先生手上的戒指，逗趣地说，只要他夫人同意，他想什么时候来都行。但是，北村先生却摆出一副可怜相，声称家中并无夫人——他妻子前不久才去世，所以他才孤身一人来这里解闷。阿菊听北村先生的语言中流露着深深的悲哀，便相信了他的话，对他产生了些许同情。

他们越聊越投机，北村先生邀阿菊共饮一杯，声称喝了酒，他们就是好朋友了，阿菊没有推辞，喝了满满一杯。

后来，阿菊得知北村先生原本住在深川，是一家针线厂的厂主，因为妻子过世，不想触景生情，才转让了工厂，搬来这里，住进了高岗的住宅区。阿菊也对北村先生说了自己的身世和背景，不过，和北村先生相比，她的这些故事简单得可怜——她不过是名古屋的一个小老百姓，家里有两个哥哥和一个妹妹。

北村先生问起阿菊的婚事，阿菊说，自己至今单身，连男朋友也没谈过一个，还沮丧地说，自己长得太普通了，没人瞧得上自己。

北村先生喝了口酒，意味深长地说："要是有怎么办？"

阿菊回答："要真有，我当然很高兴啦！"

北村先生直视着阿菊的眼睛，轻描淡写地回了一句："是吗？"

阿幸见阿菊又在发呆，说："我知道了，你根本没在想那个司机，你在想那个针线厂老板！"

阿菊被猜中了心事，面色娇羞，略显尴尬，只能撒娇般地应道："别胡说。"

学生们听到了，赶忙追问她们说的"针线厂老板"是不是那个给小费特别阔绰的、脸蛋圆圆的老爷子。

"可不是嘛！你们还不赶紧敬针线厂老板娘一杯喜酒？"阿幸指着阿菊，又趁机开起了玩笑。

就在这时，一双消瘦的手掀开门帘，一位老婆婆走了进来。

她身材高瘦，面颊深陷，穿着一身黑衣服。

她说，她是来点外卖的。阿菊听了，赶紧笑着问老婆婆的住址。老婆婆详细说了下路线，还特意叮嘱阿菊，他们老爷姓北村，经常来这里喝酒。这次是第一次叫外卖，要一份炸鱼排，再随便加两道小菜。

阿菊非常高兴，飞快地确认了菜单，把老人家送出了店门。

"恭喜老板娘！"老人家一走，阿幸她们就盯着阿菊，大笑着说。

阿菊没有理他们，依然安静地坐在那里，等厨房把菜做好。不过，她的心情确实是非常愉悦的，她甚至在不住地幻想，这次遇到北村先生之后，会发生什么事呢……

很快，厨房做好了菜。阿菊笑着拿起餐盒，按照老婆婆指的路线，一路来到北村家的边门。

她走进门的时候，突然觉得有点紧张，就将手中的餐盒从右手换到左手，停顿了好久，才继续往前走。

玄关那里散发着苍白的亮光，照着向下的路，走进小巷时，阿菊还以为前面的路是平的，殊不知这路坑坑洼洼，特别难走。阿菊一边感慨着这院子真奇怪，一边担心着脚下的路，小心地走着，生怕一不留神就踩空了。

走了一段，阿菊看见前面散发出一片火光，呈明黄色，形状就好像莼菜的茎一般，它们比人还高，阿菊要完全把手伸直，才能碰到茎的顶部。它们的上面还长着会发光的叶片，就像是朦胧月色的剪影一般若隐若现。

阿菊被这奇异的景观吸引住，不由得停下脚步，仔细看了一番。她发现了这户人家的异样，却也没想那么多，只想赶紧见上北村先生一面，于是，她继续在明黄色的灯光中行走，因为玄关处的白光还离自己很远。

"你总算来了。"这时，那个叫外卖的老婆婆走了出来。

阿菊被吓了一跳，但还是礼貌地说道："真是抱歉，您久等了吧。"

老婆婆阴笑着说："嘿嘿嘿，美味佳肴总是让人煞费苦心的嘛，你跟我来……"

阿菊点了点头，跟在老婆婆身后，一根一根拨开明黄色的茎，继续向前走去。顿时，脚下的路变得平坦起来，但是，踩上去却是软绵绵的感觉，就像踩在云朵上一样。

此时老婆婆告诉阿菊，已经到了。阿菊这才发觉，自己已经到了玄关前，站在了那片白色灯光下。

北村先生再次站在了阿菊面前，那张脸还是那样苍白，胀鼓鼓的。阿菊松了一口气。但是，她发现了一个奇怪的现象——自己吐的气竟然变成了气泡，从嘴里向外冒出来。

自那以后，再也没有人见过阿菊，大家找了很久，却怎么也找不到一点蛛丝马迹，甚至连"北村"这户人家都完全没找到。为了避免造成大众哗然，店里人都对外宣称，阿菊出嫁了。

过了不久，就在一个宁静的夜晚，外面下着雨，一位气色很好的老人来到了店里。他是这里的熟客了，不过，他看起来面颊通红，显然来之前就已经喝过酒了。

他进了门，要了酒，不经意问起阿菊的下落。阿幸还是如往常般回答，阿菊出嫁了。

听闻后，老人用一只手撑着头，小睡过去，可是，没过一会儿，老人陡然张开了眼，迷迷糊糊地说道："她才不是出嫁了呢！她是被水妖抓走了！最近一直在下雨，水妖被冲到了岸上。你们以为那个老板是活人啊，真有趣！难道你们没注意到，他的脑袋上面光溜溜的，什么都没长吗？"

说完这话，老人又继续睡了。

水男

从前有个叫堪作的年轻渔夫，自小就住在湖边，以打鱼为生。但是，最近接连很多天，他都毫无收获。

这天，他出门忙碌了一天，晚上的时候，又空手而归。他非常沮丧，只喝了一碗稀稀的麦粥当作晚饭。

本来，每天晚上他都要喝两杯酒，但因为收获惨淡，今晚他连收拾碗筷的心情都没有，更别提什么喝酒了。所以，吃完晚饭后，他只是呆呆地坐在地炉边，闷闷地抽着烟。

一般来说，山阴那里多少总应该有几条鱼的，为什么最近连一条都抓不到呢？堪作烦恼地想着，我只需要两条大鲤鱼就好啊……

原来，最近，同村的大户人家急需两条两尺长的鲤鱼。为此，他们甚至扬言，能做到的人，可以随意开价。

可是，这么长时间过去了，别说鲤鱼了，堪作连一条小杂鱼都没有抓到过。

破旧的小屋被火光照得亮堂堂的，天气有些热。堪作皱着眉想，既然用网抓不到，明天就用钓竿试试……如果再不行的话，可真是一点办法都没有了……

就在这时，突然有人叫门。本来，堪作还以为是村里的同行来和自己商量对策，开了门才知道，原来是一个白净的矮个子男人。

堪作从来没有见过他，就问他从哪里来。矮个子说，自己来自东国，向来四海为家，不久前，刚刚来到这里，觉得还不错，便在村子里住了下来。

矮个子问起了这里捕鱼的情况。堪作把情况和他说了，还说自己非常想捉到两条鲤鱼。矮个子听说他急需用鱼，就夸下了海口，说待会儿就去为堪作捉鱼。

堪作半信半疑地把渔网借给了矮个子。矮个子拿着渔网，朝湖岸的方向走去。没过多大一会儿，他就驾着一叶小船，漂向了湖心。

堪作送走矮个子，淡然一笑，躺下来继续抽烟。他根本不相信矮个子可以捉到鱼——自己从小打鱼，现在都打不到一条鱼，矮个子怎么可能捉到鱼呢？

但是，才过去半个多时辰，堪作就听到了脚步声。原来是矮个子带着鱼篓回来了。他果然没有食言——鱼篓里不光装着四条两尺多长的鲤鱼，还有不少鲫鱼和海鞘。堪作看着满满的鱼篓，简直无法相信自己的眼睛。

矮个子放下鱼篓，坐下来，笑着让堪作赶紧把鲤鱼送到大户人家那里去。堪作非常高兴，当下把鲤鱼送了过去，又把另外两条带到旅馆卖掉了，把所有的钱都换了酒菜，请矮个子吃喝。

推杯换盏间，堪作问起矮个子的姓名。矮个子遮遮掩掩，并未作答，只说交朋友又不是交名字，合得来就好，还说以后会经常来和堪作喝几杯。

两个人一直喝到天亮，矮个子才告辞离开。出于好奇，堪作曾经打听过关于矮个子的消息，但是，村子里没有任何人知道他。

好在矮个子非常讲信用，从那以后，真的经常来找堪作喝酒。而且，每次堪作束手无策、毫无收获的时候，他总能抓到满篓子的鱼送给堪作。

就这样，堪作和矮个子往来了三年。

一天晚上，矮个子像往常一样来找堪作喝酒聊天。不过，这次，矮个子主动和堪作聊起了他的身世，原来，矮个子并不是人，而是一个"水男"，也就是水里的一种妖怪。不过，堪作听了之后，倒是一副不以为意的样子。就像矮个子之前说的，交朋友不是交名字，也不是交身份。他并不在乎矮个子的身份，只是重视他们之间的感情。

但是，矮个子却觉得自己现在的身体很不方便。他想变成一个人，不过，他需要一个替身。他告诉堪作，明日正午，会有一个戴着草帽的人经过堪作家门口，他会把那人的草帽吹落湖中，再趁那人捡帽子的时候，把那人拉下水，并借他的身体变成人。堪作听后，感叹不已，觉得他们维持现在的关系就挺好，根本没有必要变成人。水男听了，笑了笑，没说什么。

后来，堪作喝得大醉，睡了过去，水男安置了堪作，悄悄离开了。

天亮后，粗枝大叶的堪作虽然还记得昨晚的事情，但是没一会儿，也就不那么在意了，只是拿着东西去湖上打鱼。

中午，堪作回家，吃完午饭，晾好渔网，正给渔网补洞。忽然，门口出现了一个路人。堪作想起了水男的话，赶紧放下渔网，跑出门去。恰在此时，路人的草帽被风掀起，吹到了湖岸边。堪作见路人要去捡草帽，赶紧提醒路人不要下去。

幸亏堪作的提醒，路人没有去捡草帽，也就没有被水男拉下水。但是，这下，堪作可把水男的计划搅乱了，当天晚上，水男来到堪作家里，非常不开心地指责堪作——我们平日如此交好，你为什么要坏我好事。

堪作笑了笑，辩解道："为了要成为人，将另外一个活生生的人拽入水中淹死，是一种罪恶的事情。我作为你的好友，怎么能看着你滥杀无辜呢？"

水男无言以对，只说自己是不得已为之。堪作哪会觉得这是正理，劝说水男还是算了，倒不如和自己喝酒聊天，还说当人也没什么好的。水男听了之后，闷闷不乐，只能坐下来喝酒。

又过了三年，堪作和水男还是像从前那样交往着，但是，水男一直没有忘记要变成人的想法。

某天晚上，水男对堪作说了另外一个计划：明天晚上亥时，会有一对夫妻吵架，妻子一气之下，会离家出走，去附近的湖岸边。水男要把那女子拉下水，用她的身体做人。堪作听了之后，倒是没说什么。但是，第二天亥时，他早早来到了湖边。

正是盛夏，繁星满天。忽然，堪作听到了一阵急切的脚步声，一个衣着单薄的白净女子奔到了湖边。堪作为避免事情的发生，赶紧过去，从背后一把抱住那女子。

女子死命想从堪作的手臂中挣脱，就在这个时候，女子的丈夫和他们的邻居追到了这里。于是，堪作顺势把女子交还给她的丈夫。

处理完了这一切，堪作回了家。一进家门，就看到水男已经坐在那里了。水男再次埋怨堪作，但是，堪作还是微笑着劝说水男："不要总想着靠滥杀无辜来变成人，也要为别人多想想。"

水男禁不住堪作几次三番的劝说，只好作罢。

之后的三年，两个人依然保持着来往。

一年春天，堪作正在熟睡，水男突然来访，告诉堪作，因为自己没有为非作歹，得到了上天的赏识，马上要被封神了。水男还说，他觉得堪作现在的生活非常辛苦，而且，往后湖里的鱼也只有越来越少，倒不如投奔到水男封神的神社，做个神官，并给堪作指了一条去神社的路。

第二天，堪作没怎么把水男的话当真，还是自顾自地做着渔民，但是，过了一段时间，湖里的鱼确实没有以前多了，水男也再也没有来找他喝过酒，堪作这才决定放下手头的活儿，去找那座神社。

堪作一直向西走，大概十天后，找到了水男说的那条河，但是，河水已经干涸了。堪作觉得自己也许找错了，便往河边的小树林走去。没想到走了没多久，就在森林里发现了一座新建造的神社，还有丝柏木建造的簇新的鸟居。

堪作料定这一定就是水男说的那座神社，就沿着鸟居后的石阶拾级而上。丝柏木的香气扑面而来，几只蜻蜓在夕阳的映衬下飞舞着。

堪作来到大殿前，向大殿中央行了个礼。

"你可终于来了，堪作。"

声音是从栅栏后面传过来的，但是栅栏后并没有任何人的身影。堪作非常熟悉那声音，那一定就是水男。

"堪作，请你先在大殿内安顿下来，过几天，我就为你准备其他的住处。"

堪作应承下来，将行李放在了套廊上。

水男又请堪作去附近的村子里找一位牵牛的老者，告诉他今晚要涨水，让村子里的人赶紧把河滩上晒着的稻谷全收回家。堪作遵照水男的吩咐来到村子里，找到了那位牵牛的老者，把预言告诉了他。

老者起先有点怀疑，但又觉得既然是水神大人的预言，还是回去告诉了村子里其他人，让他们赶紧收走稻谷。堪作做完这件事后，就回了神社。

大殿里竟然出现一个摆满酒菜的托盘。

"请用餐，堪作。"水男说。

堪作坐下，一边吃菜喝酒，一边和水男聊天，但是全程水男都没有现出身形。

当天晚上，河道里果然涨水了。那些听从劝告的村民成功地保住了一年的收成，而那些不听劝说的村民只能将苦水往肚子里咽了。

第二天，村民去神社找堪作，将他奉为"水神的使者"，让他做了神社的神官，还为他在神社边上建了住所。

首领传说

在辽阔的平原之上，有一座巍峨的山峰，猎户家的两兄弟正在这座山中，哥哥长得很是丑陋，脸上只有一只眼睛，而弟弟则非常强壮。

此时他们刚登上一座险要的峭壁，哥哥喘了一口气，往峭壁下望了一眼，峭壁的下面是一片低洼地，大片的车百合正自由自在地盛放着。一些牧民部落在那里安营扎寨，搭了许多帐篷，一辆马车正从帐篷附近驶过，车里端坐着一个美丽的少女。

"哎！快看，下面那个车里有个美女呢！要是她还没结婚，我们就把她抢过来吧！"哥哥对弟弟说道，"抢过来给你当媳妇！"

哥哥催促着弟弟爬下山去，这马车里坐着的正是这个牧民部落中的大美人，马车在美女住的帐篷边上停了下来，兄弟俩立刻冲了进去把美女抢走了。回到家后，弟弟与美女成了亲，把她留在了自己的家中。

不久之后，弟弟和妻子生育了两个儿子，哥哥也养育了几个孩子，没过多久，哥哥便生病去世了。弟弟原本想抚养哥哥的那几个孩子，但是他们都不愿意投奔他，都独自出去闯荡了。

为了照顾家中的妻儿，弟弟每天起早贪黑地在山中打猎。某个秋天，弟弟打完猎正往家中走，弟弟收获不多，回家的路上正好遇上了一个老相识。老相识点了一堆篝火，正在烤着一只野鹿。

"分我点肉行吗？"

"好啊，分一半给你吧。"

老相识爽快地把鹿分了一半给弟弟，弟弟谢过他，把半只鹿扛到了马背上，然后牵着马往家走。

走了没多久，迎面走来一个老人，身边跟着一个男孩子，老人穿得十分破烂，弟弟看了有些于心不忍，开口问道："这是带着孩子去哪里啊？"

老人一眼就看见了弟弟马背上的半只鹿，立刻垂涎三尺。

"我有好几天没有吃东西了，实在饿得没办法了……请你给我一些肉好吗？我把这个孩子送你……"

弟弟点点头，割了一条鹿腿下来，老人千恩万谢地把男孩子交给了弟弟。就这样，弟弟带着鹿肉和男孩儿回了家，男孩儿就成了家里的小僮。

几年之后，弟弟也死去了。但是他那个抢来的妻子却在他死后又生了三个男孩子。

两个大一些的孩子对之后的三个弟弟有些怀疑："咱们父亲都死了，母亲竟然还生了三个孩子！家里的那个小僮很可疑啊！"

开春的一天，母亲把五个儿子都喊到了自己的身边，端出了一大锅煮好的腊肉，然后对老大还有老二说："你们心里一直有疑问，虽然你们没有当面说过，但是我都知道。我也不想瞒你们，其实在我生下弟弟们之前，总会有一个金人，浑身发光地穿过我的卧房，他的光芒照在我的身上，我就会怀孕。这就是弟弟们的由来。这个金人定然不是普通人，你们的弟弟以后也一定不会是普通人。他们也许将来会成为大国的国王，你们五个一定要彼此照顾，同心协力。"

说完，她从一边的箭筒里，取出了五支箭羽，一支一支地交到五个孩子的手中。

"来，你们来把手中的箭羽折断。"

五个儿子轻轻松松地把手中的箭羽折断了。母亲不说话，又拿出了一大把箭羽交到每个孩子手中，每人手中五支。

"来，你们再试试。"

五个孩子又试了一次，这次他们都没办法把手中的五支箭羽一起折断。

"现在知道了吗？你们五个人，就好比是这五支箭羽。单独一个人，都是很容易被打败的，但是当你们凝聚在一起的时候啊，就没有人能轻易地击败你们了。你们一定要兄弟齐心啊。"

母亲讲述了这个道理，希望自己的孩子们能彼此照顾。没过多久，母亲也去世了。

哥哥们将家中的草场、粮食全部都分了，但是最小的那个弟弟却一无所有。五弟十分生气，心想哥哥们都不照顾自己，那么自己也不必再把他们当作亲人了。

五弟骑走了一匹青色的马儿，沿着河岸往下游的地方一直走，寻找一处肥沃的土壤。五弟找到了理想的草场后安顿下来，给自己盖了一间小小的草屋。

冬天很快到了，五弟毫无粮食，每天只能忍饥挨饿地四处觅食。幸好草原上的狼群同样需要觅食，五弟便跟踪着狼群，当狼群把猎物逼到悬崖峭壁的时候，五弟就埋伏在悬崖下，用弓箭射死猎物占些便宜。实在打不着猎的时候便去草原上找狼群吃剩的肉食。

一天，五弟在寻找猎物的时候见到了一只小苍鹰，这苍鹰刚抓到了一只野鸡，啄得正开心。五弟顿时高兴了起来，苍鹰是草原上的捕猎能手，要是能抓住这只苍鹰，那么以后自己的伙食就不用愁啦。

五弟用自己的马尾毛做了一个不起眼的陷阱，将陷阱藏在草丛中将小苍鹰抓回了家。

很快冬天就过去了，春天来临的时候各种动物也都出来活动，五弟把养在家中的苍鹰饿得透透的，然后放它出去捕食。苍鹰一出去就追踪到了一群鸟儿，狠狠地啄了起来，各种鸟儿的羽毛纷纷扬扬好似下雪，五弟开心地跟在苍鹰的身后，将地上啄伤的猎物捡回家，做成干肉贮存起来。

在五弟草屋的溪边是一座不高的山，有一天，一群以放牧为生的牧民翻山而来，在山下搭了帐篷，他们把水边的草场当成自己的牧场了。五弟见到牧民的到来，便过去打招呼，牧民热情好客，将马奶分给了五弟。

不久，牧民发现五弟的苍鹰是捕猎的好手，便要五弟将苍鹰割爱给他们，五弟坚决不同意。

虽然没有要到五弟的苍鹰，牧民依旧对五弟十分友好，五弟也每天过去喝些马奶。

这时候，三哥发现五弟失踪了。他赶紧骑上马沿着大河走，在两岸寻找五弟的踪影。走啊走啊，就刚好到了牧民搭帐篷的地方。

"你们好啊，请问有没有见过一个年轻人啊？"

"年轻人？嗯……"正在汲水的牧民似乎想到了谁。

"他大概是有一匹青马！"三哥连忙说道。

"哦哦，应该是那个带着苍鹰的年轻人吧！他啊，每天都放鹰，还常常来喝马奶呢！他的苍鹰可厉害了，在天上把鸟儿的羽毛啄得跟下雪一样啊！你就在这里等着吧，他啊，差不多要来了！"

三哥谢过牧民，拴好了马，在河畔等着五弟来。没过多久，一个骑着青马的年轻人出现在了对面的河滩上，肩上站着一只苍鹰。三哥定睛一看，正是寻找已久的五弟，他激动地在岸边大喊着五弟。

五弟听见有人在喊自己的名字，简直不敢相信自己的眼睛，是自己的三哥来了！他顿时热泪盈眶地冲了上去。

"我发觉你失踪了，就赶紧出发来找你了。哎，你是怨恨我们分家不公吧，但是你也别忘记了母亲跟我们说的话啊。"

兄弟两人分别骑着马，沿着河走着。

"三哥啊，我的确不该忘了母亲以前说的话，但是还有一件事，你记不记得？"

"记得啊，是五支箭羽的故事吧？"

"不不，我是说母亲说过的另外一件事呢。"

"还有什么事？"

"三哥不记得了吗？我还记得呢，母亲以前说，我们几兄弟不是普通人，会成为大国的国王。"

"嗯……这么一提我倒是想起来了，母亲的确这么告诉我们的。"

"所以，三哥，我有个大胆的想法。"

"什么想法？"

"我想啊，或许我们当不了国王，但是当个首领什么的应该不难。"

"咦？怎么当？"

"你还记得刚才那个牧民部落吗？那个部落还没有首领呢，只要我们召集人马攻打过去，就能把他们攻下。"

"嗯，有道理，我们快回家把其他兄弟都叫上吧！"

两个人快马加鞭地回到了家中，兄弟五人一起商议了办法，然后去攻打那个牧民部落，果然成功了。

那个部落的人都被俘虏，成了奴隶，而他们的马匹粮草也都归五兄弟所有。

饿人吃神仙

傍晚，土路被斜阳炙烤着，饿坏了的长吉在路上走着。路不宽，并且脏兮兮的。路两边有很多店——点心店，香烟店，荞麦面馆，酒馆，杂货店，和服店……店与店之间由树篱隔开，中间夹着几户农舍。

马车、马儿、自行车相继过去了，一个身穿和服、脚踩皮鞋的八字胡男人过去了，马夫将马拴在小酒馆门口，走进店，大声说笑着。

所有的一切都很符合这个小镇的氛围。

空气里飘散着各种味道——甜的、酸的、咸的……似乎还有烤鳗鱼。长吉用力吸了吸鼻子，终于停下了脚步。

没办法，他实在饿得不行了。

面前是一家粗点心店。店门口的台子上摆着一些玻璃做的糖果罐，其中一只里面装满了糯米糕。长吉望向那些罐子，显而易见，他非常想吃糯米糕，只可惜，他也很清楚，自己的口袋里并没有足够的钱。

于是，他也只能想象自己正津津有味地吃糯米糕的情形了。他可不想再像昨天一样——昨天，他因为实在饿得不行，只好去了附近小镇里的一家小饭馆。那里的饭非常好吃，他一口气吃了四五碗，才总算填饱了肚子。

不过，他却没钱付账。

老板娘见他没有钱，马上变了脸色，还狠狠地揪住他，劈头盖脸地骂了一顿，末了，又喊来几个人，把他从店里扔了出来。

长吉呆呆地站在店门口，脑海中又浮现起那个老板娘凶神恶煞的样子——他记得非常清楚，她当时非常生气，应该还气得头疼了，因为她最后还在太阳穴贴了一个治疗头疼的梅干。

算了，算了，还是别吃糯米糕了，万一再碰上一个这样的老板娘呢……长吉无奈地想着，终于叹了口气，继续往前走。

不过，他真的已经要饿死了。无论他怎么转移注意力，依然忘不了糯米糕的香味。

这就是这么长时间以来他一直不得不做的事——为填饱肚子而不断地奔波着。

有没有能换钱的东西呢？他低头看了眼自己。无可否认，自己现在的样子非常寒酸，除了一身破衣服，所有的财产只是一块油迹斑斑的手巾和所剩无几的火柴。如果说唯一能值点钱的东西，应该就是脚上穿的这双橡胶鞋了。它虽然曾经破过一个洞，但早就补上了，现在看上去，依然像双新鞋。

长吉曾经在一家小酒馆里做事，这双鞋是他偷了酒馆的钱之后，在逃跑的路上买下的，算是一件很有纪念意义的东西，也非常实用。

卖不卖呢？还是再想想吧，如果把鞋卖了，以后找到工作，可就再也没有像样的鞋穿了。

不过，如果不卖鞋，又从哪里弄些钱呢……他又发愁起来。

正在这时，一阵煮蚕蛹的腥味扑面而来。长吉本来非常不喜欢这种味道，不过，当一个人真的饿到了一定程度，也就不会恶心任何食物了。他伸长了脖子，期待地望向那边。

那是一家小杂货店，门口像点心店前面一样，也有个平台。上面放着一套男式夏装，布料上等，应该值几个钱。

拿到它，就能有糯米糕吃了。长吉这样想着，不禁变得兴奋起来。他着魔似的朝那件衣服走去。此时此刻，它在他的眼睛里早就已经变成了热气腾腾、香气扑鼻的糯米糕。

"喂，你要干什么？"还没等长吉碰到那件衣服，一个壮实的男人就从屋子里走出来，疑惑地问。

"我，我累了，"长吉语无伦次地掩饰道，"我累了，只是想在这休息会儿，并没有别的意思。"

"这儿不是茶馆，谁允许你坐这儿的？"

"就坐一会儿都不行吗？"

"算了吧，你明明是要偷东西！"男人一眼就看穿了长吉的心思。

"阿由，发生什么事了？"

正在长吉支支吾吾、无言以对的时候，一个老人走了出来。男人一见老人，赶紧向他交代了事情的原委。

"好啦好啦，你消消气，交给我来处理。"老人用一副息事宁人的语气说。

"好的！但是，您可千万别把这浑账小子放跑了！他鬼鬼祟祟，分明就是想偷我的衣服！"男人恶狠狠地瞪了长吉一眼，恨恨地说道。

长吉瞥了一眼男人，心里七上八下的。因为对方并没有抓到任何证据，他非常想反驳，不过，他很清楚如果吵起来，甚至打起来，自己这么瘦弱，完全打不过这个身强力壮的男人，如果对方再叫来一群人，自己就更没胜算了。于是，不管那个男人说得多难听，长吉也都是默默地听着，一个字都不说。

幸亏那个老人还算厚道，好说歹说，劝走了男人，这事儿才算了结。

长吉垂头丧气地离开杂货店，整个人依然饥肠辘辘。突然，前方风风火火地闯来几个小学生，长吉赶忙躲闪到一边，而小学生们继续嬉笑，放肆地朝前奔跑着。

前方是一望无际的路，路边有一家荞麦面馆。很快，长吉又被一阵大葱的香味吸引了。

算了，算了，还是进去吃碗面吧！要是老板要钱，干脆就把鞋子给他算了。可是，万一又遇到一个那样气势汹汹的老板娘……长吉想到这里，心里不由得一哆嗦，又开始犹豫了。

这时，一个包子突然滚到了他的脚边。原来对面走来一个五六岁的小男孩，这个包子是他不小心掉的。

长吉什么也不管了，直接捡起包子就吃。

"你偷我的包子，你偷我的包子！"男孩见包子没了，一把抓住长吉，急得大哭起来。

长吉根本没料到孩子会这样，他被这吓得不轻，赶紧挣脱男孩的手，打算转身逃跑。

男孩却很有耐心，一直紧追不舍，一边跑还一边又喊了一遍相同的话。

"怎么回事？谁偷你的包子了？"没过多久，一个体格健壮、劳工样子的男人就从一旁冲了出来，打算为男孩抱不平。

"是他！就是他！"男孩说着，用手指了指长吉。

"你这个狗东西，连孩子的东西都要偷！"听罢，劳工一把抓住长吉的脖子，怒斥道。

长吉知道自己跑不掉了，干脆心一横——反正包子已经在肚子里了，不如狡辩一下吧！

"你这人怎么这样！我根本没见过你说的什么包子。"长吉一边回味着嘴里残留的包子味道，一边狡黠地说。

"浑蛋，居然还敢抵赖！"劳工不依不饶，就像知晓一切一样。

"是他！就是他，他把包子吃了！"那个小男孩也在一边叫着。

劳工听完，气不打一处来，狠狠地给了长吉一拳头。

这一情景引来了路边居民的围观，他们一边看热闹，一边讥笑长吉。长吉又生气又不敢声张，只得拼力从劳工手里挣脱，悻悻地跑进了一条小巷里。

如果可以的话，长吉真想瞬间转移到别的地方，这样就能避免尴尬了。

他一口气跑了很远，才敢停下脚步，继续慢慢地走着。

走着走着，他发现了一座满布苔藓的石鸟居。长吉不想去神社，却又实在没什么地方可去，只好穿过鸟居，继续向前走去。

通往神社的路上长满了高大的杉树和榉树，树荫非常浓密，阳光只能透进来一点点。因此，树林里的光线很暗。隐隐约约地，长吉可以看见树林里面有几座瓦片房，那里应该是神职人员的住所。

树林的右侧是一条石板路，石板路附近是一座铁皮小房子，应该是个消防小屋。

不远处就是神社大殿。长吉穿过小屋，继续向前走。周围死一般的寂静，显得有点阴森。

很快，长吉来到一个葫芦池旁边，池水上面是一块通体雪白的石板，上面散落着一些枯枝落叶，长吉走上石桥，无意间将一团树叶踢到了水池里。

两条鲤鱼欢快地游过来，它们一定以为那团树叶是食物。

你们才是我的食物！长吉已经饥不择食了，对他来说，这两条突然出现的鲤鱼简直就是上天的恩赐。他决定把鲤鱼抓来烤着吃。

不过，得先准备一些鱼饵，长吉这样想着，四处望了望，然后沿池塘左边走去。那里长满了朱红色的花。长吉蹲下来，扒开枯枝落叶，使劲儿向下挖去。

果然，他的判断没有错，这里有很多蚯蚓。

抓到蚯蚓后，他又用树枝和布条做好了"钓钩"。不过，因为要避开大殿里的人，他特意往前走了几步，用长了山茶花与黄杨树的树林作掩护，小心翼翼地将鱼饵抛入水中。

即使是这样，他也一直在提心吊胆，生怕被别人发现。幸亏鲤鱼不算聪明，没过多久就上钩了。

他怕被人发现自己偷鲤鱼，便脱下衣服，将鱼裹住，小心地望向神社的入口。见没人，他便放下心来，想找个隐蔽的地方烤鱼。

他匆忙地走上神社门口的一条小路。这条路上人烟稀少，放眼望去，全是大片的旱地，里面种着一些黄瓜和桃树。一对父子正在给黄瓜喷药。

长吉本来打算顺手摘两根黄瓜，却发现那药水绿莹莹、黏糊糊的，看起来实在恶心极了，只好打消了这个念头。

距离黄瓜地五六町的地方是一片杂树林。长吉仔细看了几眼，心想这里是烤鱼的好地方，便爬上了前面的小土丘。

但是，这里很难生火。于是，他决定去山丘另一头的树林里烤鱼。

走着走着，他来到一棵榉树下，惊讶地发现了一座小小的神龛，前面供着五六根黄瓜和两瓶神酒。他什么都不管了，拿起便吃。一直把黄瓜都吃完，长吉才心满意足地拿起之前一直裹着的鱼。

突然，他手上一滑，鲤鱼落在了沙地上，不停地蹦跳起来。他大惊失色，一把抓住鱼。

可是，总不能吃一嘴沙子吧……他这样想着，想找点水，洗一洗鱼身上的泥沙。

他向四周望了望，发现贴近地面的树干处刚好有个洞，里面积着一汪水。他刚想把鱼放进去，就听见不远处传来了人声。

他一慌张，鲤鱼再一次脱手，掉进了水坑里。

反正这水坑也不大，长吉这样安慰自己，等一会儿再抓吧。

他站起身来，披上衣服，装出一副没事儿人的样子。

两个路人渐渐走近了，一个是身材佝偻的老人，一个是身着短装的农夫。

老人走到庙前，看到黄瓜没了，大惊失色道："这！这！我明天得再拿新的贡品来！"

长吉心里凉了半截，觉得一定是老人发现他偷吃了黄瓜了。

此时，树洞里又传来了水声，长吉又一想，完了，连鲤鱼也要被发现了，他可不想再像之前那样被人打骂了。于是，他决定佯装镇定，朝那两人的方向走去。

"神明显灵了啊！"这时，他听见那个老人家对着树洞大喊，边喊边拍手跪拜。

长吉走过去，发现那个农夫也凑了过去，和老人一起专注地盯着那个树洞看。

一年后的初冬，长吉拖着伤腿走在路上，迎面遇见两个人，他们正赶着一辆装满白萝卜的人力车，其中一个是体格健壮的年轻人，另一个是气色很好的白发老人。

老人看见长吉，关心地问道："你腿不好啊？"

"是啊。"长吉丧气地应答。

长吉离开树林后，成了一名矿工，后来因为和矿上的技师起了冲突，逃了出来。在翻过矿山的后山时，不慎跌到谷底，弄伤了右脚。

老人听罢，突然起了兴致，神秘兮兮地对长吉说了一处神灵所在地，让他赶紧去拜拜，也许可以恢复健康。

老人绘声绘色地讲着，神乎其神的样子。长吉一开始还认真地听着，后来仔细一想，那不就是从前那个树洞吗？

"那个树洞里有神仙，还变成了一条鲤鱼呢！"老人津津有味地讲着，"现在那里有个老头带着孙子，专门卖给人们上供用的东西，你可以买一点，求神灵让你恢复健康。"

长吉听到这里，不觉身子一震，那不就是当年他抓住又不小心给放跑的那条鲤鱼吗？

"好的，那我去看看，多谢了。"等那两人走远了，长吉不自觉地发出一阵冷笑，笑曾经那个让他受尽屈辱的城镇。

"这座小镇的人都是白痴，可笑又荒唐。"他自言自语地穿过鸟居，走上那条已经被铺上河沙的小路。很快，他就看到了熟悉的榉树。

不过，也许是天色已经晚了，他走进神社的时候，里面并没有人。

他穿过神社，又走向那个树洞。那里有两个烤火的小男孩。

"只有你们两个人？爷爷去哪儿了？"

"镇上，刚去的。"

"这样啊，那他什么时候回来？"

"很快就会回来。您是来拜神的人吧？没关系，您要的大米和灵符，这儿都有。"

"好……"长吉随口答应着，突然心想，不如吃了那条鱼，吓吓这群白痴，反正那条鱼本来也是他的。

于是，他假装向两个小孩子询问起这条鲤鱼，还说起当年自己如何抓到它的事。两个孩子听了他的话，觉得很是不敢置信，大叫"骗人"。

长吉轻蔑地笑着说："不信？那我吃给你们看好了。"

他不费吹灰之力地抓住鱼，架在火上烤起来。

只是一会儿的工夫，那条鱼就被烤熟了。长吉见状，开心地掰下鱼肉，大口吃了起来。

此时，驼背老人回来了。

小男孩见到爷爷，赶忙急得大喊："爷爷，那人把神仙烤熟吃掉了！"

"你……你……你居然把神仙……这是要遭报应的啊！"

老人大惊失色，差点跌倒在地上，好不容易才稳住脚步，瞪着眼睛，歪歪扭扭地扑向了长吉。

而长吉呢？当然是不慌不忙地拖着伤腿跑远了……

保平安的烟管

"年轻人，这是去哪儿呢？"

出了冈崎，刚刚走到赤坂的道路上的时候，一个行人追上前面的年轻人问。小年轻回头，只见一个长相粗犷的路人正在问他，他回答说："我要去江户呢，您呢？"

"嘿嘿，这么巧，我也是去江户，你去江户哪里呢？"

"下谷御徒町。"

"我去的地方是神田，跟你还蛮顺路的，我们一起吧？"

其实这个粗犷的路人是东海道地区的盗匪头头。他根据年轻人的状态，看出了这个年轻人肯定带了挺多钱，他想到了赤坂把钱劫下来。

"好啊好啊！"年轻人很开心。为了显示他对盗贼头目的尊敬，年轻人靠着路边走，想让头头在前面走。

"没事，路很宽，我们可以并排着走啊。"

"那怎么行呢，我一个晚辈怎么能走前辈的前面，不行不行，您走前面吧。"年轻人执意不肯。实在没得办法，盗匪头头只能在年轻人前面走着。

"小伙子脾气还蛮倔的哦。"

年轻人看到盗匪头头身扛两个大包，便对头头说："大叔大叔，要不我帮您拿行李吧？"

盗匪头头听到后，有点警觉，回头看了看年轻人，心想：这小年轻不会打我行李的主意吧？想抢了逃走？

"我是年轻人，而且手上也没拿东西，我可以帮您拿啊。"

"没事没事，真的不用麻烦你，我拿着不累。"

"不行不行，您跟我一道，您是长辈，我是晚辈，您做长辈的提着两个大包，我一个晚辈什么也不拿，说出去都让人笑话呢。"

听年轻人这么一说，盗匪头头倒是解除了警戒，发现这小伙还真是出于一片好心想帮忙。

"哦，那就麻烦你了。"

盗匪头头把肩上的行李拿下来，给了年轻人。年轻人接过后，往背上一扛，继续跟头头一起赶路。

"小伙子你挺有意思的，你去江户干啥呢？做什么工作呢？"

盗匪头头对年轻人很感兴趣。

"哦，这样的，我养父的儿子开了个旧衣店铺，平常我就在他店里帮帮忙。"

"那生意好不好啊？"

"最开始还是不错，但是这几年哥哥生病了，没空料理店里的事务，生意自然就差了很多……"

"是吗？那还挺惨的。"

"对啊，我这回出门就是因为生意不好，哥哥又生病了，各种事都办得不顺利。"

"哦，这样啊，你这回是去了哪儿呢？"

"我去了趟名古屋，因为我的亲生父母家在那儿。那时家里一共六个小孩，我是老三，妹妹老四出世的时候，家里实在太穷了，没办法，把我送给了别家，那家当时答应等我成年让我自食其力。后来养父过世了，哥哥一直在操持着这个店，但是现在哥哥生病了，如果我一直不理这个事的话，店铺恐怕就会关门大吉了。"

所以我必须去张罗点钱，这不我就想到了名古屋。"

"借到了吗？"

"我生父人挺仗义的，听说了这个事后，各种拼啊凑啊，变卖工具和衣服啊，终于给我凑了一些钱，够我们店用一阵了。"

"这样啊，你生父是做什么的呢？"

"他很爱阅读。"

"爱阅读，是学者吗？"

"不叫学者吧，就是经常会在名古屋给武士们讲课。"

"哦，难怪你跟其他年轻人不同。"

盗匪头头被这个善良的年轻人感动了，这时有点良心过意不去，于是他转身跟年轻人说："行李递给我吧，我可以拿的。"

"大叔，没事，我是年轻人，可以帮你多拿会儿。"

年轻人依旧攥着不肯给。

"傻孩子，我要拿东西呢。"

听盗匪头头这么一说，年轻人就把行李递给了头头。只见头头把行李大包往肩上一扛，抽出了腰间的烟管。

"年轻人，我突然想起还有事儿没办完，要折回冈崎。为了谢谢你帮我扛了行李，我要把这个烟管送给你。要是在回家的路上遇到什么歹徒，你就亮出这个烟管。有了烟管你就会平安的。"

年轻人很是纳闷，但是还是收下了烟管。说完，盗匪头头就转身往冈崎走了。

天黑了，月亮爬得老高，年轻人趁着月光，到达了藤枝的旅店。正在他推门的时候，身后出现了三个鬼鬼祟祟的男人，他们是从松树林里出来的，这三人一把拦住了年轻人。

"小子，打劫，你想要命还是钱？"

年轻人吓得够呛，但是他突然想起了盗匪头头跟他说的话，于是他颤颤巍巍地从包里拿出了烟管，说："我只有这个！"

三个男子一下子被烟管吸引住了，借着月光，他们仔细地瞧了瞧。

"这是江户那边头头松哥的烟管啊！我的天……你在哪儿见过他？就是那个给你烟管的人。"三个人中领头的问道。

"冈崎……"

"哦，冈崎，年轻人，你现在钱够不够？"

年轻人不知道怎么回答好，要是说够的话，这三人肯定会抢，而且说不定还会要了他的小命，于是他说："我没有钱，住旅店的钱都没有。"

"也是，不然大哥不可能把他的贴身信物送给你。"

说完，三个鬼鬼祟祟的人聚头商量了一番，竟然伸手递给年轻人一些钱。

"给你钱，就用这个住旅店吧，想住哪儿都可以。"

年轻人有点摸不着头脑，但是他还是收下了，收下后就进了旅馆。

年轻人回家的时候经过萨陀山，不巧，又碰到了劫匪。有了上次的经验，他知道拿出烟管就没事，劫匪看到烟管就送给他一些钱。

不久之后，年轻人在程谷的一个茶馆吃饭的时候，不小心弄掉了烟管。隔壁桌有两个吃饭的看到了。没一会儿，其中一个人就趁老板不注意的时候，送给了年轻人一个装着银钱的小包裹。

久兵卫和渔夫

这个故事收录在一本江户时期的随笔集《想山著闻奇集》里。书作者说这个故事真实存在，而且非常巧合，不是自己编造的，故事就发生在伊势。

神户宿旁边村子里有个叫久兵卫的农民。今年田里没有收成，颗粒无收，现在穷得连田租都给不起了。实在是走投无路，他想到了卖女儿。于是他把自己十六岁的女儿带到了"一身田"旅店，让旅店把她卖到"四日市屋"做妓女。卖掉她三年可以得六两二分钱。卖了之后，久兵卫揣着钱往家里赶。

一身田旅店距离他家有三里路程。太阳渐渐下山了，田里没有稻谷，只有光秃秃的秸秆。久兵卫落寞地走在田间的小路上。他看到一个青面金刚墓，正要在墓边的路口往右走，他瞧见墓后面有棵被包着秸秆的朴树。有只乌鸦也应景地从树上飞了起来，嘎嘎叫了几声。

出了一身田，久兵卫就到达了中野村。村中的小径右边有很多杉树，杉树前面是菜地，地里种了一些大白萝卜，还有一些冬天能生长的菜。这是旱地，刚刚的菜地旁边有块刚刚翻新过的土，看上去像种了大麦。为了不被鸟类偷吃，菜田里立了竹竿，拉了网。但是总有一些缝隙可以进去，这不，现在就飞进去了几只大雁，在偷吃呢。看到有人过来，大雁就慌乱地往外飞。但是有一只笨笨的，怎么飞也飞不出去，好像它的爪子挂住了什么东西，哦，挂住了绳子。好久没开荤了，这么一只肥鸟，怎么能错过！久兵卫心里痒痒的，但是这里又不准捕猎，他不敢去抓。但是大雁很笨，一直没挣脱，久兵卫真的是顾不了那么多了，便走上前去。他环顾了四周，怕有人看到。看到没有人过来，他便快步走向大雁。

久兵卫上前迅速抓住了鸟的脖子，然后去解绳子。本来他想先捏死大雁，但是他还是做贼心虚地看了看周围，好死不死，正好有人从刚刚他走过的路上过来了，而且还是两个人。这下他可吓死了，慌乱之下，他把鸟往怀里塞，飞快地跑出了菜地。大雁的头露在了衣服外面。被人塞进衣服，岂有不挣扎的，差点就让它逃走了。

久兵卫刚刚卖女儿的钱正挂在自己的脖子上，钱被装在了钱包里。他想用钱包的绳子勒死这只鸟。于是他取下钱包，用绳子缠绕着大雁的长脖子。但是呢，很巧的是，他的鞋带散了，走路差点左脚踩右脚鞋带摔倒了。唉，只能停下来先系鞋带。大雁好像也找到了空当，一溜烟地就这么飞走了，飞走了，飞走了！久兵卫的怀里和地上都掉了几根大雁毛……挂在大雁脖子上的钱包也一起飞走了……

久兵卫欲哭无泪，刚刚大雁起飞的时候，他去扑都没扑到。当然，挂着钱包的大雁也飞不了太高，于是久兵卫跟着追，又用石头扔它，还顺手捡了根树枝，使劲挥，想把大雁吓下来。

追了没多久，大雁便飞过了小山丘上的松树林，消失在晚霞里……久兵卫真的是不知道该怎么办了，傻傻地站在那里，现在使劲怪自己，想什么肥鸟，想捡芝麻却把自己的西瓜给丢了，卖女儿的钱都丢了，这个蠢人急得嗷嗷大哭。

太阳下山后，天冷得不像话。久兵卫生无可恋地往家里走，他感觉脚特别重，重得都要抬不起来，走不动了。他老婆是个多嘴的人，要是知道了今天发生的事，肯定要把他骂死的。更可怕的是，还过三天就要交租金了。要不是要交租金，他怎么可能把自己唯一的孩子卖去做妓女，无能的他还有什么办法这么快筹到钱……久兵卫边想边想起地主可怕的脸以及他说的话："三天后你要是还不交租金，你就去坐大牢吧，坐到死！"就是因为地主跟他说这句话，他才想到卖女儿的。呵呵，到了最后，卖掉了女儿，为了吃大雁，结果人财两空……

天色很暗时，久兵卫终于回到了家里。

"终于回来了，怎么这么久，我还以为出了什么事呢。中间没出什么事吧？"地炉旁的老婆看着他问。

久兵卫哀怨地点了点头。他老婆感觉到了不对劲，追问道："到底发生了什么事？"

久兵卫不敢说，但是又不得不说。于是他脱了鞋子，走到地炉旁，瘫软在老婆面前。

"你说，到底发生了什么事？"

他老婆很是疑惑。

"嗯，出大事了……"他叹了口气。

"什么？出什么大事了？"他老婆的心一下子揪了起来。

久兵卫紧锁眉头，把在路上发生的事告诉了老婆，还说钱包跟着大雁飞走了。

"你这个没用的东西！要你何用！你告诉我，该怎么办！"他老婆恨铁不成钢地骂道。

"怎么办，我怎么知道怎么办？反正我不知道该怎么办了，生无可恋……"

"怎么生无可恋？"

"反正现在我要么死，要么去坐一辈子牢。"

妻子也没得办法。

久兵卫坐在那儿发呆，也不知道他抱着胳膊想些什么。

翌日早晨，四日市一个捕鱼人正要去伊势那边捕鱼。他整理好捕鱼的工具，整装待发。正要到海边的时候，他突然想起，搞不好路边的草丛的湿地里有些大雁或者野鸭子在里面。要是随便打中一只，就可以有美味享受了。

想到这儿，捕鱼人在路上捡了几块石头往湿地走。哈哈，真的有大雁在湿地里找小鱼吃。他放下手中的渔具，重重地扔了一块石头。受到惊吓的大雁群突然腾空而起，居然还有一只没飞走。看来搞不好打中了，又或者那只鸟受伤了。

他很开心，于是把手中剩下的几块石头也一股脑儿地朝大雁扔过去。石头并没有击中鸟，但是它还是没有飞走，只是在那扑腾扑腾地躲着石头。

渔夫认定这只鸟肯定是飞不了了。说时迟那时快，他迅速冲向了湿地，走进了草丛。果不其然，大雁虽然能走动，但是根本跑不了。渔夫很快就追上了大雁。大雁使劲地扑着自己的翅膀，在芦苇荡里乱窜。他瞅准机会，一把抓住了大雁的脖子，原来这只鸟飞不起来是因为脖子上的钱包的绳子挂住了旁边的芦苇，根本飞不动。

渔夫把大雁勒死了，然后往回走。大雁的脖子上的钱包里有点银子，还有一张字条。

他这下可高兴坏了，出门捕鱼，不但打了只大雁，还捡了个钱包，钱包里还有点银子，直接回家算了。于是他回到家，叫醒了家里睡觉的老婆，然后把钱和大雁给老婆看。老婆看了看钱包里的字条——上面写着：四日市屋的旅店的老板让久兵卫带走。

"这个钱一看就是卖孩子换来的钱，哪有人这么不小心挂大雁脖子上啊？"他老婆很是不解。

"我才不管这个钱是哪里来的呢，这是从天而降赏给我的！"渔夫手舞足蹈地说。

"好好好，这是上天赏赐给你的，但是谁家要是有钱，怎么可能会卖女儿呢？肯定是生活所迫啊！你要是用了这个钱，肯定会遭到报应啊。"

"你这么说也对哦……丢了钱的人肯定很急。"

"是啊，这是卖掉自己女儿的钱啊。"

"你说，我们要怎么做啊？"

"还回去啊！"

"我怎么还啊，人都找不到，这是在大雁身上的钱包啊！"

"字条上不是写了四日市屋？你去那边打听一下，肯定能问到的。"

于是渔夫带上钱包，到了自己相熟的旅社问了下，很快就知道四日市屋是在身田。于是他又去一身田打听，很快就找到了久兵卫。

下午两点，渔夫终于到达了久兵卫家。这边久兵卫两口子还一筹莫展，不知道该怎么办好，连午饭都没吃。

"请问这是久兵卫的家吗？久兵卫是哪位？是不是钱包丢了？"渔夫看着久兵卫问。

"是是是，我是，我丢了钱包，里面有六贯二钱！"久兵卫连忙回答。

"嘿嘿，我正好捡到了，给你！"渔夫把钱包递给了久兵卫，"里面正好有你说得那么多，另外里面还有一张字条呢。"

久兵卫两口子真的是太高兴了，感觉都要跳起来了。渔夫将他看到大雁、抓到大雁的经过告诉了久兵卫。久兵卫也把大雁带着钱包飞走的事讲给渔夫听。为了表示感谢，久兵卫决定分一半钱给渔夫。但是渔夫怎么也不肯要，最后没办法，只好要了两铢钱。最后，渔夫拿了两铢钱走了。

这件事传到了藩厅的耳朵里，藩厅召见了他俩，并赏赐了渔夫五大袋米和五贯青钱，久兵卫也被赏赐一样的钱。渔夫被赏赐是因为他拾金不昧。久兵卫得到赏赐是因为在那种困窘的情况下，他仍然能拿自己卖女儿的一半的钱感谢渔夫，实属不易。因为这事，藩厅没有追究他俩捕杀鸟类的罪。

还债

团十郎吉是一个老实本分的年轻土木工人，一直在高轮萨州的工地上打工。一天，他一如往常来到工地，熟络地与工友们打着招呼聊着天，一会儿去帮忙搭脚手架，一会儿又运下木头，很是融洽。不过他有个糟心事，因为去年年末的时候，他从朋友那儿借的两铢钱至今没还上。

更加雪上加霜的是，团十郎吉的老婆两三天前跟他说家里面也亏了债务，让他想想法子，凑齐一份钱，把现在的债务都还清。唉！他现在满脑子都是还债还债还债。只要一闲下来，他就想起债务的事。

那天，他一边盘算着怎么还钱，一边抽着烟。

"郎吉，在想什么呢？"一位工地上经验丰富的大哥喊道。郎吉吓了一跳，抬起头，眨了下眼睛，一副老实本分的样子。

"怎么了，是不是被女孩子嫌了？"那个大哥继续问。

"哎呀，大哥，别瞎讲，我没有那个心情去找乐子呢……"团十郎吉摇摇头说。

"还有什么事，那难道是房东赶你们走？"

"不是不是，但是也快被赶走了。"

"哦……欠钱了吧？害怕欠钱，你当土木工做啥？"这个大哥一脸不在乎地说。

休息完后，工人们都回去重新干起了自己手中的活儿，忙了好一阵。不知不觉，春天的太阳已经悄悄下山了，一天的活也完成了。团十郎吉跟其他在工地上干的工人一样，偷偷地藏着一沓碎木片在衣服里面。等他离开打工的工地，走上平常必经的土桥时，天都黑了，月亮都爬上来了。今晚月光很亮，照亮了回家的路。

在桥头告别了几位工地上的朋友后，他就往土桥走去。桥才走一半，他就迎面碰上了喝得酩酊大醉的魁梧武士。看到这个武士，郎吉想，要是撞上了武士就糟糕了。于是他就往左边让了让。可是这个武士竟然歪歪斜斜地也往左边走，正好撞上了他。撞上的瞬间，武士就一下子抓住郎吉的衣领，可把郎吉吓得够呛。

"大人，小的实在不是故意要撞您的，求大人放过小的！"

"哼，不是你，难道还是我了！你先撞的我，还在这胡说八道，一顿乱讲，真的是没有王法了吗？老子饶不了你！走，跟老子去府里！老子要你好看！"武士蛮横地说道。说完他长长地呼了一口气，满是酒臭味。

团十郎吉想到，这个醉鬼，跟他说再多都没用，我一定要想个法子逃走。但是他从工地上塞了好多木片在棉袄里，不是很好逃，跑起来不方便。除非真的是特别有运气，不然真的逃不掉。武士加重了手中的力道，说："浑账王八蛋，赶紧走！"

武士揪着他的衣领，拖着他。在路上，郎吉一直找机会溜，可是武士太讨厌了，一直不松手，边走边兴致高昂地赏月唱歌。

没走多久，团十郎吉心生一计，对着武士说："武士大人，小的想方便一下。"

被这么一问，武士就失去了唱歌的兴致。武士仔细地瞧了瞧郎吉，看了一会儿才松开手。手一松，郎吉就到路边作势要小解，忽然他一转身，撒开脚丫子就死命跑啊跑。武士看他逃跑，立马也追。

团十郎吉本来也害怕，好不容易找到逃跑的空当，如果不用尽力气跑的话，抓到就惨了呢。他使劲跑使劲跑，毫无方向地跑了很久。终于到了一个小巷子，武士没有追上来。他终于能松口气了。他慢慢地走着，当然他还是害怕的，他怕武士偷偷跟在后面。于是他又特意兜了几个小巷子，穿过了好几个不用经过的弄堂，在路上绕啊绕的，走着走着就走到了自己住的地方——和泉町。

推开家门，他看到老婆在火盆旁边吸烟。他一边跟老婆说话，一边走到灶边拿出他偷的木片。拿了半天，碎的小木片还是很容易拿出来了，但是有块最大的怎么拿都拿不出来。

"老婆，你快过来帮我拿下，还有一块拿不出来。"他转头跟老婆说。

"啊，拿不出来？我看看。"他老婆放下烟枪，起身给他帮忙。

"我也不知道怎么回事，根本拿不出来……"

"你转个圈，我看看。"老婆抓着他的肩膀，示意他转一下。突然，她发现团十郎吉的后背上插了一把小刀。

"我的天，这有把小刀。哪里来的？"

"什么？我的后背上有一把小刀？"正在纳闷的郎吉突然想通了。这肯定是武士在追他的时候飞出来的小刀，"一定是那个讨厌的武士干的……"

于是郎吉把自己今天的遭遇告诉了老婆，说他在桥上撞了一个武士，武士硬是要押他回府里，他借着自己的小聪明，这才逃出来的。他一边说着，一边脱下了自己的衣服，拔出了插在木片上的小刀。

"讲真的，要是没有这块丝柏木板，我应该就丧命了。"

"是啊，真的是太危险了。这厚木板真的是救了你一命啊。"

之后，他俩便开始吃晚饭。吃着的时候，团十郎吉突然灵光一闪道："老婆，我们要不去把这个小刀卖了吧？好卖点钱。"

"是哦，肯定能卖几个钱！"

"嘿嘿，我去当铺问下。"

"能卖点钱是点钱，就当泄恨。"

"嗯嗯，是的，我等下吃完就问问去。"

晚饭后，郎吉就去当铺了，没过多久，他就拿着一分钱回家了。他特别开心地跟老婆说："老婆！幸好有这把小刀，我们终于可以还上债了！"

技高一筹

　　一天，一个小酒馆里来了一位云游和尚，和尚点了酒菜坐下。但是和尚吃得并不安稳，好像在等什么人。吃饭的时候他老是起身向门外观望，反复了好几次。

　　酒馆老板很是好奇，便热心地上前问道："大师您在等人？"

　　"实话告诉你，老衲其实刚刚在路上捡到钱，我想等丢钱的人过来。"说罢，和尚从胸前拿出一包东西，搁在了桌上。老板定睛一看，只见纸包上还写有某某人的名字。

　　"这里面有足足二百贯[1]呢。"

　　听见和尚这么一说，老板眼前一亮，心里就开始琢磨着，打着这二百贯的主意。他连忙走到后面的里屋，喊来打工的小二，跟小二耳语了几句。小二顿时就明白了老板的意思，朝老板点头，并悄悄地从后门溜走了。

　　过了一小会儿，小二一副急切的样子出现在了酒馆。他心急如焚地寻来寻去，像是丢了什么重要的东西。看到此景，云游和尚立马迎了上去，问："这位施主，您这是发生了什么事吗？"

1　贯，日本古代银目的重量单位。

小二一副欲哭无泪、毫无头绪的样子，回道："大师，我丢了好多钱，好大一笔呢，怎么办，我怎么找都找不到……"

"施主您丢了多大一笔钱呢？"和尚又问。

"二百贯啊！二百贯！"

"施主您包这二百贯用的是钱包还是纸包呢？"

"我用的纸包，我把名字写纸包上了。"

"什么名字？"

"中村三郎。"

"老衲正好捡到了一个纸包，上面也是这几个字，应该是施主的。施主等等，老衲这就去取来。"

和尚拿来纸包，给到小二。小二装得喜出望外的样子，说："真的是太感谢您了，大师，大师真的是慈悲心怀！若不是您捡到，我估计都找不到了！"

小二说完把纸包塞到怀里，并掏出钱要感谢和尚："大师，谢谢您替我找到这个，我一定要谢谢您，这个您就收下吧！"

"老衲实在不能收，老衲只是做了自己应该做的，不能收不能收！"和尚推托着，实在不肯收小二的钱。

老板也开始劝和尚收下谢礼，劝了半天，好说歹说终于把这个钱塞给了云游和尚。和尚收下了钱就离开了。

老板和小二真的是乐不可支。

"哈哈哈哈，成功！"老板高兴地说道。

小二得意地附和道："嘿嘿，老板，您看我演技怎么样？"

"哎呀，真的不错啊，你演得跟真的一样！眼神特别到位，不知道的还真以为你丢了钱呢！哈哈哈哈，那个云游和尚肯定不知道你是演的！哈哈哈哈哈，老板高兴！今天我俩就分了这个钱，五五分！不亏待你……"

小二拿出纸包递给老板，老板一拆开……哦，我的天，根本不是钱啊，没有闪闪发光啊，这是铅块啊！一文不值啊！

"啊！啊！啊！"

"我的天！"

老板和小二很是吃惊，相对无言。

"聪明"的赌鬼

一个赌鬼死了,死后他下了地狱。他死的这天,地狱没有什么公事,特别空闲,牛头马面都出去遛弯了,只剩下阎王在那儿办公。阎王审问赌鬼的时候也是无聊,随口一问:"这几年来,人间有什么变化吗?"

赌鬼说:"哦,米涨价了。"

"难道除了这个变化就没有别的了吗?没有什么有意思的吗?"

阎王对人间好奇心特别重。赌鬼看到了这点,心生诡计:"哦,您要听有意思的事啊……道顿堀的戏特别有意思。"

"哦?什么戏?我们地狱实在太闭塞无聊了,本王每天都要处理堆积如山的政务,根本没空去人间走走,看看有意思的戏,本王老早就听说过了人间的戏好看……这样吧,你今天就演给本王看看,反正今天也是闲得无聊。"

"好嘞,等下阎王殿下别觉得我出丑哦。殿下能不能借你的王冠和袍子用用,这样演得更有趣?"

阎王同意了,于是脱下了自己的衣服,把王冠摘给了赌鬼。赌鬼穿上他的衣服,戴上王冠,对着阎王说:"阎王殿下,我们人间看戏的都是坐台下的,请殿下移步台下观戏。"

阎王觉得有道理,便走下了宝座。赌鬼走到高台,开始演净琉璃的剧目《国姓爷合战》中的一段。正演着，还没演完，牛头马面就遛弯回来了。看到他俩，赌鬼立马坐到了阎王的宝座上，色厉内荏地指着阎王大喝："你这赌徒！在世时嗜赌如命，做尽坏事，坑蒙拐骗，来人！拔掉这个赌徒的舌头，丢到锅里去，让他永世别想超生！真的是十恶不赦！来人！赶紧拖走！"

牛头马面听到命令立马执行，绑起阎王拖走了，然后这个赌鬼就成了新阎王。

恶人不可信

明虽然喊人帮忙去通报了吉村，但是他的话一说出口就想收回去。

他特别烦躁地四处乱看。蓝色的办公室看起来脏兮兮的，昏暗的灯光照下来，显得特别邋遢。办公桌上杂乱地堆放着报纸啊账本啊，都把桌子放满了，三四个西装笔挺的男人坐在桌子旁边，并没有工作。

这里其实是一个剧场的工作室，因为规模不大，所以也没多大名气。明对着角落坐着，角落里坐了一个五十岁的矮个子男人，他身着偏领衬衫，是个编剧，其实他也是这个剧场的老板，明跟他见过几回面，有点交集。矮个子男人对面又坐着个年轻女孩，长得像个中国人，穿着一件粉红色的洋服，他好像在问她一些什么。

明百无聊赖地站在门口，左手摸着门把手，半推开门，瞧了瞧那个年轻女孩。他猜，那个女孩子肯定是想当演员。想到这儿，他就想起了跟他住在一起的女朋友。女朋友怀揣着一个明星梦，为了实现这个梦想，她背井离乡，来到这儿，做了一名记者，在娱乐杂志社上班。其实想到女朋友，明就特别懊恼。因为最开始，女朋友是倾慕吉村的（那时他和吉村还是朋友）。为了得到她，明用尽了手段，才追到女友。虽然他跟吉村关系好，感情铁，但是一想到借钱，他就觉得丢人。而除了吉村，他实在找不到别人借钱了。

吉村怎么这么忙，什么时候他才能抽出时间来看我下——明心想。但是他又不得不等，因为已经到了这里，而且又缺钱，吉村就在右边的那个房间里。明盯着那个房间看。帮他通报的人已经走进去了。他急得团团转，突然，有人用力地把门推开了。推门的人正是明要见的人，吉村淳作。吉村和明一样，都在浅草周围的剧场工作，有时候当演员，有时候又做编剧写剧本。吉村半个身子才出门，就看清了来找他的人。他很是失望地说："是你啊，我还以为是谁来了呢，有人跟我说'冈本找'，我还在想是哪个冈本呢……"

　　吉村一副不可一世、眼高于顶的样子，都不拿正眼瞧明。明很是恼火，吉村当着认识的人的面，这么酸不溜秋地说话，给他难堪，几个意思？明不好意思地看向右边坐着的男人，男人一脸嘲讽地呵呵了一下，看着明。明真的想找个地洞钻下去，太丢人了。但是他装傻地问："你认为是哪里的冈本呢……"

　　"另外认识的一个朋友不行吗？"

　　"哪个？"

　　"要你管是谁？"

　　"你告诉我又不碍事。"

　　"我告诉你有啥用吗？"

　　吉村最近编的一部剧受到了大家的欢迎，上座率特别高，因此他也赚了好多钱。他身材高挑，穿了一件大岛的时尚讲究的竖纹衣服，腰间系的是博多，穿了一双新胶鞋，看上去很帅气。以前明大红的时候，吉村还是小跟班，经常都是明给吉村零钱用，现在……真的是三十年河东，三十年河西。明今天还穿着以前的旧灯芯绒西装，系着一条略显俗气的红色领带，看着特别寒碜。

　　"跟我一个姓，恰好还都认识你，多有意思啊。"

　　"有什么意思啊？难道你跟他说：'我们祖宗还是同姓呢，那就是有点亲戚关系啊，不如借点钱给我周转周转啊？'"

　　吉村阴阳怪气的语气让明觉得特别后悔。早知道就不来了，大不了就不借钱了！差点明就受不了转身就走了，但是想到现状，他又没走。现在他急得像热锅上的蚂蚁了，自己已经揭不开锅了。最近写的稿子都没有杂志社要，写的剧本没人看，难得吃一顿饱饭，女朋友对他也是不理不睬的，经常一个人出门去了。最惨的是，他已经两个月没交房租了。这次来，主要是先解决房租的问题。

"怎么可能……"

吉村态度特别差，一副不可一世的样子，但是明也不能生气，毕竟不得不低头。

"那你干吗老是问人家呢，还有别的事啊？"

"我就随口一问，也不是特别想了解。"

吉村走向明，在他的前面停住，问："你找我做什么？我有点忙。"

明咬咬牙，下定决心直说："我想让你帮帮我……"

"帮帮你？怎么帮，你赶紧说。"

"嗯，帮帮我。"

"好，剧场有点小，没有专门的接待室，跟我出去聊吧。"

正好，明也不想当着熟人的面开口，而且还有那么多人看着呢，不好意思开口。

"嗯。"

明退了出来，站在光线不强的泥地房间。天花板离地面很远，灯也特别高，照明条件不佳。

"你说你找我干吗？"

明走到吉村面前。

"我想要你帮帮我。"

"你说。"

"我最近手头有点紧，你借给我二十贯吧，江湖救急。我房租都快付不出来了，上个月的都没交上呢……"

"借钱啊？真的是巧了，我也是上个月没交呢。你找别人去借啊。"

"别人也不好借啊……"

"那就不太好办了……别人不好借？你看你，都要结婚了，二十贯都凑不齐，怎么过日子啊？要不你再找找别的法子。哦，我的天，你放低身段求我借钱的事要是让你女朋友晓得了，怎么办？她怎么想哦，岂不是难过得哭？"

"她知道我现在困难……"明回答说，表面上很随意，其实心里五味杂陈。

"你怎么可能这么穷呢？想想啊，你文采了得，可以写剧本写小说卖钱，还可以做演员，她肯定想不到你会缺钱啊，毕竟你是个多才多艺的艺术家嘛。"

"别别别，别这么说。"

"但是，我最近跟你女朋友聊过，她抱怨说，你也不是什么了不得的艺术家，就是个穷困潦倒的废物。"

吉村这么拐着弯骂自己，明本来就特别生气了。现在他还说跟自己的女朋友见过面聊过天，简直不能接受！这口气也是相当令人恼火。

"你跟她见过面？"

"哎呀，也没有啦……最近老是看到她出来，你可要看紧她哦，这社会乱着呢，像你这样的好人少呢。"

"要是她喜欢上别人了，我也只能放手啊。"

"哟哟哟，这么大度呢？我才不信呢，当初你是怎么追上她的，不是以自己的人格和身家做保证的吗？呵呵呵呵……"吉村嘲笑着。

"什么以人格做担保，我没有吧？"

"这么快就忘了吗，你追她的时候不是告诉她，我是个花心的人，老是在外面拈花惹草的，还得了什么鬼肋膜炎，你让她趁早放弃我？"

吉村真的是拿出了十分的嘲讽功力，把明的脸往死里踩。明听了很是愤慨。

"胡说，我没有这么做过！"

说完，明一拳打在吉村的脸上。

"怎么呢！你还打我，简直找死！"

吉村被明的拳头惊到了，大怒。两个人开始厮打起来，很难扯开。

"别打了，别打了！"

"来人！赶紧把这个不识好歹的架出去！"

马上就有几个人冲进来，一下子就制服了明，让他根本动弹不得。他使劲挣扎，但是终究是没得办法，对方人多啊，他就这样被人扔在屋外。明在地上滚了好几圈，差点掉到泥沟里。他撑起半个身子，回头看了看，刚刚扔他出来的几个人像没发生什么一样，边说边笑地把门关上了。明咽不下这口气，但是没办法，他也是个文弱的人，连吉村都打不过，办公室里那么多人，他更加没有胜算，只能呆呆地立在门口。

春天就要过完了，傍晚的天气还是很舒适。周围没有一点风，也很安静。这是条窄巷子，有几家中西餐馆在做生意。路上的行人也不多。看到明的遭遇，几个路过的人还以为明是闹事的小混混被赶出剧院了，跟看到银座那边乱砸玻璃的小毛贼一样，没有什么稀奇的。当然也有爱看热闹的人走近瞧了瞧，但是怕惹上不必要的麻烦，很快又走了。

"喂，冈本明先生。"

明忽然听到有人叫他。他抬头一看，是个小个子年轻人。年轻人眼睛圆圆的，穿着个性鲜明的铭仙绸裳，年纪也不大，应该是在读书。他姓藤森，大家叫他河童吉，在这一带是个有点名气的混混。

"原来是河童吉啊。"

"你是来演戏的吧？"

"没有呢，我来找淳作有事，没想到被他欺负了。"

"他最近有点名气了，整个人有点飘飘然，他是该吃点苦头呢。"

看到河童吉，明心想：嘿嘿，可以叫河童吉帮忙教训一下吉村。想到这儿，他就舒心了很多。但是他知道，出来混的，不意思一下，人家是不可能帮你出头的，办好了事的话，不出钱就只剩下自己的皮了。明是个胆子小的人，最怕惹麻烦了。他马上让自己冷静了一下。其实刚刚被人赶出剧院他也没那么记恨，但是让他糟心的是吉村跟自己女朋友的关系。吉村刚刚是在提示他："嘿嘿，你女朋友最近跟我关系不错，把你之前干的那些勾当都跟我讲了……"

"其实把他打一顿也起不了什么作用……"

"那你就这么白白受苦？"

"当然我也气不过啊……我再想想，要是需要帮忙，我肯定第一个想到你。"

"可以，随时找我，我兄弟就有三十多个，绝对能帮你出口恶气。"

要是吉村真的跟自己的女朋友好上了，那他一定要去报仇。

"到时候就麻烦你了，一定要帮忙啊。"

"我拍胸脯保证，随叫随到！话说，你这要去哪儿？跟我喝一杯去？"

明其实也想找个地方休息一下，比如咖啡厅，可是他没钱啊，又不可能叫人家请吧。

"是可以去下，但是……"

"走走走，陪我去，又不会给你惹麻烦。"

"讲老实话，我今天去找淳作是想跟他借钱。他穷困的时候都是问我借的，我以为他也会帮我，谁料他是这种人，以怨报德，还尽说些难听的羞辱我，于是我就给了他一拳。"

"哎呀，这算什么，跟我去喝个，我请你！"

"那好吧，我跟你去。"

两人一起到了离剧院不远的一家咖啡厅，坐在了右边靠近门口的角落里，两人各要了一杯啤酒。店里服务员不多，就两三个，梳着整齐的岛田髻，没有围裙。

"最近在浅草没怎么看到你啊。"

他知道浅草是藤森经常活动的地方。

"你不知道，那边风声有点紧，我就跑这边来了。我也是有段时间没在那边看到你了。"

明和女朋友同居后就没怎么去过浅草了。

"是啊，这段时间工作忙点……"

"是不是交了女朋友啊？"

"对啊，也算有个家了……"

"是有女朋友了啊。"

但是最近没什么收入，感觉女朋友要离开他，明很生气而且妒忌心作祟。

"像我这种人，找个女朋友后，就开始觉得手头紧了。以前都是别人找我借，现在我想让别人帮我忙帮我渡过难关，人家不但不借，还羞辱我。我真的是没脸见人啊……"明自嘲地说着，把自己的遭遇告诉了藤森。

"你缺多少钱呢？"

服务员不在旁边，明生怕他们听到，于是在说之前他警惕地看了看四周，害怕丢人。

"二十贯吧。"

"哦，我不能保证弄很多，但是二十贯还是可以帮帮忙的，你放心吧，包在我身上。"藤森的圆眼睛看起来满是"真诚"。

明其实有些不信，但是只要能补上房租，或许女朋友就不会看不起他了。先不管那么多了，先借！

"这样会不会给你添麻烦呢……"

"这点小事，我能做到的，等下喝完酒，我们就去找'老板'聊聊。"藤森满是自信。他把剩下的半杯酒干了，然后冲着服务员喊道："喂，服务员，再给我来杯啤酒！"

牙齿有点龅、上牙肉暴露的服务员很快就端来了生啤。

"一杯不够，给这位先生也来一杯。"

藤森把生啤推给明，然后顺便点了一个下酒的菜。

两人都喝了酒，话有点多，从圈内的女演员聊到了藤森的一些"事迹"。两小时过去了，他们桌上已经摆了五六个杯子和几碟下酒菜。

几杯酒下肚，在酒精的作用下，明也想通了一些。

"我们走吧。"藤森喊来在邻桌招呼客人的女服务员，"美女，我们这里要买单！"

服务员到柜台拿来账单，藤森把之前准备好的钱丢在了桌上，然后就出来了。于是明快步跟上。出了门口，藤森给明使了个眼色说："跟上我，不远。"

两人经过了刚刚的办公室门口，来到了一条人比较多、比较热闹的大路上，路两旁还有好多小商贩摆摊呢。剧院的正门对着这条马路，门口有很多彩旗，随风飘动，很是繁华。他们经过剧院后，进了一个巷子。明也不知道去哪儿，只好跟着藤森，跟个傻子一样，人家走哪儿他就跟到哪儿。在巷子里兜兜转转好几下后，他们到了一条人烟稀少的小径。眼前有几幢民宅，都是用木板做的围栏。这时月色昏暗，月光被云挡了一半的光。

"就是这儿了。你跟着我，站在这个房间门口，什么也别说，千万不要出声。"

这个家的院子门口有个灯，是用铁丝网罩着的。藤森上前开了院子门，直冲冲地往里面走。明看着有点害怕，想，这里不是没人的店子，藤森不可能这么大胆地直接过去抢劫吧……我是不是想太多了？虽说这么想，但是明还是跟着藤森进去了。他们家大门口有点黑，不像院子门口那么亮。

"喂，有人在家吗？"藤森郑重地问。

问完，门口的灯就亮了。一个看上去四十多岁的胖胖的女人伸出头来。看样子，她应该是家里的女主人。

"您是谁啊，有事吗？"

"我？"藤森掏出一张名片，从门缝里递过去，"你看名片。"

胖女人下了台阶，拿着名片。

"哦，电台的？"

"嗯，是的。"

明不解。藤森怎么可能是电台的呢？胖女人站在那儿想了会儿。突然，藤森说："理论上来讲，我要找你家男人谈的，但是今天有点情况，所以我就先来了。"

"哦，要不你进来说。"

胖女人开了锁，然后让他们进去。

"我站这儿就行了。"

胖女人没有停下来，还是继续往屋里走。

"别，您进来吧。"

"真的不用了，我站在门口就行了，毕竟我这儿还有个人呢。"

"哦，不好意思，"胖女人半天才发现原来有两个人呢，"那位先生也一起进来啊？"

明记得之前藤森让他不要说话。

他应了一下，但是没有抬脚进去。

"没事的，你看我今天也不是很正式，"藤森边说边往台阶上坐，"你儿子是在读初中吧？"

"对啊，"胖女人回答道，然后从里面拿了个坐垫给藤森，"地上太冷了，你垫个垫子吧。"

藤森没有理会胖女人，没有接垫子。

"理论上来讲，我们应该把这个事告诉他爸的，可是我又想到孩子，怕他受苦，所以就先来拜访您了。您家里是有个收音机吧？"

"嗯，对的……我儿子从他同学那里学会了改装机器，所以他一到家就会弄弄这些玩意儿。"

"他平常有在听广播吧？"

"不清楚啊，但是他弄机器的时候肯定要试试效果啊……"

"那就是会听了。您知道私自听广播是犯了窃听罪吗？"

"什么，有这回事？"

"嗯，是的，犯罪。最近我们电台在找窃听的人。有人投诉了，说你家有窃听，之前也有同事过来看过，知道你儿子不是故意要听的，我今天来，就是想私下解决这件事。解决这事很简单，请我们主任吃个饭。"

明终于有点头绪了，原来藤森是这种电台员工。他这是在协助藤森犯罪啊，想到这儿，明真的是害怕极了。

"哦，我的天！不是吧……我儿子真的不是有意要听的，只是在试机器呢，请主任一定要放过我儿子啊……只要解决这个事，不管请多少次饭，我都愿意呢……"

"那好……"

"主任，你一定要放过我儿子啊，下次我们一定会先交费后收听的！"

"是吗，要不先把费交了吧？"

"请问，我要给多少吃饭的钱呢？"

"不多……罚款说起来有点不好听，这事我们就私下解决，给二三十贯钱就可以了。"

"这么好，可以啊，您等等！"

胖女人说完就揣着藤森的名片进去了。眼看就要成功了，明终于放心了，他看了看藤森。藤森此时在抽着烟呢。明本来觉得藤森没什么本事，就是个混混，但是这个点上，在自己这么穷困的情况下，看到藤森能帮忙弄到钱，他真的觉得藤森真的是太伟大了，跟他的救星一样。

房里有人在小声说话，还有一些奇怪的响声。就在此时，藤森好像顿悟了一样，连忙起身，轻手轻脚地往外面走，说："不好，出事了，赶紧走！"

说完，藤森就急匆匆地往外跑。

明丈二和尚摸不着头脑，但是根据藤森的表现，他知道肯定是不好了，于是也赶紧跑了。

藤森出来后往右跑，看到路口又拐了个弯。

"妈的，那个胖女人也太精了，竟然跑到里面打电话，真的是想死。"

明差点吓破了胆，他本来就胆子小。他以为是报警了，吓死了，没办法只好跟着藤森跑。

跟着藤森转来转去的，他都分不清自己在哪儿了。

"到这里应该就可以了……她不是报警呢，只是去电台问了有没有我。"

说完，藤森竟然还笑。知道胖女人没有报警，明才放心。

"本来我还打算白天去试试的，趁着男的不在。还是不能晚上去，真的是计算失误啊。"

明真的是被吓到了，不敢想让藤森帮忙筹钱的事。

"这样吧，我的房租还可以拖一拖，没事的。"

"这样多不好啊，我都答应帮你了，这样岂不是显得我不讲义气了！"

"没事，真的没事呢……"

他们到了一个光线很强的巷子里，巷子这边有很多小旅社，旅社门口都挂着灯，还有挂灯笼的呢。穿着时尚靓丽的女孩子们在路上走着。两人在小巷中间右拐后看到左边有个小旅店。正好有一对男女从旅店里出来，肩挨着肩站着。听到有脚步声，他们就分开了，两个人好像不认识般，走了不同的方向。女的往远的地方走了。明看着那两人觉得眼熟，但是想到熟人，他又怕，因为他现在跟藤森在一起啊，传出去多不好啊，丢人啊！明躲在藤森的旁边走着，生怕那男的看到。等男的走远，明又回头瞧了几眼，但是死活想不起来是谁。他们走到了一个小坡上，左边是石墙，右边是木板围墙。

刚刚那个女的背影看起来很年轻，身材也很好，月光照在她身上，有一种朦胧美，特别好看。她左手拿着一个手袋，但是明越看越觉得她像自己的女朋友，很自然他就想到之前淳作跟他说的女朋友跟淳作聊天的事。他有点冲动，想看看前面的女子到底是不是自己的女朋友。这时，女子已经走到了一个小破屋前，破屋的门是几块木板钉的，门上头还有一个用线控制的小灯。

藤森突然对明说："你在这儿等我下。"

藤森说完就往姑娘身边走，明很听话地停下了。当藤森走到女孩子的面前的时候，明以为藤森是要抓住女子，他害怕地看着，根本忘记看这个女子是不是自己的女朋友了。突然，感觉藤森和女子那儿有个反光的东西。

"喂，过来一下，我有点事跟你说。"藤森说道。

明以为藤森这个语气应该是认识那个人，想找她借点钱，不是干坏事他就放心了，于是他走了两步。但是，前面的两个身影又扭作了一团，拉拉扯扯地就被挤到了破屋门后面去了。

明上前看了看……呃，门被弄坏弄倒了，屋顶去哪儿了？刚开始，女孩子还大声拒绝藤森，但是现在她已经没有说话了。明想，这个女孩子应该是给了给藤森钱吧。想到这儿，他胆子又大点。看到藤森还在为他筹钱，他非常感动。但是，藤森用的是这种见不得光的方式，明还是得小心点。今晚他就目睹了藤森假装电台工作人员去勒索人家。以前也听说过他干的那些勾当，简直坏事干尽……我天，藤森不会在恐吓人家吧？——想到这儿，明就清醒了。他仔细地听着。门后有动静，感觉是在打架，感觉像在推来推去，互相捶打？明听得心急如焚，特别着急。

"你、你准备干吗……"女子痛苦地说。

"臭不要脸的！"藤森虽然声音不大，但是口气很凶残，明在外面听着都害怕。

"侮辱我，还这么骂我！"

"你胆子也忒大了吧，浑蛋！"两个人吵着，突然就有个人出来了，是藤森出来了。

"赶紧跑！"

做了坏事，肯定要跑。明大脑嗡的一声，不知道该干啥。藤森飞也似的逃跑了，跑过了小坡。反应了半天，明才知道要跑，但是刚跨一步，女子就扑了过来，抓住了他。

"来人！救命啊！"

明不知道这个女孩子抓住他是认错了人还是把他当同伙了。但是如果真的被当成同伙，他以后也别想过好日子了。他现在只有赶紧跑啊。但是任凭他努力挣扎，但是还是挣脱不开女子，因为女子死死地抱住了他，他动弹不得了。

"跟我没关系啊，真的不是我啊！"

明终于开口说话了，大喊。

"抢劫啊，抓抢劫犯啊！来人啊！"女子大叫。

天哪，要是喊声惊动了警察，他这辈子就完了。明急得要哭了。他挣脱了好久才解放了自己的右手，于是他试图转身把女孩子推走。这个时候他才知道，女孩子身上只有一件贴身裙了……

"抢劫啊，抓抢劫犯啊！"

"我没有抢劫，不是抢劫犯！"

"抢劫啊，抓抢劫犯啊！"

"你不要乱说！"

明这下推开了女孩子，立马就跑。

"大胆抢劫犯！"

一个浑厚的男声响起，明被一个巴掌扇得快晕过去了，眼睛都有点发花了。

"你个浑蛋，你还想逃！"

明还是晕过去了，没过多久，他就被一片笑声吵醒了。醒来发现自己被人绑起来了，一个戴着鸭舌帽的中年男人站在他跟前。

"我不是抢劫犯，她认错了！"

明一边说，一边看向刚刚女孩子站的地方。刚刚的门口，又站了两三个人。中年男子嘲笑着。明这时还在想，我以后再也不跟藤森来往了。

"我真的不是抢劫犯啊！我只是路过！"

"你还不承认，你以为我是傻子吗？你的朋友脱了她的衣服，你在这儿帮他把风！"

明真的是欲哭无泪。中年男子拉起绳子就要拖走明，"跟我走！"

明认识到，不管他说什么，中年男子是不会相信的。于是他只好跟着中年男子往门口走。他看到刚刚那个穿红色裙子的女孩子正在跟旁边的几个男子说刚刚的经历。

"我天……"

女子看清了明，大叫了一身。看着丢人现眼的明，她气不打一处来，扑过来。

"你这个……这个……丢人现眼的东西！"

明也被吓到了，他抬起头，认清了，原来这个红衣服女孩子是他的女朋友。明感觉天要塌了，要晕了。

"你这浑蛋！你竟然跟那种人一起，干这种事……"

女朋友气得发疯，使劲地抓着打着明，明的脸，嘴巴，鼻子到处都是抓痕。因为明的手被绑住了，所以他只能摇晃着脑袋闪躲来自女朋友的攻击。

强盗的行囊

与三郎正担着自己的行李准备赶回家，但是路上碰到了一个云游和尚，他穿着灰色的袍子，一直跟与三郎走着同一条路，而且不远不近地跟着，与三郎很是担忧。

"该不会是想拦路抢劫的人吧，专门抢我这种过路的人……"

与三郎又回头瞧了瞧和尚。只见云游和尚长得高高大大的，头戴丝柏帽子，像沙和尚一样，担着担子，两头各挑着一个盒子。乍一看，就是个很正常的赶路的挑夫。

"要不我快点走……如果他还跟着我，肯定是想抢劫！"

与三郎不由得紧握了肩上的扁担，深深地吸了一口气，快步地走着。现在是春天，风吹过来还是会有凉意，路边的松树仿佛很怕冷的样子，在风中发抖。太阳眼看就要下山了，与三郎超过了一个又一个旅客，有牵着马的马夫，有本来隔他很远的行人。不知不觉就走了十町，他不自觉地向后确认和尚到底有没有跟着他——呼，幸好，没有看到和尚的影子。

"没有跟过来……他应该不是盗贼呢……"

与三郎终于能够放下心来。要是平常他也不会这么在意，主要是他身上还带着攒了好久的二十贯，这是他在江户任劳任怨地干了整整五年才攒的啊，不宝贝这个宝贝啥。这回他要带着这二十贯赶回家乡草津。

"离家不远了，赶了这么久，千万不要让盗贼惦记上抢走了……"

家里上有耄耋之年的父亲，下有三个小妹，全家人都盼着他回家呢。

"其实钱被抢了也无所谓，实在不行再去江户挣……但是要是被盗贼杀人劫财，那真的是没得办法了……"

前方再赶三里就到家了！

"三里三里，只有三里……这个样子看来，八点前定能赶回家……"

想到这里，与三郎又不放心地看了看身后——我的妈呀，怎么那个和尚又在后面！而且那和尚跟之前一样，刻意地保持着不远不近的距离。与三郎真的是越想越害怕，越怕就越迈步子，就越走越快。

"我的天，咋办啊，咋办啊，谁来帮帮我啊……不如去找一家靠谱的客栈，找到老板说明清楚情况，让老板来帮忙出谋划策？咋办啊，咋办啊……"

与三郎真的是急得团团转。日落西山，天也渐渐暗了下来，湖里的水也开始发暗。哈哈哈哈，与三郎终于看到了一个休息的驿站。

"真好真好！有个驿站！我先进去躲躲……唔，要是老板不帮我咋整呢……要是那强盗和尚要了我的小命咋办……那我还不如赶紧赶回家，让邻里乡亲的帮我抓强盗。"

就这样，与三郎还是没有进驿站寻找帮助，就这么路过了。驿站里点着灯，和尚的身影在灯光闪烁下时而清晰时而灰暗……

"如果谁能陪我一起回去就太好了，不过，唉……"

其实这个休息的驿站离他家也就一里远。不过这一里路中有一条小路是必经之地。

"等下要到小路了，咋整啊，咋整啊……我要怎样才能甩了他……"

走进小路，与三郎已经离驿站和房子很远很远了。林子里也起了雾，朦朦胧胧的，与三郎害怕得使劲跑。可是身后的和尚也好像跟着跑了起来。吓死他了！

小路的左手边有个竹林。与三郎实在太害怕了，于是偷偷钻了进去，蹲着躲在一个草堆旁边。脚步声越靠越近，很明显，后面的人也跟着钻进来了。这绝对是云游和尚把他跟丢了，在找他。这就更加吓人了。与三郎真的担心自己的小命啊。过了一会儿，与三郎偷偷瞧见，和尚拿着刀子在他前面走过，走进了竹林的深处。

"我得在他找到我之前赶紧跑，不然等下他倒回来就找到我了！"

与三郎轻手轻脚地从草堆中爬出来，出了竹林。但是他没走好，突然被扁担绊倒了。

"哎哟！幸亏绊了下，不然我就忘记我的担子了！还有我的钱，攒了五年的钱！"

于是与三郎迅速拿上扁担，用扁担提着行李，飞也似的跑了，连扛到肩上的工夫都没有！一路跑啊一路跑，跑了一个小时，他终于跑到家了——等到家一看，他不但拿了自己的行李，还另外有两个行李！搞了半天，他把和尚的行李也提走了！

后来，与三郎用带回来的钱给家里建了一座大房子，然后买了几块地，变成了他们当地的富农！

人鱼的故事

"嘿！嘿！嘿……"

如果你路过海边，一定能听到渔夫们的号子声。

皎洁的月光将六个渔夫的脸庞照亮，这天的天气很温和，温柔的风吹在他们的身上。因为太过用力，他们的额头正向下流着汗水。

他们手中的渔网已经被拉了三四轮，这已经是最后一轮了。

渔网中的鱼在水里翻滚着、挣扎着，时而将脊背露出来，时而将白色的肚皮露出来。渔网的周围散发着海虫的光亮，看上去漂亮极了。

渔夫们光着膀子，肩并着肩，共同拉着绳索，使着劲，嘴里不停地喊着有节奏的号子。

"这大家伙可真重啊！"其中一个渔夫叫喊着。

这时，渔夫们已经在海边忙活很长时间了，每个人都已经筋疲力尽，他们想赶快把这条鱼拉回岸上，好早一点回去休息。

那袋子里的家伙，明显要比渔夫们平时捕捉的鱼大好几圈，渔夫们都非常开心，心想着，今天的收获可真不小，这么大的鱼，一定能卖好多钱，到时候大家分一分，又可以贴补家用了。

然而，这条大鱼在渔网中苦苦挣扎，不愿意被渔夫们拉上海岸。

那渔网是渔夫们用精心挑选的藤蔓编的，他们将网眼编得特别小，几乎要看不见了。所以，那大鱼根本就逃不掉。

几个渔夫花了好大的力气，才将那渔网和鱼一起拉到岸边。

他们迫不及待地将袋子打开。就在那一瞬间，"大鱼"露出了银白色的身体，渔夫们惊奇地发现，这条鱼竟然有着人的样子。它和人类一样拥有头发、五官，还有两条胳膊，和人一样的两只手，但是，它的腰以下却是鱼的形状。而且，它的鱼尾还在不停地拍打着海岸。

渔夫们从未看到过这样的"鱼"，都吓得向后退了一步。

"大鱼"扭动着身体，鱼形的尾巴打在海岸上，不断地啪啪作响。

"把它打死！快把它打死！"其中一个渔夫惊恐地喊叫着，好似看到了什么不干净的东西一样。

另一个渔夫听到了这话，反应过来，赶紧从身后抄起用来挑鱼篓的扁担，朝"大鱼"抡去。

那鱼见状，缓慢地转了个身，趴在海滩上，双手合十，摆在胸前，可怜地看着渔夫们，好像在哀求他们一样。

温柔的月光照射在那条鱼的脸庞上，将它脸庞的轮廓勾勒出来，其他的渔夫看到它眼中就要掉落的泪，就要去拦住同伴，可是，已经来不及了。

"砰砰砰！"只听得几声巨响，鱼倒在了岸边，没有了生气。

正在这时，一个老人远远地看到了地上躺着的鱼，赶忙走过来，仔细看了看。

"我的天哪，你们知道这是什么吗？这是人鱼呀！你们怎么可以打死人鱼啊？真是造孽啊，造孽！"老人摇摇头，闭上了眼睛。

渔夫们面面相觑，不知如何是好。

"唉……如果它没死，我肯定是要将它买下来然后放生它的，造孽啊……"老人还是摇着头，不敢去看那人鱼。

打死人鱼的那个渔夫愣在了那里，手中的扁担滑到了地上，其他的渔夫也都面色凝重。

"不过，死都死了，那也没办法了。我听人说，人鱼的肉吃下去可以长生不老。我女儿如今生了很重的病，你们要是打算吃它，那请将肉分我一片吧，我想这也许能够治好我的女儿。"

渔夫们听到这话，这才松了口气。

那天晚上，渔夫在海边将人鱼分成了好多块，将其中的一小块分给了老人，老人高兴地捧着人鱼的肉，回家煮了让女儿吃下。

没过几天，老人女儿的病就完全好了。

这消息传遍了全城，后来，连国王也听说了这件事情。

国王觉得这六个渔夫打死了人鱼，会给国家带来不祥，就命令侍卫立即抓到那六个渔夫，处死他们。

侍卫满城搜索那六个渔夫，老人听说了以后，慌忙让女儿扮成男人的样子，赶紧出城。

六个渔夫死后，老人为了祭奠他们，和老妻一起遁入空门。两人居住的地方名为"海底庵"，至今还保存着。他们的女儿独自游历各地，至今还流传着她因吃了人鱼的肉所以长生不老的传说。过了很久之后，她才又回到自己的故乡，去了人鱼曾经死去的那片海滩。

她在供奉土地神的神社中，造了一座石塔，纪念那条人鱼。

从此，渔夫们都不会六个人一起结网打鱼了。

宇贺之火

1

故事发生在土佐国的浦户。

在浦户，有一个姓宇贺的大富翁。他拥有一座豪华的府邸，他的田地广阔得望不到边际，每到丰收的季节，他家粮食脱下来的壳都能够堆起一座山来，没有人知道他到底有多少财富，但大家都叫他"糠冢富翁"。

富翁的家产不仅包括数不尽的粮食，还包括数不尽的海鲜和海盐。光是家中伺候他的家奴，就多到两百个。

不过，他对仆人的工作总是很挑剔的，他手里的那根红木拐杖就是惩罚仆人的最好工具，因此，仆人总是非常害怕他扬起手臂来，更害怕他手中那根长长的红木拐杖。

那个时候，正处于王朝交替，武家当权的时候。

现在的港口可比不上那时候的港口，那时候的港口非常深入海岸的，那时候的五台山、田边岛、葛岛、比岛等还是海上的孤岛。

晚春时节的风总是温柔的，甚至略带一些热情，阳光照在金色的沙滩上，人们踩在上面暖暖的。

中午的太阳升到了天空的最顶端，这时候的海面波浪翻滚。

宇贺富翁家里的两个家仆在海滩上休息，其中一个是一位老人，他坐在海岸边上一棵松树脚下的一节树根上，另一个是一位年轻人，他直接坐在了沙滩上，将腿伸得直直的。他们都穿着短的蓑衣，眺望着远处起伏的海面。

"海滩夜色谁人道……"年轻人突然开口唱起了歌谣，"贵人道，贵人开口笑……"

老人听着听着，就入了神，过了好大一会儿，才想起来问年轻人是什么地方的人，年轻人告诉他，他家在海滩的西边。老人似乎觉得那地方一定是个好地方，便问起了年轻人。

"是啊，那地方真的好得不得了，如果你去过，一定不会惊讶于我这样的称赞。我家海岸边上的树都是非常宝贵的，因为它们能够结出珍贵的宝石来，沙滩上的每一个贝壳里都有亮晶晶的珍珠。你说这地方是不是很好呢？"年轻人说着，歪着头看着老人。

他被人贩子卖到富翁家做仆人已经很多年了，说起他的家乡，他总是很激动的。

老人点点头，脑海中想象着那地方的样子。

"那你怎么会从那样的一个天堂，来到这个地狱呢？"

"因为我是被人贩子卖到这里来的。"年轻人回过头来，依旧望着远处起伏的海面。

"原来你和我是一样的，我也是被人贩子卖到这里来的。我记得我被拐走那年还很小，连我家的具体位置都记不清，我只能记得是在这里的东北方向。有一天晚上，我一个人到海滩上玩，看到了一条眼生的船，我想过去看看那眼生的船到底是做什么的，但是，我一走近，船上就跳下来一个面色潮红的男人，他坏笑着让我跟他走，还说要给我看个好玩的东西，我一边蹦跳着一边和他上了船，于是我就被关在了仓库，一直到这里。"

年轻人听到这里，也摇了摇低下的头。

"年轻人，你是怎么被拐到这里来的呢？"

"我记得我被拐来之前，正在海边找人鱼呢。"年轻人说到这儿，摇着头笑了一声。

"人鱼？"老人惊讶地反问。

"是啊，我被带到这里，说起来，也都是拜那人鱼所赐啊。本来，我在家乡那边有相好的女人，她长得很漂亮，大大的眼睛，浓浓的眼睫毛，还有双纤纤玉手，都让我对她欲罢不能。她每天晚上都会在她家的门口等我，她总是很着急的，每次等我的时候，都会将路边的野花摘下来，巧妙地别在头发上，于是我闻着花香就能够找到她。

"有一天，我还是像往常一样，向她家的地方走去，走到岸边的时候，我远远地看见海里的一块礁石上趴着一位美女。她露着雪白的皮肤，长长的头发被海水拍湿，贴在了背上，她的胸部以下穿着一身蓝颜色的衣服，我至今仍然记得，那衣服好像闪着蓝莹莹的光，她好像看到了我，抬起头来，对我笑了笑，又好像对我说了些什么，但是我听不清楚。我看到她的第一眼，就仿佛被她勾去了魂魄，那一抹笑容，我想我永远都不会忘记。当我反应过来的时候，我发现我已经走到了海边，还有不到半米的距离，我的脚就要踏进海里了。我吓了一跳，赶紧往后退，这时候，那美女已经不见了。我回到沙滩上，继续朝相好家走去。

"那晚，我和我的相好碰面以后，满脑子里都是那美女的身影，我那相好跟我说的每一句话，我都没有听进去。第二天晚上，我依旧向着相好家的方向走去，走过海边的时候，我特意在那块礁石旁等了一个时辰，却再没发现那美女的身影，我本来想直接回家，后来想起相好的还在等我，我便去往了相好的家。

"从相好的嘴里，我才得知那美女原来是人鱼，因为她说，男人们要是见到了人鱼，魂魄就会被那人鱼勾走，从此便不再看身边的女人，她问我是不是看到了人鱼，我敷衍着对她说，没有。又过了一晚，我又到了那海边，我依旧等着人鱼的出现，还在那块礁石上坐着等了一会儿，可是我却不知道，那时候，那几个人贩子就在我的身后。"

年轻人一口气将自己的故事都告诉了老人，满脸的悲伤。

"听了你的故事，我觉得我们都是可怜的人啊，你肯定非常想念你那位相好，想要和她再度相聚吧？"老人同情地看着年轻人。

年轻人的眼睛只是望着海面。

"我当然是这样想的啊，我早就想回家乡去，回到她身旁去了，可是，我要怎么回去呢？"老人的话让年轻人非常激动。

"你刚才不是说你的家在这片海滩的西面吗？我想，你一直朝着海岸的西面的方向走，就会回到家了吧。可是，你现在最大的问题是，这海岸边上都有人把守，如果你逃走时被发现的话，老爷一定会重重地惩罚你的。"

老人和年轻人正说着话，远处走来三个他们的同伴，其中一个是看起来只有十三四岁的孩子。他们走着走着，突然惊恐地喊着："恶魔来了，恶魔来了！"他的眼睛瞪得大大的。

老人和年轻人听到了这话立即站了起来，他们回过头去，发现了走在大路上的宇贺富翁，他手里拿着那根红木拐杖，正大摇大摆地朝着他的房子走去。

2

过了几天，年轻人在一个夜里，从富翁的家里逃了出来。

他望了望头顶的月亮，他清楚地记得，那天晚上的月光柔和得像一滩湖水。

他从富翁的家逃出来之后，就一直朝着西边的路跑着。一路上，他看到了许多野蔷薇，它们在夜里散发着香气，年轻人来不及仔细看它们，只是瞥了一眼，就摸着黑朝前方走去。

他隐隐约约听到草丛中有奇怪的声音，他感到有些害怕，于是他加快了脚步。

不知走了多久，他的眼前出现了一条小河，小河的旁边有一座茅草屋，他站在河边，思忖着怎么过河，但他不知道，茅草屋里正有两双眼睛盯着他。

原来这座茅草屋就是富翁家的哨岗，每天都会有人轮流看守，以防有仆人逃走。

接下来，年轻人被看守五花大绑，送回富翁的家。

这时，太阳已经高高地挂起来了，两个卫兵推搡着年轻人走进别墅的大厅。富翁刚刚起床，走进大厅，伸了个懒腰。

"老爷，我们又捉住一个。"其中一个卫兵将年轻人往前一推，年轻人顺势摔在一旁的地上。

富翁蹲下来，看了看地上的年轻人，又站起来，将手背到腰部。

"他是新来的吧，看起来还很年轻，他一定是没有尝过那'红饼'的滋味。"富翁的嘴角向上扬了扬，随后命令身边的人去拿"红饼"。

年轻人不知道"红饼"是什么东西，但他莫名地害怕，他不知道接下来自己会受到怎样的惩罚。

两个卫兵在年轻人的身后相互看了一眼，笑了笑。

没有一会儿，有人从大厅外拿钳子夹了一块烧得通红的铁片，那铁片闪着红光，年轻人吓得向后退了退，缩成了一团。

富翁接过仆人手中的钳子，一步步走进年轻人，眼看着就要贴到年轻人的额头上，年轻人的眼睛瞪得大大的，惊恐万分，他能够清晰地感受到那铁片散发出来的热气。

就在这时，传来了一个声音："爹爹……爹爹……"

从大厅的后面跑出来一个女孩，她过来拉住富翁的胳膊，"爹，你不要再做这种事了，你忘记了吗？你马上就该去往伊势神宫了，可不能再作这种孽。"

这女孩原来是富翁的女儿，年轻人抬起头看了她一眼，发现她穿了一身紫色的裙子。

富翁突然想起来，他过几天确实要去往伊势神宫，于是，他的手停下了，女儿说的话提醒了他，现在他可不能做这样的事。

但是富翁不肯罢休，他想要以年轻人来警告其他的家仆，于是他告诉年轻人："那你就不必吃'红饼'了，可是你做错了事情，你必须受到惩罚，那就罚你去做十天活灯台。"

说着，富翁将手中夹着铁片的钳子丢在了一旁。年轻人轻轻地松了一口气，可是他依旧害怕，他颤抖着身体，像是秋风中的枫叶一样。

女孩看到了他额头上渗出的汗珠。

3

从那天起，年轻人就被当作"活灯台"。白天，他被关在黑黑的屋子里，一整天都看不到阳光，也不知道外面都发生了些什么事情。到了晚上，几个家仆就把他从小屋子里拽了出来，然后将他的头发从中间分开，分成两个小辫子，绕在两边的耳朵上，然后将灯盘放在年轻人的头顶上，上面倒满了灯油。

"你听着，只要那灯盘里的蜡油掉下来一滴，你就死定了。"富翁挥舞着他手中的拐杖，得意地指着年轻人的鼻子说道。

接着，他接过仆人手中的刀叉，继续品尝着他眼前的美味佳肴。

在餐桌的一旁，坐着两个还算漂亮的女仆，还坐着一个年龄很大的人，他和富翁同姓宇贺，家里的仆人们都管他叫"宇贺老爷子"。

别看这老爷子长得不怎么像好人，却是出了名地好结交朋友，这一地带，没有人不认识他，也没有他不认识的人。他曾经在国司家住了很长的时间，国司非常尊敬他。他与这位宇贺富翁交情也不浅，富翁准备过几天带他一起去伊势神宫。

富翁问他行李准备得怎么样了，他笑着说没有行李，随时准备跟着富翁上路。富翁听到这话以后，笑得更开心了。他一边举着红酒杯，一边称赞着老爷子。老爷子笑呵呵地哼唱着歌谣，富翁的身子随着音乐摆动着，不一会儿，就用手拄着脑袋睡着了。

富翁睡着了以后，老爷子搂着两个女仆进入了房间。

这一幕幕都被年轻人看在眼里。

4

过了几天，富翁一行人准备走海路去往伊势神宫，但是，出发那天，海面的情况不太好，天气也不太适合坐船前往。于是他们沿着海岸一直朝东走，走到了波罗国。

那个地方的天气非常好，他们决定从那个地方坐船。

他们走的那天，家里请来了修验师，祈祷他们一路顺风。

修验师的脸长长的，梳着一头短发，身着褐色长袍，手拿着一串佛珠，闭着眼睛在佛堂里念着经。

几位同族的长老和富翁的女儿坐在一旁。

这个僧人经常到富翁的家里来念经，与这家的长老和仆人都非常熟悉。诵经完毕后，小姐自己回到了房间里，僧人和几位长老谈着闲话，迟迟不肯回去。

他总是望着小姐房间的方向，和长老们有一句没一句地搭着话。

过了一会儿，长老们都回去了，留下了僧人自己在佛堂里，他目送着长老们走远了以后，便去了小姐的房间。

"你怎么进来了？你快出去吧。"小姐看到了进来的僧人，转过头命令着他。

"我不能来吗？"

"你当然不能来了，这是我的房间。"

"可是当初……"

"没有当初，现在父亲不在，你可不能出现在这个地方，你快回去吧。"

"你别生气啊，你怕你父亲知道吗？可你父亲早晚都会知道的啊。"

"我的父亲不能知道这件事，你赶紧走吧！"小姐一边呵斥着僧人，一边推着他向门外走去。

僧人满脸落寞地转身走出房间，曾经他们两个可不是这样的，小姐对他一片深情，他不知道为何现在变成了这个样子。

富翁不在家，小姐想着这僧人一定还会回来找她，她在想该如何解决了这个僧人。就在这时，家仆从小黑屋里将那个年轻人拉了出来，他又该到餐厅做"活灯台"了。

小姐看着这个年轻人，突然想到了一个好主意——她想要那位年轻人每天来自己的房间里，这样，僧人就不敢进来了。

这天晚上，她把年轻人叫到她的房间里。

5

年轻人蹑手蹑脚地走进去，隔着草绿色的纱幔，呆呆地看着小姐的脸庞，但是，年轻人的心头好似柳条拂过平静的湖面一样。

僧人果然又来了，他徘徊在小姐的房门前，想进去，却又不敢进去，于是生气地走了。

第二天晚上，年轻人照常到小姐的房间里来，小姐叫仆人拿来一个盘子，他告诉年轻人，可以将头上的灯台放下来，年轻人乖乖听了话。僧人又来了，他又在小姐的门口徘徊了好久，还是不敢进去。

就这样，年轻人每天晚上都到小姐的房间里来，而在这段时间里，僧人始终都没有进入过小姐的房间。

过了几天，富翁给年轻人设定的期限到了，他可以不用做"活灯台"了，白天他也可以自由活动了，但是小姐告诉他，让他晚上依旧到她的房间里来，可以不用顶着灯台。

年轻人便答应了。

一天晚上，小姐入睡了，年轻人蹲在一旁的墙角打着瞌睡，这一幕被窗外的僧人看到了，他立即冲进小姐的房间，给了年轻人一巴掌。年轻人突然醒过来，不知道发生了什么事。

小姐醒过来询问发生了什么事情，并训斥僧人，让他离开。

"这个小子，不好好地接受惩罚，偷偷地将头上的灯盘取下来，我要好好替小姐收拾一下他。"

"在我的房间里，我的仆人还轮不到你来管教！"小姐从纱幔中走出来。

"你好狠心！"

"对，我是狠心，我已经把你忘记了。"

僧人听了这话，眉头紧紧地皱在一起，他瞪了一眼小姐和年轻人，转身扬长而去。

小姐回到床上，感到一丝空虚，她的心里翻滚着，轻轻地叫了一声年轻人。

这一夜里，小姐和年轻人的心里都种下了爱情的种子。

6

富翁等人到了伊势神宫后，先在外宫游览了一番。但是，富翁没有觉得有多么气派，他告诉身边的人，这里还不如他的房子。宇贺老爷子听到了这话，连忙将自己的耳朵捂住了，没想到富翁还回过头来问他，他非常惊恐，回答不上来。

走进内宫之后，富翁用不屑的眼神看着周围的一切。宇贺老爷子看到富翁这副样子，摇了摇头。

一天夜里，僧人又偷偷地跑到了富翁的家里。小姐正伏在年轻人的耳畔说着些什么，屋子里充满了甜蜜的味道。

僧人从窗外看到了这幅场景，立即冲进了房间。

衣冠不整的小姐和年轻人惊惶失措，慌乱中，他们碰倒了床边的烛台，火苗扑到了床上的幔帐上，一点点蔓延到房间里的各个角落。

年轻人拉着小姐冲出了房间，僧人也跟在他们的身后冲了出去。

火光蔓延到富翁别墅里的每一个角落，小姐来不及管那么多了，紧紧地握着年轻人的手向远处跑去。

他们一直沿着海岸跑着，过了一段时间，他们发现眼前有一个小木屋，他们便敲打着门，希望能够进去躲避一下。

开门的是一个他们熟悉的人，他姓北村，与富翁的交情不是一日两日。多亏了他的收留，两人才在木屋里躲避了一个晚上。

第二日，天晴的时候，僧人来敲木屋的门，北村先生让两个人从后门走了，僧人看到了，依旧追着他们，直到他们无路可走，身后就是一座水池。

僧人步步逼近他们，于是，他们选择一起跳入水池当中。

僧人跑到了这里，看到了他们跳下去的身影，也纵身一跃，跳入了水中。

这天，富翁一行人开始返航了，他们为了能够快一点回到家里，选择翻过手结山到达浦户。当他们站在手结山的山顶的时候，看到了天边的火光，他们断定浦户一定是有人家着火了。

"看这架势，一定是我家喽，浦户除了我家还有谁家着火会烧成这样？就算我此刻赶回去，也肯定来不及救火了，那我不如就在这里烤烤火吧。"说完，他就转身过去，将他的屁股对准了远处他家烧着了的房子。

宇贺老爷子在一旁连连念着消灾经，他认为，一定是富翁对伊势神宫不敬，才会遭到如此报应的。他可不希望这些报应到自己的身上。

年轻人和小姐跳入的那座水池，就是白水池，水池的旁边建造了两座神社，一座被人称作"结缘"，一座被人称作"断缘"。住在这周围的人们，对这两座神社极为信奉，如果有人决心要断了自己与某人的缘分，他们就会去"断缘"神社，拿起那里摆着的剪刀，将自己的头发剪下一绺，挂在绳子上，他心中所想便能够实现。

浦户的南面有一片小树林，小树林里有一座"宇贺神社"，听说，那里就是宇贺家族房屋的遗址，在这座神社的后面，人们发现了一座小土丘，人们都把它称作"糠冢丘"。

当地的人们的方言中有一句"手结山之火"，这句话在他们方言中的意思是：要烤的东西离火太远。

水乡怪谈

1

已经讲了三个小时的山根省三有些疲惫了，但他觉得这次演讲很有意义，因为台下坐的都是年轻的男孩和女孩，他为这些年轻人讲授着近代思想。

演讲结束了以后，主办方提出要送省三回酒店，但他没有同意，他想一个人走回去，漫步在街道上，感受一下周围的风景。

他本可以在活动结束后就回家的，但他决定在这里休息一晚再回去。他回到酒店，脱下身上的西装，感到有些累。于是，他躺在地上，一只手撑着脑袋，另一只手中夹着一支香烟。

他在构思应该怎么去写杂志社的回稿。

他望着房间深处的窗户，窗纱在那地方被风吹得飘来飘去，昏黄的夕阳落在窗边。

这个黄昏无比静谧。

就在刚刚结束的演讲活动中，省三的演讲中提到了"恋爱观"，就此，杂志社想要邀请他就某博士的文章发表一下自己的观点，那文章的内容，正好是年轻人太过于重视恋爱的各种弊端。

"老师，饭菜已经为您准备好了，您可以用餐了。"服务员的声音将他拉回了现实。他应了一声，坐起来，将手中没有吸完的半根烟在烟灰缸里按熄，起身向餐桌的方向走去。

"您要来点酒吗？"省三坐下后，服务员询问着他，他抬头看了一眼服务员，觉得她大概只有二十岁。

"不必了，我是不怎么喝酒的。"他微笑着拒绝了服务员。

"那好，我盛饭给您。"

服务员转身去为省三盛饭，盛好了以后，摆在省三的面前，他端起饭，吃了起来。

"您一定非常累吧，听说您今天演讲的时间非常长。"有一个声音飘入了省三的耳朵，很明显不是服务员的声音，这声音比服务员的声音还要低沉。

他询问服务员是不是有人说话了，但服务员没有听到任何声音，他觉得是自己听错了。

服务员的长发在省三的眼前晃来晃去，他心不在焉地吃着桌上的饭菜，服务员看到他碗里的饭已经没有了，便询问他要不要再来一碗。

省三将碗递过去，交给服务员。

"等一下，这是第几碗了？"

"这是第三碗了。"

"好，你盛吧。"

服务员盛饭的时候，省三用筷子夹着桌上的小菜吃了起来，他发现桌上还摆了一个黑色的大碗，他揭开上面的盖子，发现里面是鲤鱼汤，闻起来还不错。

服务员将盛好的饭放在他的面前，又将大碗中的鲤鱼汤盛了一碗放在米饭的旁边。

省三端着鲤鱼汤喝了起来，那味道特别鲜美，他的眼前仿佛出现了一片芦苇荡，远处有几条小船行驶在寂静的水面上，船从水上划过的时候，周围的芦苇和小船摩擦出响声，朝阳照在小船的帆上，给人一种柔和的感觉。

"老师，以后我能不能去您家里拜访您？"服务员问着省三。

"当然能啊，我在学校的课都是周一、周三、周五，但下午两点以后，我就回家了。我一向让学生周六去我家，但是如果是你，那随时都可以。"

"好，那我有时间一定去拜访您。"

省三的脑海里又开始浮现出芦苇荡了。

"老师，您要是喜欢这鲤鱼汤，我就再给您盛一碗。"

"不用了，我已经吃饱了，今天吃得很满足了。你能帮我倒一杯茶来吗？"

服务员倒好茶，将茶杯捧在他的面前，他接过来，坐在了沙发上，小口地喝着。

2

吃完饭后，省三回到房间里，坐在沙发上，仍旧看着窗前飘动的窗纱，他听到了窗外的汽笛声，他的思绪一下子回到了十年前。

那个时候，他才刚刚毕业，却凭借自己的能力成为了颇有名气的新锐评论家，许多人都非常欣赏他的作品。有一天，和今天一样，他和几位年轻的作家受邀参加一个演讲会，活动结束后，其他的年轻人都乘火车赶回了东京，他因为迷恋那地方的景色，决定待一晚再回。

他喜欢水乡，想体会一下水乡的美丽景色，于是他选择了一家临水的旅馆，他在房间里也能够听到汽笛声。

傍晚时分，他来到水边，准备走一走，看一看。他住的这地方，正是小镇的运河和一片湖泊的交汇处，小河旁有一个堤岸，过去就是湖泊，那湖的两旁种着白杨树，月光将它们的影子在地上拉得长长的。

他看到了远处的一间屋子，那正是他白天见过的小屋子，那屋子的主人一定是打渔的，因为他看见屋子旁挂着几张渔网。

这天晚上他喝了一点酒，微醺。

他向湖岸走近，越走越开阔，眼前出现了一片芦苇荡，从中飘出一群群发着光亮的萤火虫。

正欣赏着风景的省三突然听到背后有脚步，于是他回头看了一眼，果然，有一个女孩走了过来。

"冒昧了，您是不是山根老师？"

女孩停在省三的面前问道。

"是的，正是我。"

"您好，您好，我经常看您的文章，我特别喜欢您，今天听说您住在这里，我听旅馆的人说您可能在这里，于是我就过来了。"女孩非常开心，露出了笑容。

"我家在东京，刚从伯母家做客回来，路过了这里，本想赶紧回去，但一看天都已经黑了，于是就想在这里休息一晚再走。"

"哦，是这样啊，和我同行的也有两个人，但是他们都先回去了，我想留在这里欣赏一下风景。"

"是啊，这里的风景确实值得一看，回去之后，您一定能创作出更好的诗句来。"

"哈哈，谬赞了。"

"这是事实啊，我非常喜欢您写的诗句，我总是在您发表的第一时间拿来看，您的诗我都可以倒背如流了。"

"是吗？那你一定也会作诗喽？"

"我？我只是随便写写罢了，哪像您，每一首都写得那么好。"

省三和女孩在湖边一边散步，一边讨论着诗作与风景，非常开心。回到酒店后，女孩到省三的房间里请教了他关于作诗的技巧，二人聊得非常投机。

"我打算明天先坐船，再坐火车回去，你愿意同行吗？"省三发出了邀请。

女孩想，要能够坐着船渡过芦苇荡，欣赏独特的风景，将会十分开心，于是答应了省三的邀请。

第二天，女孩和省三欣赏着湖面的景色，一同回到了东京。女孩租了日本桥桧物町一户平常人家的房子，在神田的一所学校上学。

每周六的时候，她都会到省三的家里拜访他。那个时候，省三独自居住在位于赤城下的出租房里，还雇了一个老保姆来为他打扫房间。他有很多不正经的朋友，总是领着他去一些不正经的地方，经常一玩就玩一夜，第二天早上才回到家里。

有一次，他和那些朋友玩了一晚上，第二天回到家里，躺在地上看着报纸，家里只有他一个人。女孩敲了他家的门，他没有起身去开门，而是喊着让她直接进来。

女孩推门进来，他依旧在地上躺着。

"昨天和他们下了一夜的棋，才刚回来。你知道的，他们那些人总是这样闹腾。"

女孩没有说什么，微笑着坐在他旁边。

省三看着女孩，心中动了不好的念头。

"你帮我拿一个枕头好吗？就在那个柜子里。"

女孩起身，走到那个柜子的面前，打开柜子，取出了一个枕头给他，那一刻，省三的眼睛里满是光亮，女孩的眼睛里也满是烈火……

送女孩走的时候，他们约好了，后天下午再见面。

约定的那天到了，省三在家里等着，却迟迟没有见到女孩，他不敢出门，怕与女孩错过。但是，他连续等了几天，都没有等到女孩，他认为，只要女孩不来信，就一定会来见他，跟他当面解释的。

后来，他又到一切能够找到女孩的地方去等，依旧没有等到。

终于，一个月后，女孩的信来了。

原来在他们见后的第二天，女孩就发了高烧，患了关节炎，这段时间，她一直在医院度过，现在，她的高烧已经退了，但是关节炎还没有痊愈。过两天，她就要回老家疗养了，她希望能在这之前，可以见省三一面。看完这封信后，省三心里非常内疚，他没有去看女孩，他害怕看到女孩的样子。

过了几日，他又收到了女孩的来信。但是，他还是没有勇气去看女孩。后来，女孩又给他写信，希望能在火车站见他最后一面，可是，省三依旧没有去。

过了几日，他收到火车站寄来的一张明信片，上面是女孩的绝笔：永别了，老师。

女孩在回家途中从火车上跳了下来，就此殒命。

省三回忆到了这里，突然被服务员叫回了现实。

"老师，有您的信。"

服务员一边说，一边将手里的桃色信封递到省三的手中。

"是谁啊？"

"不太清楚，上面也没有写名字，是出租车司机送来的。"

省三检查了一遍，确实没有寄信人的名字，他好奇地打开了信封，那纸上娟秀的字体很是悦目。浏览了一遍后，他让服务员下去了。他觉得这信一定是今天听众中的一位寄来的。

读过信，省三出了酒店，因为那信上约他在湖边相见。省三觉得那信的主人一定是一位少妇，他期盼着与她相见的时刻，周围的一切都无法阻挡他去往目的地的心了。

3

到了湖边之后，他听到身后有一个声音："您好，您是山根老师吧？"

"对，正是鄙人。"

"老师您好，我就是那个给您写信的人，今天刚听了您的演讲，非常喜欢您，希望能与您谈一谈，所以冒昧打听了您住的酒店，写了那封信给您。"

"哦，您好您好。"

"如果您不介意的话，就到我的家里去吧，我家离这里不远的，坐船只需要十几分钟就能到达了。"

省三停顿了一下。

"您不必担心，我的家里只有仆人和老爷子。"

"好吧，那我就同你一起前去吧。"

于是，二人踏上了少妇准备好的小船，少妇站在前面，准备开始划船，省三站起来，想要来划，少妇婉言拒绝了他。

"我经常在这里划船的，现在这船桨在我的手里就像两根牙签一样轻，请您放心吧。"

省三看着她摇摆起来的裙子，心中平静的湖水上泛起了涟漪。

他弯下腰，突然看到船边的水面上游着一群鲤鱼，数量非常之多，好像感觉这船上会有食物投下来似的。

"这么多的鱼啊。"

"对啊，快去一边吧，别吓到我们的贵宾。"少妇朝着水中的鱼儿喊着。

"你们这里没有捕鱼的吗？"

"有啊。"

"有人捕捉它们，怎么还有这么多的鱼在这里呢？"

"它们是在欢迎您呢。"

等了一会儿，大部分的鱼都跑走了，剩下两条鱼从水里露出了肚皮。

"你看那两条鱼，是死了吗？"

"正好，给您做鲤鱼汤吧。"少妇笑呵呵地说。

4

突然间，省三睁开眼睛，发现他坐在一个小木屋里，少妇就在她旁边坐着，满脸的笑容。

他不知道自己是怎么到这个屋子里来的，他觉得上一秒还在船上，还在看着水底的鲤鱼，下一秒就来到了这个屋子里。

"我是怎么来的这里啊？"

"你是跟着我走进来的啊。"

"我怎么一点也记不得了？"

"在这种傍晚，发晕的现象也不是没有的。"

省三摸摸头，开始环顾四周，少妇打开后面的门。

省三突然发现，门后就是一片湖泊。

"你的家旁边就有一片湖泊啊，这样的景色可真美，在这里一定能作出不少优秀的作品来。"

"是啊，这里的风景还是不错的。"

"你也作诗吗？"

"我？我哪有这样的才气？即使拥有了美景，也得拥有文笔才可以啊。"

"如果让我住在这样的风景中一个月，一定是件美事。"

"如果您愿意，您可以住在这一个月，可惜我害怕我给不了您太多的灵感。"

"您太谦虚了。"

"要来点酒吗？"少妇端着两杯酒过来。

"可是我不是特别能喝。"

省三接过酒来，思量着他可以少喝一点。

"您的每一篇作品我都看过，您的每一次发言我都非常关注，今天我知道您在这里有演讲，我就赶去看了，但是，我觉得今天的演讲还是没有听够，这才斗胆将您请过来。"

"太感谢您能够这样喜欢我了，我觉得今天的演讲还并不是非常完整，我还需要继续学习。"

"您太谦虚了。"

"说起来，您有多大啊？"

"我吗？你看着我有多大？"

"三十二三吧，最大这样了。"

"我已经三十六了。"

"真的啊，我真的没有看出来啊。"

"您也看起来不大啊。"

"我都已经四十好几了。"

"真是看不出来啊。"

"那您有孩子吗？"

"没有孩子，之前结过婚，但是后来就分开了。"

省三听少妇这样说，顿时放心了不少。他举起酒杯，少妇又给他满上了。

"您可以常来这里啊。"

"这样的仙境，我一定愿意常来的。"

"那今天您就住在这里吧。"

省三答应了她，他看着昏暗的灯光，迷迷糊糊地闭上眼睛，开始说着梦话。

少妇将自己的外衣脱掉了，提在手中，走向省三。就在这时，窗外响起了蛙鸣，还有鱼儿拍打水面的声音，一朵乌云从门外闯进来。

"你们干吗来这儿？坏了我的好事！"少妇对着乌云大声呵斥着。

乌云向前逼近，少妇从自己的头发上拔下发簪，插向了乌云。

随后，乌云退回了屋外，外面的蛙声和鱼儿的声音也都没有了。

少妇将手中的衣服披在省三的背上。

过了几天，少妇将省三送回岸边，他们依旧坐船原路返回。在返回的路上，省三看到水里有一条大鲶鱼，大鲶鱼的身上插着一支像发簪的东西。

他问少妇那是什么东西，少妇笑了笑，回答道，那鱼一定是犯了错误。

"下周五，您一定要来啊。"少妇告诉他。

"好的。"

5

自从省三从水乡回来以后，每天都和妻子吵架。他每次出差总要走个两三天，有时候连着在家四五天就要走，妻子不理解这是为什么，而省三则每天都在想怎么样和妻子分居。

他们每次争吵都会被领居听到。

"你就是要我走，我走了，你就可以娶别的有钱的女人了！"

"你怎么能这么说话呢！"这话激怒了省三，他忍不了，和他的妻子大吵起来。

他决心要与妻子离婚，他们有一个儿子，已经三岁了，但是他觉得儿子都已经三岁了，给他请个保姆应该就能够过去了。

他必须和她分居，他已经受不了她了。

省三回到家，就开始整理书房里的稿子，他的儿子摇摇摆摆地跑过来，在他的书桌上抓来抓去，这让他看到了，回过头来告诉妻子。

"你能不能将儿子看好了，我在干活，你能不能将他抱走啊？"省三不耐烦地说。

"儿子，你快过来，不要去那里了，那个人不再是你的爸爸了。"他的妻子过去拉着儿子的小手。

这话他不愿意听到，他走过来推了一把妻子，妻子没有站稳，摔倒在地上，儿子见到妈妈摔倒了，也大哭了起来。省三看到这场景，不愿再在家中待下去了，他出了门，想要透透气。

"哎，是山根老师吗？"

忽然他听到有人问，声音很熟悉。

省三回过头来，看到的是一张熟悉的脸，那正是水乡的那位少妇。

"哎，你怎么来这里了？"

"我刚下火车，准备去铫子，路过这里，想看看能不能见到您，果然见到了。您在这里是做什么呢？"

"哦，没什么，和家里人闹别扭，出来散散心。"

"是吗？那干脆和我到铫子去吧？"

"当然好了，我们走吧。"

夕阳西下的时候，省三回到了自己的家。

他望着里屋，推开门，发现妻子坐在地上，手里拿着蒲扇，眼睛看着躺着的孩子。

省三舒了一口气，走进了另一间屋子。

吃饭时候，妻子也没有叫他，他一直在书房里干着手里的活。

忽然，他听到了一阵轻微的呻吟声，他觉得奇怪，便起身从书房里走出来，他看到妻子趴在门槛上，她的旁边有一个女子背对着省三，手中端着一杯水，当省三走过来的时候，那女子突然不见了。

他抱起自己的妻子，发现她不对劲。

"你好傻啊，你怎么忍心抛下孩子？"

他将妻子抱到一旁的椅子上，妻子的嘴里开始往外吐着秽物，他看到这情况，赶紧去厨房舀了一碗水。

"你吐吧，吐出来就好了，你快将水也喝下去，喝下去就好点了。"

可是无论省三怎么说，妻子就是不张嘴，也不喝水。

他开始着急了，他从屋子里出来，正巧碰到了野本，野本是他的好朋友。

"这不是省三吗？"

"野本，我的妻子不知道怎么回事，有点不对劲，你能帮我去请一下医生吗？她好像自己服毒了。"

"啊，怎么会这样？你等着啊，我马上来。"野本冲了出去。

回到屋子里，省三依旧在哄着妻子喝水。

"你不能这么狠心哪，你想想儿子啊，你赶紧喝一口水吧。"

一会儿的工夫，野本回来了，他进屋来，看着椅子上省三的妻子。

"野本，你看她已经吐了一些秽物，我想她喝一点水可以将胃里的都吐出来，可是她不听，你来试一试吧。"

省三的妻子眼泪汪汪地看着野本。

野本接过省三手中的水，看着他的妻子。

"山根夫人，我知道一切错都在山根，你不能这样想不开啊，我会帮你教育他的，现在你把水喝下去吧，喝下去就没有事了。"

省三的妻子望着野本，将他手中的水喝了下去。

这时候，医生从门外赶来了。

"病人吐了些东西是吗？"

"是，我喂了他一些水，她吐了一些东西。"他拿起手中的水让医生看了一眼。

"好，我现在开一些药来吃，应该就没有什么问题了。"医生从他的药箱里为省三的妻子配着药。

他的妻子开始放声大哭起来。

而这时候，省三已经不在屋里了。

6

第二天，省三离开了家，来到了不远处的一个酒店，开了一个房间。刚进来没多久，酒店的人就告诉他有人来找他。

他心里很纳闷，会有什么人找到这里呢？几乎没有其他的人知道他到过这里，而且他每次登记都是用的另一个名字。

随后，他看到了一个熟悉的身影，那是水乡的少妇。

"你怎么找到这里了？"

"我的直觉啊，我就感觉您会是在这里，所以昨天我连夜坐了火车来到了这里。"

两个人在酒店的屋顶坐了一会儿。

"终于可以乘着船走了。"少妇突然说着。

"哪儿有船啊？"

"我早已经准备好了。"

省三站起来，果然看到远处的小河边上的芦苇旁有一艘小船。那芦苇丛中散着萤火虫的光亮。

"可是，这怎么下去啊？"

"我知道有路。"

省三跟着少妇向水边走去，不一会儿，就走到了水边。

他想要过去将小船拉过来，但是，他还没有走过去，就发现小船自己从水中间到了岸边来。

他感到很奇怪，但知道这是少妇找的船，也就没有说什么。

"快上去！"少妇说。

省三感到今天的少妇有些不太对劲，但是，他还是上了船。

他们上了船以后，船就开始自己动了。

"这船，没有发动机，怎么会自己动啊？太奇怪了吧。"

"因为，这船下面有很多只脚啊，它们在动啊。哈哈哈哈。"少妇的笑声让省三感到了一丝瘆人。

"你别害怕啊。"少妇的一抹笑容让省三的背上出了很多冷汗。

省三向水面下看了看，然后回过头来看到少妇歪着头，对着他狐媚地笑着。

他看到少妇的脸开始慢慢有了变化，再猛一看，那少妇的脸变成了十年前的那个女孩的脸。

省三吓得瞪大了眼睛，跳下了船。

过了几天，当地的警官在入海口发现了山根省三的尸体，和他的尸体在一起的，还有一具女尸，两具尸体相拥在一起，像是相拥着一起跳进了水中。

省三的妻子认出了他的尸体，她含着泪，将省三的尸体带了回去，而那具女尸，没有人查出来是什么身份，也一直没有人来认领。警察无能为力，就将那具女尸埋在了当地的公墓里。

山灵

　　从前有个武士，想去江户的纪州藩邸办点事，不过，他并不急着赶路，于是，在路过箱根的时候，他就找了家旅店，住了下来，打算好好歇一歇。

　　店主人很会下棋，正愁遇不着对手，武士向来很喜欢炫耀自己，听说了店主人的事，刚住下，就大摇大摆地找店主人下棋。

　　他们下了几局，各有胜负。店主人觉得再这样下下去，没什么意思，就收了棋，提议和武士一起出去走走。

　　他们去了后院。院子里有一片洼地，长得像钵子一样。洼地的前方，弯弯曲曲地流着一条小溪。正值傍晚，夕阳西下，一片灿烂的红霞盖过花丛，照得四处红艳艳的。山上绿树遍野，就像被一块绒毯覆盖着一样。

　　武士站在院子里，一会儿低头看花，一会儿抬头望山，心情非常愉悦。

　　"这里的景色真不错。不过，我想那边山上的应该更好。不如我们一起游玩一番吧！"忽然，武士对店主人说。

　　"哎呀，那可不行，听说那里有山灵，不能随便上去。我们，我们还是算了吧……"店主人面露难色，吞吞吐吐地说。

　　"什么山灵？还不是骗人的玩意儿！"武士不以为意，哈哈大笑，"而且，你这么一说，我倒是更想去了。"

"不不不，您想得太过简单了。我家的长辈曾经说过，不知者无罪，如果根本不知道有山灵，无意间闯了上去，倒还没有多大的罪过，如果明知道有山灵，还要坚持上山，一定会受到惩罚的。之前就曾经有人不信邪，非要上去，结果一去就再也没有回来过，还有人晚上迷了路，遇到山灵，得了重病，一直到现在也不见好转。所以，您还是三思而后行吧！"

武士听了，还是一脸的无所谓。他挥了挥手，大声说："不用担心，我是武士出身，还是将军大人的亲眷，那些妖魔鬼怪怎么近得了我的身？更何况我堂堂七尺男儿，说出去的话，就像泼出去的水，既然我已经说了要上去，就一定要上去！别说还不知道上面到底有没有妖魔鬼怪，就算是真有，我也不怕！"

"可是，它们不是妖魔鬼怪，而是自古以来就有的山灵啊……"店主人拉着武士，苦苦劝说。

武士不耐烦地瞥了店主人一眼，挣开了袖子，几步蹿到院子右边的竹门前，完全不顾店主人的阻拦，一把推开门，走到一片荒地上。

店主人见状，只好摇摇头，自己回去了。

武士找到一处捷径，过了桥，走向河对岸。

没过多久，前方就出现了一棵似乎是栗树的植物，上面明晃晃地挂了一条有着灰色条纹的巨蛇。它的身子非常长，连着弯成了好几道，嘴里不住地吐着信子。武士看见有蛇，吓了一跳，赶紧停住了脚步，不敢再往前走了。但是，就在这时，巨蛇迅速地从树上爬了下来，钻进了竹丛里。

武士往前望了望，看见草木长得很茂密，觉得前面应该不会有什么美景了，而且，再往前走，也许还真的会遇到危险。他这样想着，不禁有些丧气，转过身，想要原路返回。就在此时，武士脚下一软，他赶紧低头去看，只见一条足有三尺长的蛇正懒洋洋地躺在地上。

武士有些害怕，马上从刀鞘里拔出刀，摆好动作，准备防御。但是，那巨蛇似乎不为所动，就像没有看见武士一样，依旧悠闲地缓慢爬行。武士见状，胆子大了不少，甚至举起了刀，手起刀落，砍下了那蛇的尾巴。巨蛇受到攻击，依然没什么反应，自顾自地向前爬着，没过多久，就拖着流血的断尾，消失在了草丛里。

武士看着巨蛇离开，非常得意，他微微地冷笑着，继续向前进发。

前面的路越来越难走，偶尔还传来忽近忽远的"轰……轰……轰……"声。武士听见了，一颗刚刚放下的心又不由自主地吊了起来。

越往前走，树林越茂盛，武士费力地扒开植物，艰难地走着。他有点害怕，但他一边走一边安慰自己，权当这是在壮胆。

不久之后，他终于登上了半山腰。

武士欣喜地站住脚，低头向下望去。从那个角度看，山下的景色美不胜收——野花漫山遍野地开着，在夕阳橘红色的光芒下，显得异常柔和而温暖，虽然隔着一段距离，却能清晰地闻到清新的香气，花林后面是不断的重峦叠嶂和蜿蜒曲折的小路。天空中，鸟儿们欢快地飞动，时而俯冲，时而低飞，叽叽喳喳地叫着。

武士一边贪婪地沉浸在美景之中，一边感叹店主人的懦弱胆小。与此同时，他加快了脚步，想尽快赶到山顶。

不久，前面出现了一条小溪，溪水上盖着几块简单的石板。武士踩着石板，跨过狭窄的小溪，走进了对岸的花林。

花林比想象中的更长，武士走了好久，一直不见尽头。

终于，他看到了一座古老的小门，看样子像是寺院的山门。武士走进去，发现里面是一座小庙。

小庙里十分破败，院子里尽是杂草，看样子像是很久都没有人打理过了。武士信步走进大殿，看到佛坛上供着一尊表面已经发黑了的金佛。

但是，佛像是没有左眼的。

武士盯着佛像，有点发怵。他从来没有见过这么奇怪的佛像，觉得非常不可思议。

就在这时，他发现大殿的左侧有一老一小两个和尚，他们正在下棋。但是，身体朝向左侧的老和尚没有左眼，朝向右边的小和尚则没有右眼。武士见此场景，觉得奇异极了。他又向四周望去——罗汉、天女、凤凰、仙鹤、狮子、麒麟……

通通都只有一只眼睛。

武士看到这里，越发害怕，他转头问老和尚："这里是什么地方？"

老和尚突然露出了悲伤的神色，"此庙名为'独眼山一目寺'，一般人不来这儿，施主您这是为何……"

武士听罢，顿时心生凉意，但因着从小崇尚的武士道精神和强大的自尊心，他没有逃避，而是脱下了鞋子，走到佛像前，拿出一枚金币，供到佛坛上，喃喃自语道："请看在金币的份上，睁开您紧闭的另一只眼睛吧。"

仿佛就在一瞬间，方才只有一只眼睛的东西，那些天女、凤凰、麒麟，包括佛像在内，突然都张开了黑漆漆的大嘴，放声大笑起来。

那笑声中满满的都是对无知者恶意的嘲笑。

武士听到笑声，吓得连滚带爬地冲出寺院。

"老爷，请上轿子吧。"就在这时，武士的身后传来一声诡异的呼唤。

他喘着粗气，回头看去，发现是几个轿夫，正抬着一顶轿子。武士顾不上太多，只想快点离开这里，就长长地松了一口气，回应道："好，我要到汤本的旅馆。"

但是，就在他准备上轿的时候，无意中瞥了轿夫一眼。

这一眼，让他倒吸了一大口凉气——那轿夫，竟然也只有一只眼睛！

武士吓得差点叫出声来。他强作镇定，想要确定自己的猜测并不是真的，于是，他慢慢地转过头，偷眼看向另一个轿夫。

那个轿夫，竟然也没有左眼！

所有的轿夫，都只有一只眼睛！

可是，武士也知道，此时逃离，为时已晚，于是，他决定将计就计，若无其事地上了轿子。

武士刚上轿子，身后就传来了一个轿夫的声音："老爷，为免您路途难受，请闭眼休息一段时间吧。汤本不久便到。"

武士害怕遇到什么危险，本来不想闭眼，后来又觉得自己武艺高强，有刀在手，不怕轿夫们做出什么，也就安心地闭上了眼睛。

轿夫们在确定武士确实闭眼之后，抬上轿子出发了。

　　也许因为道路平坦，也许因为轿子根本就没动，武士坐在轿子里，竟然感受不到丝毫的晃动。武士非常好奇，他想睁开眼睛，却又想到之前的承诺，觉得不能食言，就只好继续闭着眼睛。

　　不过，他的耳边一直能听到呼呼的风声。风声越来越大，轿子好像升上了天，在空中飞行一样。武士实在是太好奇了。渐渐地，他悄悄抬起眼皮，想把眼睛睁开一条缝，但是，还没等他的睫毛分开，轿夫们就像发现了他的举动似的，纷纷用严厉的语气叮嘱他：

　　"绝对不能睁眼！"

　　"您说过的，不能睁眼！"

　　武士觉得有点惭愧，只好打消了这个念头，老老实实地闭上了眼睛。所幸轿子走得很快，没过一会儿，轿夫们就喊他下轿。

　　武士睁开眼睛，出了轿子。

　　天色已经很晚了，街上的行人很少。他的眼前是一座宏伟的宅子，里面灯火通明。武士非常诧异，他知道这里根本不是汤本，而是江户。但是，正当他要责难轿夫们的时候，却发现轿夫和轿子已经消失得干干净净了。

　　武士明白，自己一定是被箱根的山灵捉弄了，他恨得咬牙切齿。不过，他毕竟是一介凡人，也不能把山灵怎么样。就算是告到官府，官府也不会相信这种诡异的事情。

　　算了，算了，反正我都要来江户办事，刚好顺路了。武士想了好一会儿，才这么无奈地安慰自己。

　　他在街上走了一会儿，又找了家旅店，住了下来，决定先休息一下。半夜，他从睡梦中突然惊醒，发现墙角处站了一个人影。

　　武士吓得一下子跳了起来，拔出了刀。

　　"算了吧，人生苦短，何必好勇斗狠，执迷不悟呢……"这时，那个人影开口了。

　　武士仔细一看，才发现是山顶遇到的那个老和尚。他非常生气，一刀砍了过去，但是，就在这时，老和尚化作一缕青烟消失了。

武士见状，收起刀，躺下继续睡觉。

没睡一会儿，只见老和尚又坐在他的枕头边，念叨着："算了吧，人生苦短，何必好勇斗狠、执迷不悟呢……"

武士气坏了，当下爬起身，再次抽刀去砍老和尚，而老和尚又像上次一样消失了。

从那之后，不管武士走到哪里，都摆脱不了那个老和尚，老和尚也不做别的，总是说着那一句话。

没过多久，武士就病倒了。他的朋友们来探望他，也都见过那个诡异的老和尚。

后来，武士越来越瘦弱，终于病死了。

每当夜深人静的时候，他的屋子里总会传来老和尚的叹息声："算了吧，人生苦短，何必好勇斗狠、执迷不悟呢……"

村中怪事

　　我的家乡是一个偏僻的小山村，这里流行着狸猫以及芝天狗的传说，总是会有村民谈论着狸猫或者芝天狗。

　　"哎呀，你有没有听说啊，昨天夜里某人被狸猫缠上啦，一直在外面转来转去找不到家了，整夜都没回去呢。"

　　"我也听说某某被狸猫给迷了眼，一个人自顾自地坐在地上坐到了天亮！"

　　"某某被狸猫缠着，千辛万苦到茶摊喝了热茶水才算是清醒过来呢！"

　　狸猫很喜欢骗人或是蒙人，许多村民就是因为被狸猫给骗了所以才不停地在原地转圈。狸猫让人以为自己是朝着家的方向走，等到清醒过来才会知道，自己其实都快走到隔壁村子去了。不过，这样的经历在我的老家是人人都习以为常的了。再说芝天狗，这东西非常奸诈阴险，时常把自己变成一个小孩子，然后跑到村民的面前去，喊着要一起玩相扑。

　　但是一个大人怎么会跟一个孩子玩相扑呢，村民一般都是无视他。但是小孩子可不愿意啊，使劲地缠着村民要一起玩相扑。村民看见小孩子这么缠人，只好顺手推他，想把小孩子推开。可是不管怎么推，小孩子都推不动，反倒是村民自己被推翻在地。这么一来，村民可就觉得很丢脸了，竟然连个小孩子都推不过，于是铆足了劲继续再来。不管他是想把小孩子举起来，还是想把小孩子推出去，灵巧的小孩子都能轻松躲开，或者纹丝不动。其实啊，他就是被芝天狗给骗了。在清醒的人眼里，这个村民就是在跟一块石碑玩着相扑。

在海边的松树丛里，这个村民一直在和这块"大石碑"玩着相扑，跌撞得浑身都是泥土。幸好清晨去海边打鱼的渔夫看见了他，把他弄清醒了，不然他永远也不知道自己到底在做什么。

据说还有人被骗到了荆棘树丛里，和荆棘条一起玩相扑，整整一个晚上，直到被路人发现才明白自己是被蒙骗了，可这时候，自己已经全身都是伤口，皮开肉绽了。

芝天狗一般在初夏时节最为猖獗，那时候田里的麦子即将成熟，许多在田野里玩耍游戏的少年都被芝天狗蒙骗过。因此每年的这个时候，家里人都不放孩子出去玩耍，那些贪玩的孩子原本都喜欢玩到天黑再回家，但心里都害怕芝天狗，所以总是早早回家以免被妖怪折磨。

既然说到了芝天狗，那么也少不了河童。河童这种妖怪一般都住在池塘或者河里，他们最喜欢把小孩子拉进水中，许多孩子就这样被淹死了。

每当有这样的事情发生，人们都会说，是河童偷走了孩子的眼珠啊。为了防止河童害人，在伏天的土用丑日这天，村民都会把黄瓜扔进池塘或者河流之中。

再说，狸猫这种妖怪，它们不仅是骗人，还会附在人的身上祸害许多人。不过会附身的妖怪在我们村子里要数犬神最多了。家乡的犬神就跟关东一代狐妖的传说接近。但是犬神并不是狐狸也不是狸猫，它不仅会附身在人的身上，还会代代相传，一个犬神影响好几辈的人。在我的家乡，就有一家拥有犬神的人家。这家的犬神也许是心地太过善良，因此总是使出各种方法来满足自家人的心愿。

比如他们羡慕邻居家的蚕长势很好，犬神就立刻附身到了隔壁的蚕上，蚕很快就死光了。再或者它会附身到邻居的身上去，让他们生病。有时候只是稍微觉得隔壁的咸菜做得很好吃，犬神就立刻跑进他家的泡菜坛子里，把咸菜全都弄坏掉，或者又附身到别人身上把人弄病。

想要把附身的犬神从身上驱赶掉，就得拜托修验僧来作法，将病人身上的犬神移到依女的身上去。依女是专门替人承受病痛妖怪的人，如果谁家发生了什么事，就会花钱请依女过去帮助消灾。依女会端坐在病人的身侧，手持修验僧作过法的桐木枝条和系满白色小纸片的币帛，一动不动。

当所有的东西都准备好之后，修验僧就会开始诵读经文，把犬神从病人的身上转移到依女的身上去。依女在这个时候总是全身颤抖着，头上冒出一颗颗汗珠，尽管非常痛苦，她们依然要不断地舞动手中系满纸片的币帛。手中的铜树枝窸窸窣窣响个不停。等到币帛上的纸片全都断裂飞散之后，修验僧就不再诵经，而是一脸凶恶地对着依女大喊："来者何人！所来何处！"

"近处来……"依女的喉咙里发出极其难听的声音，慢慢地说话，修验僧也就知道犬神的出处了。

但是为了明确究竟来自哪里，修验僧总会继续大喝一声："从何处来！"

"从安右卫门家来……"

于是修验僧便知道这个犬神确实是来自安右卫门家，但是有的时候，犬神不愿说出自己的出处，修验僧往往凶恶地表示，如果不说就用法术将他消灭，或是诵经将他困住。这时候犬神就老实了，说出自己的出处。

当然，不仅是犬神，有时候附身的是狸猫或者死去的亡魂。

"为什么要缠着人？"

修验僧必须弄清楚附身的原因，才有办法彻底地将它赶走，但是妖怪附身的原因也是千奇百怪。有的妖怪只是为了吃东西，有的妖怪则是因为羡慕或者嫉妒，还有的会说自己只是刚好路过，却被家中的狗惊吓了所以才附身，再有的妖怪只是单纯想附身，没有什么原因。

"快快离开！"修验僧知道了妖怪附身的愿意之后，必定会凶恶地警告妖怪，让它赶紧离开。

有的妖怪会十分顺从地离开，这时候依女便突然仰面倒下，或奋力地爬到门口然后倒下。再过一会儿依女便恢复正常，似乎什么都没有发生过一般。

但也有的时候妖怪不肯就这么轻易地离开。虽然很棘手，但是修验僧总有办法。有的妖怪会以此做要挟，要求完成一些心愿再离开。有的要饭团，有的要吃咸菜，生病的人家没别的办法，只能按照妖怪的指示准备好其需要的东西，然后再把东西送到指定的地方去。因此常有人莫名地收到别人送来的礼物，当然他们不知道是怎么回事，但是收到东西总会很欣喜，不过病人家倒是十分无奈。

久而久之，在村子里如果有人平白收到了礼物，那么就会问："是我们家里的犬神要的东西吗？"

不过如今已经不再有这种事了。早些年，人们结亲的时候都会躲避家有犬神的人家，不过现在也都不再这么注意了。

"哎呀，某家的太太好像眼珠会发光呢。"

村里人始终觉得家有犬神的人，后代都会与众不同，尤其是眼神。我认识的一个老婆婆就是祖上曾经有犬神的，她的眼睛看起来十分诡异。

在我小时候，家乡还有一种神秘的"流行神"。有时候人们会在田间地头忽然发现一些原来不存在的小小祠堂，还有信徒会在这种小祠堂前插上红色白色相间的旗子。

有人说这种流行神十分灵验，腿瘸的人去诚心地参拜一下，立刻就变得腿脚灵活了。双目失明的人诚心去参拜一下，就可以看得见东西了。

这种传闻很快就传遍了。但是这流行神究竟是什么呢？也许是非常久远却没有记载下来的石碑，也有可能是地位不高的地藏菩萨之类，没准是狸猫也有可能。

据说某地就有一个祠堂，是供奉狸猫的。

这个狸猫的名字竟然都被供奉起来了，但是狸猫作恶多端怎么会变成了流行神呢？原来许久之前，这只狸猫时常附身到村民的身上，要求村名把它供奉起来，不然以后会不断地附身！村民没有办法，只好建了小祠堂把这只狸猫供奉起来。

在很久以前，我们这个村子里有一个力大无比的人，名字叫作甚内。与此同时，村里还有只邪恶的狸猫，总是附在村民的身上。于是只要狸猫附身，甚内就会用力搓揉病人，把这只狸猫给弄出来。狸猫没有办法对付甚内，非常无奈。有一天，甚内独自在林中行走，这只狸猫喊住了他。

"甚内啊！"

甚内听见狸猫的声音，心里有些吃惊，没想到这只狸猫竟然这么大胆。不过他也丝毫不惧怕狸猫，心里还盘算着把狸猫抓来宰了吃。于是他停下来，听狸猫怎么说。

狸猫见甚内停了下来，便继续说道："我啊，斗不过你，所以决定和你和好啦。我来帮你好好赚上一票怎么样啊？"

"你怎么帮我赚？"

"是这样的啊，我有一个朋友也是狸猫，这会儿正附身在浅井家的那位小姐身上呢。不如我们一起假扮成那个名医，我来把我的伙伴弄出去，到时候浅井家一定会千恩万谢地感激你啦。放心，我不会拿一分钱的，都是你的。"

甚内一向胆大，觉得这个计划不错，于是问道："什么时候出发？"

"你若是愿意跟我合作，我们现在就出发。"

浅井家住在城下，从这里过去也就三里地，不算远，甚内点了点头，但是看着狸猫的模样又觉得不靠谱。狸猫大概从他的眼神里看出了不信任，于是摘下了几片叶子，沾了一些口水，放在自己的身上，叶子立刻变成了衣服。它又跑去寻了一根藤蔓轻轻扎在腰间，腰带就这么变好了。甚内看得目不转睛，原来狸猫用树叶变成人形的传闻是真的呢。

就这样，狸猫很快就变成了医生的样子，一副仁医的模样，还拎着一个出诊的药箱。"来，你提着药箱，装作是我的徒弟。"狸猫把药箱扔给了甚内，甚内配合地把药箱挂在了自己的肩头，跟着狸猫快步朝城下走去。

此时天已经黑了，甚内觉得走了才一小会儿便看见了城下街道的灯火，他才发呆了一会儿，狸猫便说浅井家的大宅到了。甚内细细望去，果然有五六个仆人提着灯笼翘首盼着医生。

"是花冈大夫啊！您总算是来了啊！"仆人们把狸猫领进了屋中，甚内背着药箱跟在后面。在宅子里转了好几个弯之后，他们才到了一个金碧辉煌的大厅之中，一张大桌上摆着各式各样的山珍海味。仆人们给狸猫和甚内倒酒、夹菜，甚内看得两眼发直，从未见过这么多好酒好菜。

吃了一些东西，狸猫便去隔壁屋给浅井小姐诊治。甚内大快朵颐地吃喝着，但是又有些担心这个狸猫是不是靠谱，于是便眯着眼往隔壁屋看去。那边传来狸猫说话的声音。这时候，甚内发现纸门上有一个小小的洞，于是甚内趴在洞口往隔壁屋看。狸猫坐在一个肤白貌美的女子身侧，正在为她把脉。

没过多久甚内就得了病死掉了，原来他是遭到了狸猫的报复。甚内其实并没有到城下的浅井家，而是被狸猫带到了山上，那个纸门上的小洞不过是岩石上的孔，一切都是狸猫制造的幻想，迷住了他的神智。人们都说，甚内是因为经常帮助别人逼出狸猫，所以才会被报复。这个故事是我很小的时候听说的。

关于狸猫，我的家乡还有一个故事。据说一个村民某次走夜路撞上了狸猫，狸猫正举着树叶准备变化。村民灵机一动，对狸猫说："用树叶变身太不好用了，明晚你来，我教你一个更简单的好办法！"

狸猫竟然相信了村民的话，第二天深夜，狸猫再次出现在村民的面前。村民把准备好的麻袋拿了出来，对狸猫说："只要钻进这个麻袋里，就可以随心地变化身体了！"狸猫一听十分欢喜，立刻钻进了麻袋中。村民趁机把麻袋扎了起来，狠狠地砸在地上，就这样，狸猫被砸死在了麻袋之中。

消失的小房子

在一个静谧的夜晚，益雄在虫鸣声中蹑手蹑脚地走着，苍白的月光穿过稀稀疏疏的栎树，静静地投在他的身上。

这是一个宁静祥和的海边小镇，益雄非常喜欢这里。不然，他也不会在此逗留了一个多星期之久，尽管平日里也没什么别的事，只是写写俳句、画画水彩而已。

总之，益雄在这里的日子过得很是惬意。

只是，现在他不太开心。因为就在刚才，他收到了父亲的命令。父亲说，让他明天一早立刻回家。益雄不想离开这里，所以听到这个消息之后，他非常难过和伤感。于是，他吃完晚饭后，就独自一人来到海边散步。

说是散步，其实也只是在沙滩上徘徊，没什么特别的。

他就这样无聊地走来走去，一直到烦闷了，才决定返回旅店休息。

不过，益雄突然决定，不从来路返回，而是穿过草地，从旅店后门回去。

也许这样可以增加一些乐趣，益雄一边走，一边这样想着。

很快，他就踏上了土地，穿行在抽了穗的芒草之间。

忽然，益雄来了兴致，想要写一首以虫鸣为题材的俳句。但是，当他在脑海中构思俳句的时候，突然听见左手边传来沙沙的声响，很明显，这是有人踩到枯树枝了。

益雄心里一惊，猛然转头，想看看身边的到底是谁。

结果，他看到了一个小男孩。

那小男孩活蹦乱跳地蹿出来，手里拿着一个小竹篮。小男孩一看到益雄，就十分热情地冲上来打招呼："你要去哪儿啊？"

"我是临海亭的客人，想要回去休息。"益雄很不理解男孩为什么这么热情，他奇怪地看了看四周，但是，周围似乎并没有发生什么令人兴奋的事情。

"啊，原来是那里啊！"孩子兴奋地绕着益雄转了一圈，继续问，"我也正要去那里送鱼，不过刚刚有东西跟了我一路，黑乎乎的，吓死人了，我也不知道是不是狐狸，或许是狗也说不定。"

"狗？在哪里呢？我怎么没看见？"

"现在走掉了，或许是见到你害怕了，就逃走了吧。"

"你很怕狗？"

"没有，只是它一直在前面挡着我的路罢了。"

"那我陪你一起走吧，免得它又出来挡你的路。"益雄只把这当作小孩子试图掩盖内心的害怕而编造的拙劣的谎言。

"真的不用了，我先走了。"说完，孩子就转身跑向了草地的另一头。

看着男孩滑稽的动作，益雄无奈地笑了笑，跟了上去。

这个时候，一阵轻微的咳嗽声从远处传来。益雄心里一紧——难道这附近还有人？

他一抬头，发现了一栋小小的房子，正隐藏在不远处的杂树林中。

这小房子很奇怪，似乎什么都透不进去，就连月光似乎也被阻隔在外，只有一盏昏暗的煤油灯发出微弱的光。

透过窗户，隐约可以看到一个女人正在伸头向外张望着，手里还忙着修补衣服。

益雄感到很诧异，这附近他走过两三次，从来没有发现有这样一栋房子。

"过路人，要不要进来坐坐啊？"屋里的女人招呼益雄。

益雄这才注意到，那女人很年轻，应该也就二十出头。她有着椭圆脸型，整个人看上去很沉闷。她里面穿着一件白色的上衣，外面穿着铭仙绸条纹外套。但是，她似乎很瘦削，这些衣物穿在身上，显得很空，就像挂在身上一样。

这样一来，衬得她的脸色更加不好了。

"我路过这里两三次，竟然都没有发现这栋房子，真是太不可思议了。"益雄向女子表达了自己的惊讶。

"这里这么偏僻，树枝交错纵横，再加上房子又破又小，您看不见也是很正常的了。"

女子微笑的样子让人感觉很亲切。益雄顿时对她有了些许好感，他注意到这房子的客厅不大，大概只有几张榻榻米那么大，门口的过道走廊也窄得像船板一样，显得客厅更加逼仄。

"不嫌弃的话，就请进来坐会儿吧。"女子又发出了盛情的邀请，让益雄有些招架不住。

于是，益雄走向了过道。

女子体贴地迎上来，递过一个坐垫，虽然看起来薄薄的，但是却代表了她的一番心意。

"您不介意它有些脏吧？"

"不不，当然不会，您真是太客气了，我不用它也行，天气还可以。"

"还是垫一下吧，晚上天凉。"女子躬身递过坐垫。

就在这时，益雄闻到了一阵女子的体香。他稍稍鞠了一躬，还了一礼，从女子手中接过坐垫，坐下了。

"我这里也没什么好茶能拿得出手的……"女子坐回位子上。

"不用麻烦了，本就是我打扰了，您不用帮我泡茶了呀。"益雄这才平静下来，掏出被他遗忘许久的烟，拿出火柴点了一根，静静地抽着。

"您是东京来的？"

"是的。"

"是来读书的吗？"

"并不是的，我只是来玩七八天而已，家里事情太多太忙，我这是忙里偷闲呢，明天一早就得赶回去了。"

"东京，我一次都没有去过，应该是个极好的地方吧。"女子的眼中流露出向往的神色。

"那您可要去看看啊！不过住久了也就那样吧。"

"是的吗？能在东京居住可是我们这种乡下人的梦想呢，怎么会厌烦呢？毕竟没有见过那样的大城市啊。对了，东京的街头是不是有各种美女啊？她们都是怎么打扮自己的呢？"

女子夸张的说法让益雄忍俊不禁。

"你想太多了，哪能到处都是美女啊！哪里都有美女，也都有丑女，就像东京，闭月羞花的虽然有，但是也很少，你看，像我这样蓬头垢面的人不是也有吗？"

"不过……"

刚说完这两个字，女子就不由自主地笑了。益雄也是如此。

"您往里面坐坐吧，天气越来越凉了，我关个门。"

益雄很希望能继续待在这里，又怕打扰到女子，便问道："会不会打扰您休息啊？"

"没关系的，家里就我一个人在，您随意就好。"

于是，益雄拿上坐垫跟女子进了屋。

屋子里有一张破破烂烂的木桌，上面摆着一盏发出浅红光的油灯。益雄坐在油灯旁，女子也放下了手中的活计。

益雄一直和那女子聊到很晚，才独自离开了。旅馆的人迟迟不见他的踪影，很是着急，直到他回来才放心。照料他的女佣连连追问他的去向，益雄不厌其烦地瞎编了几句，企图蒙混过关，之后就睡觉去了。

第二天一早，益雄该回家了，然而，他实在是不想回家，于是，他抓住最后一丝机会，绞尽脑汁寻找借口来拖延时间。但是，还没等他想到任何可以晚回去几天的理由，车就已经来接他去火车站了。这下，益雄也无可奈何了，只能选择出发。

益雄回到东京的时候，已经是当天下午一点钟左右。一回到家，他就开始帮忙做生意，接连不断地忙了两三天之后，他才把积累许久的工作解决掉。

他家开了一个大型的食品批发店，就在日本桥上，因此生意很繁忙，益雄需要和不同的店家客户谈生意，有时候还要去银行办事。

忙碌的这些天里，益雄不时地思念海边小镇的女子，想着回去再见见她，但是，一直都找不到合适的机会。

后来，益雄突然想到有一个朋友，他很擅长画西洋画，那年夏天一直都住在那个小镇上。于是，他就对家里人说，他要去看望这位朋友。当然，实际上，他是想打听一下那个女子的消息。

家人不知道他的真实意图，当然没什么好阻拦的，于是，在去浅草忙完工作后，益雄就简单地解决了晚饭，乘电车前往团子坂拜访朋友。

"哟呵，你从海边回来了啊？资本家啊，跑去海边写俳句，啧啧，真是享受啊！怎么样，有没有什么艳遇？"

画家正在喝着威士忌，满屋子都凌乱不堪地堆满了画具。

"当然了，只不过待的时间不长，短短一个星期罢了。不过，那里的确值得去。"

益雄点了一根烟，缓缓地抽着。

"那里确实是个好地方，再加上你住的可是最高级的临海亭旅馆呢，不管是海景还是周围的环境，都是极好的。之前我还特地去旅馆后面写过生呢。要不要来一杯？"

画家伸出手去拿破酒杯，想为益雄倒一杯威士忌。

益雄微微皱了眉，推辞道："不用了，别给我倒酒，我这辈子都不想喝你这酒。"

"好吧，那算了。不是有句话说，不会喝酒的人写不出好诗吗？怎么样？你呢，有什么好的俳句？"

"当然了，我每天都在海岸边构思俳句，还去了旅馆后的草地，那片草地真是令人向往啊！美丽极了！"

"我也去过那片草地，的确很美。那里还有一个破旧的小屋呢，一个老婆婆住在里面……"

"怎么会？婆婆？你确定吗？明明就是一个年轻的女子啊！"

"呵呵，你在开什么玩笑？六十几岁的老婆婆你竟然说年轻？她瘦得只剩皮包骨头了……"

"怎么可能，我见到的就是一个二十岁出头的美女，你看错了吧？"

"我看是你眼睛花了，哪有二十多岁的美女啊，那里就只有一个瘦骨嶙峋的老婆婆！"

"你是睡糊涂了吧！二十几岁的美女被你当作老婆婆……"

"你脑子出什么问题了？她那满头银丝、满脸皱纹，你都看不见吗？简直就是狼婆婆！还美女呢！"

"岂有此理，我可是跟她促膝长谈了一夜，你肯定没有近距离看到她，所以才搞错了吧！"

"那你就是瞎了，连老婆婆和妙龄女子都分不清了，真是可笑至极……"

"你！我和你没什么好说的了！绝交！"

"哟，我正有此意呢！"

两人激烈的争吵引来了房东，她跑过来，疑惑地问道："你俩吵什么呢？平时不是挺好的，出什么问题了？"

益雄感到很尴尬，不知如何是好，还是画家苦笑着解释了一番。

大妈这才明白两人竟然因为这种小事伤了感情，于是给出了建议："既然如此，你们俩一起再去一趟那个小镇，确认一下究竟是美女还是老婆婆，不就行了吗？"

益雄心中很赞同，这样他就可以再见到情人了。

画家也是心中一动，"怎么样？输的人出路费，敢不敢赌一把？"

"好，赌就赌！"

"那就后天早上出发，我明天有点事。"

"好，我赢定了！你就等着出路费吧！"

"哼！输的是谁还不一定呢！等着瞧！"

两天后，益雄和画家再次来到海岸。

刚到临海亭旅馆，益雄便拉住送茶水的女仆，着急地问道："旅馆后面的草地里是不是有一栋房子？"

"没有啊，那里就是一片空地，没有房子的。"女仆摆茶杯的手一僵，一脸不解地回答。

"怎么会？我俩都见过那栋房子的，怎么会没有？你是新来的吗？"

"我在这儿都三年了，从没见过后面有房子的。我们害怕会遇见野狐狸，所以晚上不从那边走，真的有房子吗？"

"这就奇怪了……我们还是自己再去看看吧。"

益雄和画家喝了几口茶之后，就匆匆起身，穿过破旧的栅栏，前往草地。益雄还特地带上了准备送给情人的一套化妆品。

夕阳渐渐沉下去了，落在芒草和杂树间。两人一路前行，却什么都没有发现，那所破败的小屋似乎凭空消失了。

"我记得就是这里啊……"画家很疑惑地说，"我上次就是在这几棵橡树和杂树附近见到那所房子的，老婆婆还伸头出来骂了我一顿……"

益雄也疑虑丛生，他明明记得小屋就是在这附近的，怎么会消失了呢？

这时，给旅社浴场看门的老人经过此处。

益雄赶紧问他："请问这附近有没有房子啊？"

"房子？现在肯定是没有。不过，三十多年前，临海亭还没建成的时候，是有一户人家在这儿居住的，我记得是一个渔夫带着他的家人。但是，那渔夫在一次出海打鱼的时候死掉了，他年轻的老婆在这儿独自住了一段时间……后来，她也出了点意外，死在了房子里，过了好长时间，尸体才被别人发现。再后来，临海亭的老板就把这里买了下来，拆了房子，盖了个旅馆。"老人费力地回忆着，"可是，听说那女人死得蹊跷，所以这里经常会发生一些怪事。怎么了？你们是不是遇到了？"

益雄看着画家，画家也看着益雄，两个人呆在当场，很久都没有说一个字。

美人和酒

　　明治十七年的时候，早稻田还是很偏僻的郊区，到处都是杂乱的灌木丛，偶尔夹杂着农田，人烟稀少，十分荒芜。

　　一个夏日的下午，天气十分炎热，没有一点风，毒辣的阳光把植物的叶子晒得蔫蔫的。草丛里，虫子偶尔会叫两声，但也无精打采的。

　　改良派志士藤原登走在通往早稻田的路上，打算去党主席家中要点儿钱，好补贴家用。因为刚下过雨，路上有很多湿泥。没走多久，他的鞋上就沾满了泥，几乎连抬脚都困难。藤原登看了看四周，想找一条泥少一点的路。

　　他发现一边的草丛里开着几朵素色的小野花，就走了过去。

　　草丛后面，竟然是一条没有泥的小路，藤原登非常高兴，一口气拐到了小路上。

　　这条路上也有些树，树枝横七竖八地生长着，非常杂乱，差点把藤原登的草织帽子钩走。他一边捂住自己的帽子，小心地走着，一边想着应该怎样向那位主席开口。

　　如果他家有客人就好了，也不要太多，两三位便够。这样，事情就可以发展下去了：

　　"你有什么事吗？"主席会这样问他。

　　"说来实在惭愧，就是……"他不好意思地摸摸头。

"就知道你又没有钱了，前两天不是刚给过你吗？算了，你说，你需要多少？"

"真是不好意思，五日元吧……"

主席一边抱怨，一边去给他拿钱……

这当然再好不过了。不过，他也知道，如果没有旁人在场，主席一个子儿也不会给他。

也许，党派里面的干事岛田应该会在。如果今天他们正在研究如何进入内阁这样的重要机密，估计自己连门也进不去，更别提要钱了。但是，如果他们只是像平常那样聊天喝茶，他还是能进门，顺利地要到钱的，如果运气再好些，估计还能混到两杯好酒。

想到这里，藤原感觉整个人都轻飘飘的，十分兴奋。

对，要到了钱之后，还可以去找那个长相青涩的女孩子，那个叫"小樱"的，虽然她是个青楼女子，但是，人还是不错的。就这样一边想，一边走，很快，藤原就觉得有点累了。

这也正常，他一直在走路，从来没有歇过。

这时候，他才发现，原来因为急着赶路，他已经出了一身汗。于是，他摘下了别在裤带上的汗巾，擦了擦脑门上的汗水。

这时，他忽然注意到了前面一个像是茶水摊的小屋子。屋子前面的路有将近两米宽，看起来很敞亮。门口的走廊上，残留着一些深色的水渍，很明显，这里曾经摆放过用来纳凉的小桌子。

一个年轻的女孩子正坐在门口做女红，她的身材玲珑有致，相貌十分秀丽。藤原停了下来，打量着她。他觉得她很眼熟，也许他们在哪个地方见过。似乎觉察到了藤原的目光，女孩子猛然抬起头，对上了藤原的眼睛。

藤原更惊讶了，他更加确信，自己一定在某个地方见过她。他努力地想了好久，但又实在想不起来了……

最后，藤原的思索以失败告终。等他回过神来，再次看向这个女孩子的时候，这女孩子也在看他。

藤原干脆走了过去，对她说："抱歉，打搅了，我能在这里歇一会儿吗？我从很远的地方走来，天气实在太热了。"

"没关系，您坐吧。"少女笑着回答，还微微地垂下了头。

藤原坐了下来，摘掉了草帽，看着外面的院子，拿出汗巾，随手擦了擦汗水。

"这附近有没有可以喝茶的地方？"藤原问。

"这里原来就是个茶馆。但是，因为最近我家里人都出去帮工了，没人打理，就暂时不卖茶水了。"

"原来如此……"

"要是您不嫌弃，我就沏一杯茶给您吧，不过，只有粗茶。"

"可以，可以，那就麻烦您了……"

"不用客气，您要是觉得外面太热，也可以去屋子里面，屋子里面照不到阳光，还是很凉快的。"

藤原当然想要去屋子里面，不过觉得孤男寡女，同处一室，好像有点不妥，就说："不用这样麻烦，外面也不是太热。"

"您不用拘谨，里面确实很凉快的，您从那么远的地方一路走来，肯定难受坏了，还是去歇歇吧。"

"的确是的……我打算去前面不远的山木家里，他家离我家可不近。"

"呀，原来是去那个大宅子里。"

"对，我经常去那里和他们讨论一些大事，大多是政治方面的。不过，之前去那里，我都是走大路，从来没有走过这条路。"

"这很正常，毕竟这条路很偏僻。但是，之前，我们家的茶摊还没关的时候，经常会有读书人从这里路过，来这里喝茶饮酒。"

是啊，虽然这茶摊子现在不招呼客人了，总还会有些酒水吧？藤原期待地想着，赶紧摸摸自己身上的钱，恰好，前几天没有花完的钱还在身上。

"既然这个样子，那我就叨扰了。"藤原站起身，用汗巾拍了拍身上的尘土，捡起自己的草帽，重新戴在头上。

"没关系，您快进来吧。"女孩子说着，把藤原带进了屋子。

"实在是太乱了，还请您不要嫌弃。"女孩子带藤原穿过长廊，打开门。门里面是一个只有十几平方米的房间，房间的另一边是一条走廊和一个厨房，用纸糊的门隔开了。

"请往这边来。"

"麻烦您了。"

藤原跟着女孩子进了另一个房间。房间的前面是一个院子，院子的正中央有一棵很大的树，枝叶遮天蔽日，非常茂盛，刚好挡住了盛夏炎炎的日光。

"您请稍等，我去给您倒茶。"

女孩子说着，离开了房间，藤原坐了下来，好奇地打量着四周。

这个时候，他才猛然想到，原来，这个女孩子神似那晚与他共度春宵的女子。对，就是那个叫"小樱"的，原来如此，怪不得总是觉得在哪个地方见过她。藤原这样想着。

不一会儿，女孩子就端着茶水回来了。

"您不用这么拘束，躺下来歇息一下也无妨，毕竟家里面也没有其他的客人。"女孩子神态大方地劝着藤原，脸上丝毫不见羞涩。看样子，是因为经常招呼来往客人的缘故。

她一边说着，一边把茶水端给藤原，自己在桌子前面坐了下来。

"谢谢。"藤原端起杯子。

那是一杯凉了的大麦茶，看上去有点浑浊。

藤原喝了一口，顺着女孩子的话，把自己的腿盘起来，试图坐得舒服一点。

"是的，这样就对了，真的没有关系，您看起来也很累了。"少女继续劝道。

藤原一边纠结，一边躺到了榻榻米上。

这时候，他又想起来另外一件事情。

"你说你们家以前开茶水摊子，那现在有没有什么剩下来的酒水？"

"啊，一般的酒水已经处理掉了，不过我家里人从有钱人家里带回来几瓶外国酒，还有一点，您要试试吗？"

"哎呀，这样不好，如果只是一般的本土酒水，喝一口也没有关系，高级的外国酒就不用了。"

"您不用这样不好意思，我家里也没有人会喝外国酒，您喝两口也没有关系，反正也只有那么多。您等等，我去拿给您。"

"既然如此，那我就喝一点吧，真是太不好意思了。"

"没有关系的，您稍微等一等。"

女孩子说着，殷勤地去给藤原拿酒水了。她身着紫色的单衣，显得整个人特别窈窕，特别是一双脚，仿佛玉石雕琢出来的一般，美不胜收，就像是那天的那个姑娘一样……藤原直直地看着她，不禁陷入了遐想。

直到女孩子的声音在他耳边重新响起，他才回过了神。

"您看，就是这种外国酒，您试试吧。"女孩子拿来了杯子，里面盛着半杯红色的酒。

"真是十分感谢您。"

"不用客气，据说这种酒水很浓烈。"

"哦？那我试试。"

藤原端起酒杯，闻了闻味道，用舌尖蘸上一点酒液。这酒果然醇香无比，浓郁刺激，就像麝香一样，让人欲罢不能。

"的确是热辣浓烈的好酒，很香，口感也很好。"藤原一边说，一边喝完了酒。

他看着女孩子美丽的眼睛，仿佛陷入了一场梦境之中。

过了一会儿，藤原才回过神来。不过，外面，天已经黑了，屋子里点了一盏昏暗的油灯，因此，房间里面的光线不太好，影影绰绰的。

不知道什么时候，他的手竟然和那个女孩子的手交握在了一起。他咽了两口唾沫，觉得一阵莫名口渴，就问女孩子："我还能再要一杯酒吗？"

女孩子盯着他，回答说："当然有，虽然不是很多，不过再喝几杯肯定没有问题，您还要吗？"

"要是还有的话，就给我再来一杯吧，这酒真是不错。"藤原回答道。

"我去帮您端过来，您等等。"

"麻烦你了。"

女孩子把手从藤原的手中拿出来，站起身，离开了。

藤原躺在榻榻米上，看着她离开。不过，没过多大一会儿，他忽然觉得一个人待着也没有意思，就想去找她。

厨房的门没有关，里面隐隐约约地透出了光芒。藤原知道女孩子一定在里面，毕竟她家里也没有别人了。

她一定是在给我倒酒吧，藤原想着，忍不住要去看看。

他走到厨房门口，却看见了这样一幕。

女孩子背对着他，站在一个水池的边上，举起右手，握着一个黑黑的、长长的东西。因为灯光太过于昏暗，藤原并没有立刻看清楚。过了一会儿，他才发现，原来，女孩子手里面握的是一条大黑蛇！

那条蛇已经被砍掉了脑袋，断口处，正汩汩地流着鲜红的血液。女孩子拿着杯子，接的就是那些血液！

藤原顿时倒抽了一口冷气，顾不得带上自己的帽子，就慌慌张张地往外跑。

他一直往前跑，也不知道跑了多久，简直像用尽了全身力气，才跑到了主席家。

他惊魂未定地在主席家里过了一晚，犹豫了好长时间，最后还是把这件奇事和大家说了。

第二天，天亮之后，大家准备好东西，一起去树林里寻找那个妖怪。他们仔细搜索了整片树林，最后在一堆杂草里面发现了藤原的帽子。

帽子旁边，躺着一个破烂陈旧的土人偶。土人偶的手里紧紧地抓着那条早就没有了脑袋的黑蛇。

吃人的饿鬼婆婆

山下的村里曾经流传着这样一个故事，那是在很早的时候，村北面的菩提山下住着一户人家，家里的男人很早就死去了，只剩下女人和她的三个孩子相依为命，日子过得清贫却也安稳。

故事就发生在这一年的春节。女人的远房姐姐住在山对面的村子里，捎信说家里过年蒸年糕需要人手，请她前去。女人不好意思推托，打算第二天一早就独自动身。远房姐姐家要翻过大山，路程遥远，所以她让三个孩子留在家里等她回来。

第二天一大早，女人临行前，拉过年纪最大的十五岁的女儿，仔细嘱咐道："妈妈去姨娘家帮忙，回来的时候会给你们带好吃的年糕，你是姐姐，要照顾好弟弟妹妹。"又转过身对十岁的儿子和只有六岁的小女儿说："你们一定要听姐姐的话，好好在家待着，不许乱跑！"

"妈妈，你放心去吧！我已经长大了，家里有我照看着，您不用太担心，我会照看好弟弟妹妹的。反倒是妈妈你自己要小心，我听说山上有个专门吃人的饿鬼婆婆，如果您干完活儿天色晚的话，就先不要急着赶路，在村子里住一宿，等到明天天亮了再回来吧！"大女儿说道。

听了女儿的话，女人点点头，说道："嗯，应该没什么事，听你这么一说，也挺吓人的！不过没关系，妈妈会快点干活，尽可能在天黑之前就回来。你们不用担心妈妈，妈妈是个大人了，会照顾好自己的。你们在家要好好看家，做什么都小心一点啊！"

又是一番叮咛过后，女人才匆匆走出了家门，向山那边的姐姐家走去。

女人忙忙碌碌做了很久的年糕，等到一切停当，才发现天边早已晚霞密布，夕阳西下，天色愈发黑了。女人的远房姐姐见天色已晚，不放心女人一个人走山路，便劝女人让她在家中住一宿，等明早天亮了再回去。可是这时候女人却归心似箭，她太担心家中的几个孩子了，而且她一想到孩子们马上能吃到热乎乎的年糕，就更坚定了回家的念头。

太阳的最后一丝光芒终于消失不见，只有清冷的月光若隐若现地照在山间的小路上，让本来就幽静凄清的山路显得更加冷清。菩提山虽然在村子的北面，却很少有人往这边走，所以，山上没有大路，只有数条错综复杂的小路，极易走错。

女人来的时候是白天，所以她并没有走岔路，只是记得自己走的那条小路上铺满了落叶。现在，天已经黑了，她只能凭借月光，摸索着走上了那条记忆中的来路。

不知道过了多久，女人发现自己走的这条路已经到了尽头，再往前就是一片杂草丛生的乱坟岗。女人心中一惊，吓得赶紧往回走。可是走着走着，就被一片杂树丛挡住了去路。女人更加害怕了，赶忙又回身往前跑，已经慌了神的她拐进了离她最近的一条小路。就这样，交错的小径越来越多，女人越走越迷糊，终于，她无法辨清身在何处。

女人的心"扑通扑通"地跳着，不知是因为走得太快还是太害怕，她心下暗叫不好：照这样下去，在山里过夜是小，万一碰上什么吃人的野兽可怎么办？实在不行，还是先回远方姐姐那里住一晚，等天亮了再回家吧！正在女人犹豫不决的时候，忽然，她看到远处有个人影正往她这边走来。她心里一惊，更害怕了。她瞪大眼睛，等人走近才看清原来是一位身材矮小的老妇人。老妇人佝偻着身子，脸上始终挂着一抹笑容。

"这是谁家的媳妇，这么晚了来山里干什么啊？"老妇人面带笑容，十分和蔼地问道。

"大娘,我本打算走山路回家去,可谁想在这山里走错了路,正辨不清方向呢。"女人如实回答道。

"哦,原来是迷路了啊!也不怪你,这山上小路太多,还都是一个样子,难怪你会走错。我就住这山里,对山路比较熟,我领着你走吧!你家在哪儿啊?"

"那真太谢谢您了,大娘,那就劳烦您带路,我家就在山脚下,应该不远了。"

"没事的,不过你可要跟紧了,别看我这老太婆又瘦又小,腿脚可利索着呢!而且这山路我走了一辈子,闭着眼睛都能找着,哈哈哈哈!走吧。"老妇人一边大笑一边说着,开朗健谈,女人却觉得周身一凉。

为了能尽快下山回家,女人也没有考虑太多,紧跟着老妇人往前走去。

走着走着,女人感觉身上越来越冷,禁不住打了几个寒战。

就在这时,老妇人开口说话了:"都这么晚了,你怎么才回家啦?"

"这不是要过年了吗,家里亲戚在村里头蒸年糕,人手少忙不过来,就求我来搭把手。本来天快黑了怕走山路不安全,让我在村里住一宿等天亮再回,可是我担心家里几个孩子,而且这年糕刚蒸出来,想趁热乎给他们带回去尝个新鲜。我呀……就趁着天还有点亮光往回走,可谁知道这天一黑……唉!"女人叹着气答道。

正说着,老妇人猛地转过身,吓了女人一跳。老妇人一看吓到女人了,赶紧缩回了身子,但双眼仍然直勾勾地瞅着她挎着的篮子,说:"年糕?说起来其实老太婆我已经一整天没吃东西了,你要是不介意,能给我吃一个年糕吗,实在是太饿了!"

女人摸了摸挎在肩上的篮子,心想:这老婆婆也怪可怜的,何况她还好心给我带路,也应该感谢一下她。虽然年糕不多,但是给这个老婆婆一个后,也够孩子们分的。

想完这些,她对老妇人说:"大娘,我这年糕不是很多,是要拿回去给几个孩子吃的,不过为了感谢您为我带路,我就分您一个吧!"说着,她就停了下来,拿下挎在肩上的篮子，将盖在篮子上的布一层层掀开，拿起一个还冒着热气的年糕，递给了老妇人。

"谢谢啦！"老妇人伸出枯树般的手一把抓过年糕，直接就塞进了嘴里。紧接着转过瘦小的身子，边咀嚼边往前走着。

过了不一会儿，老妇人停了下来。女人走上前去问道："怎么了，大娘？怎么不走了？"

老妇人转过身子，仍然用直勾勾的眼神瞅着女人肩上的篮子说："我一天没吃东西，实在是太饿了，一个年糕不够吃，你能再给我一个吗？"

"呀！这个老婆婆怎么这么厚脸皮啊！"女人心里暗暗说，她又摸了摸身上的篮子，心想，我要是不给她，她不会把我扔在这荒郊野外不管吧？

想到这儿，她赶紧又摸出了一个年糕递给了老妇人，说道："大娘，我这也没几块年糕了，再给你一个吧，剩下的还得给我的几个孩子留着……"

没等女人说完，老妇人一把拿过女人手里的年糕塞进了嘴里，转过身边嚼边走。

没走一会儿，老妇人又停下不走了，没等女人去问，她就转过身子来到女人身边，枯瘦的手摸上了女人肩上的篮子。女人赶紧侧过身子躲开，看到老妇人这么过分，她气得恨不得伸手打她，女人强忍住怒气说道："大娘，你看这几个年糕是留给我的几个孩子的，我都已经给你两个了，不能再给你了，要不然孩子们可就没得吃了。"

老妇人好像根本没听见她说的话，枯瘦的手仍向女人伸去："不行了，我饿得走不动了，给我吃个年糕吧！"

说话的时候，老妇人一直挂在脸上的笑意不见了，向上咧着的嘴耷拉下来，这样的脸反而比刚才那张笑脸还要瘆人。女人没有办法，只好又拿出一个年糕扔给了老妇人。

"大娘，只有这个了，再不能给你了。"女人愁眉苦脸地说道，心里细细地盘算着，不由得又皱紧了眉头，"哎呀，就剩三个了！这个老太婆怎么这么不要脸啊，吃点儿就完了，怎么还没完没了啊！"女人愤愤地跺着脚继续向前走去。

就在这时，老妇人再一次转过身来，"饿死啦，实在是走不动了，再给我一个年糕！"

说这话的时候，老妇人不再看着女人肩上的篮子，反而是直勾勾地瞅着她，那眼神好像是要把她吞掉一样。

女人这回真的生气了，她禁不住骂道："你这个老太婆也太不要脸了吧！我的三个孩子最大的只有十五岁，最小的才六岁，他们在家等了我一天，就等着我给他们带点好吃的，你怎么还跟几个孩子抢吃的呢……"

刚说完，女人发现面前的这个老婆婆好像变了一个人，眼睛里布满了血丝，耷拉的嘴角又咧开了，不像是笑，也不像是生气，而是像要吃人一样，格外恐怖。

女人心中一惊，不由得想到了临行前女儿口中所说的吃人的饿鬼，全身禁不住哆嗦起来。还是保命要紧啊！她一把扯下肩上的篮子放到了老妇人面前，说道："大……大……大娘，我就剩这三块年糕了，你要是饿了就都吃了吧！离山下也不远了，我自己走就可以了，您还是回去吧！"说着，她转身就往山下跑去。

可是，刚跑出去没多远，她就感觉耳边飕飕冒着凉气，原来，老妇人早就吃光了年糕追了上来。

"饿啊，给我吃的，要饿死啦！"老妇人那双吓人的眼睛盯着她说道。

女人吓得跌坐在地上，她哆哆嗦嗦地说："不……不是都……都给你了吗，我什么都没有了，拿什么给你啊？"

"拿你给我啊！"老妇人的脸已经完全变了模样，阴森而恐怖。嘴巴张大到常人无法做到的地步，口中的獠牙咬向了女人的脖子……

山脚下的家中，三个孩子蹲在门口四处张望着。太阳还没落山的时候，他们就在此等候了，直到天渐渐地黑了下来，远处的菩提山也渐渐变得模糊不清。傍晚，山中大雾顿起，在凄清的月光笼罩下，显得更加阴森，好像随时会有妖怪从大雾中跳出。孩子们害怕得不行，都回到了屋子里，插紧了门。

三个孩子挤在炕上都在猜想妈妈今天会不会回来。最大的姐姐说："天都这么晚了，妈妈一定是在亲戚家住下了，我们不要等了，都睡觉吧，也许明天一觉醒来妈妈就回来了呢！"

弟弟妹妹也点头答应。于是，姐弟三人检查了门窗是否关好，铺好被，都钻进了被窝里。

不知过了多久，就在三姐弟刚刚睡着的时候，门外突然响起了一阵敲门声，最大的姐姐迷迷糊糊睁开眼冲着大门喊道："谁啊？"

"还能是谁？是我啊！"门外传来一个声音。

姐姐心中一阵高兴，是妈妈回来了！她赶紧穿上衣服从炕上跳下来，可就在这时，她看到外面还是漆黑一片。她记得妈妈曾经答应过她，如果干完活天黑的话，她就不回来啦，在村子里住下等天亮了再回家。而现在正是大半夜的，妈妈应该不能冒着危险摸黑走山路回来啊！

"赶紧把门打开——开门！"门外的那个声音好像有些不耐烦。

姐姐越发觉得这声音听起来好像不是妈妈。她小心地问了一句："你真的是我妈妈？"

"不是我还能是谁啊，赶紧开门吧，我走了一晚上的路，都快累死了，赶紧让我进去！"门外的声音更加不耐烦了。

姐姐的手搭在门闩上，可是她总觉得这声音好像不是妈妈发出的，妈妈平时说话都很温柔的，这个听起来好像不大对劲。

就在她犹豫着要不要开门的时候，门外的声音又说道："快开门吧，妈妈现在又累又饿，让我进去歇歇。"

"你不是说天黑了就不回来了吗？"姐姐问道。

"我这不是担心你们就连夜赶回来吗？赶紧开门吧，怎么那么多废话！"

姐姐更加觉得这声音不像是妈妈的，心想，不会是山里的妖怪变成妈妈来吃我们吧？于是她对着大门喊道："我怎么知道你是不是真的妈妈，要不你把你的手伸进来让我摸摸，我再让你进来。"

说着，姐姐打开门上的一个小洞，把手伸出去摸。

刚伸出去，姐姐就摸到了一只手，那只手干瘪又粗糙，手指头好像枯树枝一样，把姐姐吓了一跳，赶紧缩回了手，她大声地喊道："你不是我妈妈，我妈妈的手不是这样的。"

"妈今天包了一天的年糕，满手都是干面粉，还没来得及洗呢，你等着，我去洗手，洗完了你再摸摸。"

过了一会儿，门外的声音又响起："这回你再摸摸看，是不是妈妈？"

姐姐伸出手去又摸了摸，这回，她摸到的这只手光滑柔软。

"这回该相信了吧，快给我开门吧！"

姐姐赶忙把门打开。

"妈妈"进屋了，姐姐借着外面的月光仔细地看着进屋的这个人，和妈妈一模一样，真的是妈妈回来了！这时，弟弟妹妹也醒了，看见"妈妈"回来了，都高兴地扑到"妈妈"的怀里。

而这个"妈妈"呢？从进门开始，她的眼睛始终在弟弟妹妹身上扫来扫去，不像是在看自己的孩子，反而像是在看食物一般。

"我从村里带来了好多年糕，不过现在妈妈太累了，我们还是先睡觉吧，明天早上再给你们拿吃的。你们几个谁想跟妈妈一起睡啊？"

弟弟妹妹都高兴地争抢着要和"妈妈"一屋睡觉，只有姐姐还若有所思地看着"妈妈"。

"今天晚上让妹妹跟我睡吧！弟弟跟姐姐睡。""妈妈"开口道，边说便抱着妹妹进了小屋。

姐姐躺在炕上怎么也睡不着，她总觉得现在的这个妈妈好像和从前不大一样，想着想着，不知不觉就要睡着了。正在迷迷糊糊的时候，小屋里突然响起一阵窸窸窣窣的声音，姐姐一下子惊醒坐了起来，她仔细地听着，像是啃骨头的声音，可是家里从来没养过什么动物啊。

想到"妈妈"不寻常的样子，她不禁心中一阵慌乱，她有些担心小屋中的妹妹。于是她悄悄地走到小屋门前。

里面的声音更清楚了，那分明是尖利的牙齿咬断东西时发出的声音，姐姐禁不住冲小屋喊道："妈妈，这么晚了，你在吃什么呢？"

"妈妈走了一晚上了，实在是太饿了，就找了一个胡萝卜吃，你赶紧睡觉吧，妈妈吃完就睡了。"屋里的声音说道。

姐姐还是不放心，她屏住呼吸从门缝向里看去，借着淡淡的月光，她看到屋里的哪是什么妈妈，分明是一个满嘴獠牙的饿鬼在啃食着妹妹的胳膊！她吓得差点就叫出声来，双手捂着嘴尽量不让自己哭出声音，以免惊动了屋里的饿鬼。她悄悄地回到弟弟身边，摇醒了还在睡梦中的弟弟。

弟弟迷迷糊糊睁开眼睛刚要问，就被姐姐一把捂住了嘴，她对弟弟说："妈妈是饿鬼变的，它已经把妹妹吃掉了，说不定一会儿还会来吃我们，我们得赶紧跑出去！一会儿我先装作去茅房，出去后会跑到前面的路口等你，你也想办法跑出来！"

说完，姐姐就一手捂着肚子叫了起来："哎哟！肚子痛死了，我要去茅房！"说着就从屋里跑了出来。

不一会儿，弟弟穿好衣服正要出来，屋里的饿鬼喊道："你要干什么去？"

"我——我也肚子疼，要去茅房！"弟弟吓得快哭了出来。

"等你姐姐回来你再去！"

"不行啊，我憋不住了！"

"那就在屋里拉。"

"那多脏啊！而且还好臭。"

"那就快去快回，把你姐姐也叫回来。"

一听饿鬼这么说，弟弟连滚带爬地跑出了门，头也不回地向路口跑去。

姐姐已经在路口等了半天了，看见弟弟过来了，她拉起弟弟的手拼了命往前跑。这时候，月光已经黯淡了很多，远处的天空中出现了一丝丝光亮，天就要亮了！

小屋中的饿鬼等半天不见姐弟俩回来，意识到他们可能是逃跑了，立刻追了出去。

姐弟俩跑了很久很久，不知不觉他们跑进了一片长满白色小花的地方，前面已经没有路了。

姐弟俩跌坐在地上，抱头痛哭起来。眼看着饿鬼就要追上来了，难道他们真的就这么被吃掉了吗？

正在姐弟俩不知道怎么办好的时候，忽然看见前面不远处有一棵大树，这棵大树又粗又高，抬起头都看不到树顶，姐弟俩没多想就爬上了这棵参天大树。

刚爬上去，饿鬼就追了过来。

她看到姐弟俩爬上了树，紧跟着也开始往上爬，边爬还边咧着嘴说："孩子们，快跟妈妈回家啊，妈妈给你们准备了好吃的，咯——咯——咯！"饿鬼发出瘆人的笑声。

姐弟俩看见饿鬼爬上了树，顿时慌了神，这下真的完了，眼前只有两条路，要么等着被饿鬼吃掉，要么从树上跳下去。他们相互抱着哭着说："老天啊，如果你可怜我们的话，就救救我们吧！"

刚说完，只见从他们的头顶上垂下来一根绳子，姐弟俩顾不上高兴，赶紧拽着绳子爬了上去。

饿鬼爬上树，看见姐弟俩顺着绳子逃走了，也拽着绳子追了过去。

可是当饿鬼拽着绳子爬到一半的时候，绳子突然断开了。饿鬼拉扯着半根绳子号叫着摔在了地上，摔成了肉饼，鲜血喷涌出来，染红了周围这片白色小花的根茎。

令人惊奇的是，白色小花的花瓣却没有沾上一滴鲜血，仍然是那样洁白、美丽。人们都说，姐弟俩能够幸免于难，是因为死去的妈妈在保护他们，这一片片洁白如雪的花，就是母爱的证明。

山姑怪

甚九郎是个生意人，天气好的时候，就去外面做点小买卖。天气不好的时候，他便留在家里看店。

他独自住在麹町的一个出租屋里，至今未婚。

今天的天气不错，按理说，他是应该出去做生意的，但是，他最近实在是太累了，就没有出去，而是慵懒地坐在店里，抽抽烟，看看风景。

春日的夕阳从外面射进来，晒得人懒洋洋的。甚九郎坐在那里，舒服地晒着太阳，不知不觉就打起了盹。

忽然，外面传来了一声很大的声响，因为四周很安静，这声音显得异常响亮。甚九郎猛地惊醒，抬起了头。

不知什么时候，店外的门槛上多了一个年轻的女人。她垂下一头乌发，半弯着腰，一只手撑着额头，好像很难受的样子。也许，她正是突然觉得身体不舒服，才坐下来歇息，而那响声就是因为她无意间撞上了门。

甚九郎这样想着，没有去打扰她，因为他也曾有出门在外的时候，身体突然不适。他很清楚，这个时候，需要安静地休息一下。

但是，过去了小半个时辰，那女人还是一动不动。甚九郎担心起来，难道她是生病了吗？如果真的是病了，可不能就这样坐在外面呀。

"喂，你是怎么啦？需要帮助吗？"甚九郎走过去，蹲下来，询问她的情况。

女子抬起头，是一副十分和善的面孔，不过，她显得没什么力气，声音也小得厉害，好像刚干了什么重活似的："我头晕得厉害，我——您能收留我一晚吗？"

甚九郎不忍心就这样弃女子于不顾，但他也不能就这样收留素不相识、来历不明的人啊。所以，他对女子说："我是应该帮助你，收留你一晚也没什么，但是，这房子不是我的，我只是这里的租客，如果我收留你，房东不会同意的，所以，你住在哪里呢？我可以帮你找顶轿子，让他送你回去。"

"您有所不知，我家实在是远得很，轿子怕是到不了，我可以付您房钱，您还是可怜可怜我，收留我一晚吧！"说着，女子递给甚九郎一些钱。

甚九郎见状，只好同意了，他把女子带进了屋子，说："我家破得很，希望你不会介意。"说着，他给女子找了点药，让她吃，还细心地给她熬了粥。

吃喝之后，女子好像舒服了不少，她盖上甚九郎给的被褥，在油灯旁躺下来，睡着了。

第二天早上，甚九郎早早起来煮热茶，没过多久，女子也起来了，她在甚九郎旁边坐下，脸色好看了不少。

"我好多了，真的很谢谢您。"

"没什么，好了就好。"甚九郎笑了笑，又问道，"你家在什么地方？"

"八王子。不过，我父母去世得早，家里也没有什么兄弟姐妹，我一直和姨母相依为命。可是，不久前，她也去世了。我便去了大户人家当差。后来，我想，如果来江户，说不定能嫁户人家，就来了这里。没想到刚来就犯了头晕的老毛病。我在这边没有熟人，无依无靠，如果不是您收留，真不知道要怎么样了……"

这女子举手投足之间，好像有种说不出的魔力，甚九郎听她讲着，无意间就被吸引住了。

"真是可怜，你在这边真的找不到可以投奔的人吗？"

"是的，真的没有了。"女子沉默了一阵，过了一会儿，好像下了很大的决心一样，重新鼓起勇气，对甚九郎说，"我——我想求您一件事。"

她脸红得厉害，甚九郎猜不到她想说什么，就开口问道："是什么事？"

"我知道这是很无理的要求，可是，看您的样子，应该也没有成家吧？如果是的话，我可以做您的妻子吗？我会照顾您的饮食起居，还可以把父母留给我的三十贯给您做生意。"甚九郎听到女子这样对自己说，大大地动了心。三十贯可不是小数目，生意这东西，投得多才会赚得多，甚九郎这样想着，完全被钱套牢了……

他答应了女子，还去找了房东，说是老家来了表妹，要在这边住上几天。

甚九郎隔壁住的也是单身汉，叫源吉。他和甚九郎一样，也是个小贩，每天早出晚归，做些小生意，聊以糊口。

对甚九郎新娶的妻子，他十分好奇，正巧有一天晚上，他喝了点酒，想四处走走，没想到晃悠到了甚九郎的窗户下。

月色正好，源吉借着光亮，抬眼望去，只见一道青光在窗后一闪而过。源吉揉了揉眼，还以为自己眼花了。但是，那青光再也没有出现过。

一阵冷风吹来，源吉有点害怕了，不过，他还是想一探究竟。于是，他慢慢地凑到窗户边，借着上面的一个小洞，往里面看去。

这一看，他吓得简直叫出声来——屋子里的那个女人长得青面獠牙，正坐在油灯旁，用酒杯喝油壶里的油，她一杯接一杯地喝，连停都不停，就像喝水一样。源吉吓出了一身冷汗，躲在窗外瑟瑟发抖，不敢发出一点响动。过了好久，他才慢慢地缓过来，挪着脚往后退。还好，女人并没有发现他，径自吹灭了油灯，躺了下去。

那身形映在窗纸上，简直跟头小牛一样。

源吉一直想把自己的发现告诉甚九郎，但是，因为甚九郎出去做生意了，五六天之后，源吉才见到了甚九郎。他觉得直接对甚九郎说不太好，就叫甚九郎去他的房间，旁敲侧击地打听着甚九郎的新婚妻子。

其实，甚九郎对这位妻子也不是没有怀疑，她的脸蛋和身形总是来回变化，一会儿好看，一会儿难看。现在，源吉又这么一说，他就更疑惑了，最后，他和源吉商定，要休了这个来路不明的妻子。

甚九郎很清楚，他不能直接和妻子说，而要达到目的，必须借助源吉和房东的配合，于是，他向房东坦白了实情。房东也很吃惊，就找来源吉，好好商量了一番。

一天，源吉根据他们商定的计策，来找甚九郎，对甚九郎说："房东让你过去一趟，你快去吧。"

甚九郎假装跟着源吉去找房东，过了很久才回来。

回来以后，他就一直愁眉不展，妻子看他这样，非常疑惑，就追问是什么事，甚九郎一直遮遮掩掩，不说清楚。

第二天，源吉又来叫甚九郎，说房东要见他。这次，他在房东那里待的时间更长。

"房东究竟跟你讲些什么事？"等甚九郎回来之后，妻子又问他。

甚九郎哭丧着脸，装出难以启齿的样子，说道："真是件棘手的麻烦事。房东对我说，奥州棚仓樱町发生了一件人案子，一个叫美坂屋助四郎的人娶了个来历不明的女人，过了不到一个月，就被那女的谋害了，家里所有家当也被顺走了，房子也被烧了。最可恨的是，那女人干完这一切后，跟着一个净土宗的和尚跑了。现在，和尚倒是落网了，但这女人一直下落不明。衙役正在到处搜查来历不明的女人，眼看就到这里了。房东怕有什么麻烦事，就对我说，既然我们的结合没有明媒正娶，你不妨回娘家避避风头，你知道的，我们人微言轻，哪能和那些当官的硬碰硬，万一查到，人家连辩解都不会听的。"

女人听了，立刻变了脸色，面容难看得吓人："就算是通缉，也得看着画像来，是不是我，一目了然。你这么说，无非是寻个借口，要赶走我罢了。"

甚九郎被看穿了心思，吓白了脸，再也不敢提这个事了。

算了，惹不起躲得起吧。一次，甚九郎借口出去行商，在一个叫二日町的小镇上重新租了个屋子，住了下来。

转眼就过了二十多天，这天，甚九郎吃了晚饭，回到家中，因为累得厉害，在油灯旁躺下没多久就犯了困，他强撑起身子，爬出被窝，将灯吹灭，躺了下来。

但是，不知道为什么，却又没了睡意。甚九郎只好两眼大睁，看着房顶。

忽然，窗外的缝隙间闪过一缕青光，他还没回过神，就又听到"咚咚咚"的声音，窗外有人叫道："开门，是我呀！"

甚九郎又惊又怕，这分明是他妻子的声音，他赶忙钻进被窝，躲在被子里，不住地发抖，一句话都不敢说。但是，窗外的声音还在耳边不住回响，"快开门呀！快开门！"

紧接着，响起"嘎吱"两声，窗户被顶开了。妻子从窗户那里爬了进来，凑到了甚九郎的枕头边。

"你真的讨厌我？你为什么这么讨厌我？就算你再怎么不喜欢我，我也不会离开你。"

甚九郎抬起头，他想，自己要命丧于此了。

这时，油灯亮了，那女人半躺着，楚楚可怜地看着他。甚九郎见摆脱不了她，只好一不做二不休，于是，他平静地起身，告诉妻子说，这里已经没什么生意可做了，他要收拾东西，带她一起去会津谋生活。

妻子听了，高兴地帮他收拾了东西，和他上了路。

当天中午，他们来到了一座小佛堂前。甚九郎和妻子坐在佛堂的套廊上休息，他拿出一直放在腰间的便当盒，打开，递给了妻子，然后，趁妻子不备，取出一把刀，一下子插进了她的身体。

妻子拼命挣扎，还试图抓住他，可是，甚九郎早就侧身一闪躲开了。

不一会儿，妻子就倒在了地上。甚九郎连忙扔下匕首，拔腿跑开。不知不觉，他跑到了一处寺院门口。他赶紧冲进寺里，正遇上赶过来的住持。

住持是一个极为年迈的老者，他一看甚九郎，就关心地说道："是遇上山姑了吧！山姑可是极为厉害的东西啊！你要是想活下去，得赶紧想个方法啊！"

听住持这么一说，甚九郎吓得连站都站不住了，赶紧把事情始末告诉了住持。

住持说："你虽然杀死了她，但恶灵不散，依然会扰你生活，还会害你性命。倘若任事态发展下去，不出今晚，恐怕你就性命不保了，你现在赶紧回去，把那山姑的尸首带过来，我来为你消了这场劫难。"

甚九郎非常不想回去，但看住持说得像真的似的，只好又回到佛堂，用席子裹上尸首，带到了寺院。住持见到了尸首，用笔墨在尸首的额上写上"鬼畜也能修成佛"几个字，又给尸首挂上了佛珠和一个装着佛家谱系图的袋子。

然后，他让甚九郎把尸首放进棺材里，供在佛坛上，嘱咐甚九郎，今晚一定要坐在旁边，不断诵念经文。如果一切顺利，明日一早，就能破灾解难。但是，在这段时间内，不管见到什么可怕的事情，都不能弄出声，不然依然性命不保。

甚九郎赶紧照他说的做了。

那天晚上，天特别黑，到了半夜，还突然下起大雨来，电闪雷鸣，十分可怕。

就在这时，佛坛剧烈地颤动起来，棺材缓缓开启了。甚九郎十分害怕，但还记着住持的嘱托，嘴里一直念着经文。

没过多久，那女尸就从棺材里爬了出来，见到甚九郎，还对他龇牙咧嘴，眼露恨意。甚九郎恐惧到了极点，还是不停地念文诵经。

渐渐地，女尸现了原形。只见她眼冒青光，额上长着一对牛角，样子十分吓人。她张牙舞爪，想要靠近甚九郎，好在住持有先见之明，用袋子和佛珠控制住了她，不管她怎么挣扎，也无法真正靠近甚九郎，更别提伤害他了。

甚九郎就这么坐在原地，提心吊胆地过了一晚。一直到天亮后，阳光透了进来，女尸才终于被重新封在了棺材里，再也无法动弹了。

甚九郎见状，长舒一口气，终于放下心来。他也知道，多亏了住持，他这一劫才算是躲过了。所以，他大大地感谢了住持一番，给了住持很多财物。

后来，甚九郎做完这单生意，就散尽家财，重回了这里，拜住持为师，出家为僧，自此之后，每日只是青灯黄卷，诵经礼佛，再也不问俗世中事。

黄色飞蛾

　　这里有间不大的酒馆，但生意不错。

　　酒馆里摆着四张酒桌，各式的人都来此处喝酒取乐。酒馆进门左侧的墙上贴着许多海报与菜单，墙的下半截铺上了红色的木板，似乎是杉木一类的木板，再往左就是酒馆的厨房间了。门帘把厨房和外厅隔断开来，但凡点了酒菜什么的，服务员就会从厨房把东西端到外厅来。当然，还有叫外卖的人，外卖通常被装进大大的食盒，食盒一次次送出去，又一次次拎回来。厅堂最里面有一块半透明的蓝色苇帘挂着，上面是一个高架子，放了酒瓶、花瓶之类的装饰品。

　　今天和往日差不多，四张酒桌上都坐满了人。

　　就在此时，一个二十岁的青年醉醺醺地站了起来，表示要给在场所有人来一段 RAP 版的《浪花曲》。

　　青年穿的是毛纱衬衫，是这里的常客，举手投足间很快吸引了全场的注意。他摇摇晃晃地走到一张酒桌旁，这里的一位穿着西装类似公司白领的年轻人，带了一把扇子，青年问也没问，直接拿起了扇子。

　　原本正和朋友喝着酒的年轻人着急起来，"这可是才买的扇子啊，可别给我弄坏了！"

　　青年似乎没有听见，只是高举着扇子，声情并茂地唱了起来，不断地用扇子拍打桌子打着节拍。酒馆里所有人都看着那把白色扇子，被他的演唱给吸引了。

"我的天，我的新扇子啊，这么敲下去肯定要坏掉了！"只有年轻人还在不住地心疼自己的扇子。

"放心吧，我不会给你弄坏的！"青年听见了年轻人的抱怨，回头继续用扇子打着节拍，大家的目光依旧被扇子吸引着。酒馆的服务员阿菊此时正站在年轻人这桌附近，年轻人与她目光相遇，彼此会心一笑。除了阿菊，这里还有一个女服务员，鹅蛋脸上嵌着一双扑闪的大眼睛，身材窈窕、美丽出众，她的名字叫阿幸。

"哎哟，小芳你唱得真不错啊！"阿幸从厨房里出来，轻轻掀开门帘，一只手提着一瓶刚刚才烫好的清酒。

表演的青年转过身来看着阿幸，笑着说："那还用说，我唱得可是一流水平！"

阿幸没有再搭话，而是穿过厅堂尽头的高架子，把酒送到最里桌的客人手里。这三个客人都十分年轻，似乎是在某个理发店里工作的，他们见到阿幸过来，呼啦就把她围住了，不停地说笑起来，架子上的风扇也跟着呼啦呼啦作响。

"服务员，再上一杯苏打水！"一个高傲的声音在厅堂里想起，是阿幸刚过去的那一桌边上的那两位，一个满脸胡碴，头发蓬乱，但是脸却如同娃娃，十分可爱；另一个则又高又瘦，头发梳得一丝不苟，看上去有点神经兮兮。

这两位客人坐成一桌，边喝酒边吃菜，聊得不亦乐乎。

阿菊原本在看小芳表演，听见客人招呼便走了过去，满脸胡碴的那位指了指已经喝光了的苏打水杯子说道："再来杯这个。"

"是要两杯吧？"

"对对。"

阿菊点头表示立刻去拿苏打水过来，然后小心翼翼地穿过酒桌之间，走到厨房的入口向里面喊道："来两杯苏打水！"

阿菊话音未落，那个满脸胡碴的人忽然站起身来，对着高个子喊道："我们走吧。"

高个子站起来说道："干吗这么快回去，你是不是想去厕所啊？去厕所？"

满脸胡碴的人没有搭话，而是伸出了一只手，把高个子狠狠地按在了椅子上，然后摇摇摆摆地往玻璃门外走。外面正下着细雨，满脸胡碴的人出门时似乎没有看清，在门上撞了好几下。

"哎呀，山田先生啊，您快进屋里来，这样被人发现了多难为情啊！"阿菊看见他摇晃着出了门站在左边的屋檐下，赶紧出声喊道。

"慌什么，我又不是杀人放火了，没什么关系！"

过了足足五分钟，这个名叫山田的人才又摇摇摆摆地回到了自己的座位上，嘴里说道："这院子里那棵老杉树估计是死了，我天天给它施肥它都不出芽。"

阿菊已经把苏打水端了上来，表演着的青年也告一段落，把随手拿来的扇子又随手扔了回去。扇子的主人早就结了账，在一旁就等着扇子了，一拿到扇子他便和朋友们说说笑笑地出了酒馆。

表演的青年安静下来了，身边已经竖了五六个空的啤酒瓶子，但他还是端起酒杯准备再饮，或许是有点累了或是醉了，他用一只手肘半支着自己。这时候，有人进了酒馆，是一个矮矮的男人，他收起伞，向厅堂里望了望，阿幸立刻招呼他在刚空出来的那桌上坐下——这桌原本坐着一个读书人，头上还戴着学校的帽子，刚走没有多久。

这个男人虽然长得有些矮，但模样却非常英俊，举手投足之间如同有钱人家的公子哥儿，很有风度和气派。前天夜里他也来过酒馆，今天又来了，穿了一身白色底子、蓝色条纹的衣服，还有一件暗青色的外套。

矮个子的男人拿着手里的伞，左右看了看，阿幸会意道："伞就交给我吧。"

于是他把伞递给了阿幸，在空座位上坐下，阿幸把伞放在了高架子边上，原本想和这个英俊的男人聊会儿天什么的，但又觉得不好意思开口，于是回到他身边问："您点些什么？"

"蔬菜沙拉有吗？"

"有啊。"

"那就来一份吧，外加一杯生啤酒。"

阿幸确认了一遍客人的菜单，走到厨房门口朝里面喊道："蔬菜沙拉来一份。"然后自己也走进了厨房里面。

"哎哟！蝴蝶飞进屋了！"那三个似乎是理发师的年轻人忽然嚷嚷了起来。

听见喊声，满脸胡碴的男人第一个抬起头来看，一只黄色的昆虫刚刚钻进了厅堂里，这会儿在客人们的头顶上转着圈儿飞着，不过高架子上的风扇扇起的大风一下子把这个小东西甩到了天花板上。店里的天花板矮矮地贴了一层白色墙纸，两头挂了一根绳子，上面挂了许多啤酒的广告，像彩旗一样的一溜儿，这个小东西正在小广告边上抖动着。

"这才不是蝴蝶，这是飞蛾啊。"阿菊原本正在和理发店青年们聊天，她仔细看了看，伸手想把黄飞蛾抓住。

飞蛾机警地逃过了阿菊的捉拿，往正在表演的青年头上飞了过去，阿菊挥着手继续去捉，"回来！不许乱飞！"

那个矮矮的英俊男人一言不发地盯着那只飞来飞去的飞蛾。

飞蛾被追来赶去，慌张地来回扑腾，又紧张又痛苦的样子。阿幸正端着客人的那杯生啤酒，只见那个矮个儿的男人站了起来，"我等下把它带出去吧，你别再追赶它了。"飞蛾似乎听懂了他的话，缓缓地落在了他的手中。阿幸看着眼前的场景，突然回忆起来，前天晚会这个男人来的时候……

那天晚上八点的时候，梅雨又哗哗地下了起来，现在正值梅雨时节，午后还是晴空万里，傍晚就开始下起雨来，停了又下，下了又停，就这么到了八点。那个有点矮的英俊客人就是在这个时间进的酒馆，戴着一顶帽子，穿着和今天一样的暗青色外套，浑身沾满了雨水。也许他是在酒馆附近的车站那等着车，突然来的这场雨，让他走进酒馆避雨。

"被雨淋湿啦……"他找了个位置坐下，就是今天表演的青年坐的那个地方，看了菜单，点了一杯威士忌和一份蔬菜沙拉。

阿幸正要去厨房，就瞥见了一只飞蛾飞起来了。难道它原先是躲在客人的衣服上的？

阿幸没有想太多，但是又怕飞蛾会弄脏客人的食物，于是把手伸了出来，一边说着"蝴蝶飞进来了"，一边挥手去赶飞蛾。

另一桌的两个年轻人原本自顾自地喝酒唱歌，听见阿幸的声音立刻站了起来，"蝴蝶蝴蝶！"他们一边喊着一边用扇子扑打飞蛾，飞蛾就快被打到的时候，那个矮矮的英俊客人忽然站了起来，伸出了一只手，说道："一会儿我把它带出去。"

飞蛾听见他这么一说，似乎听懂了一般，缓缓飞到了他伸出的手心上。客人用手把飞蛾包裹起来，轻轻走到门口然后松开了手，"这么一个小可爱啊，都怪人类太残忍了……快走吧！"

把飞蛾带出去之后，客人回到了自己的座位。阿幸被这个客人迷住了，放飞飞蛾的时候，他的眼眸温柔得让人心都融化了。

"真是善良的人啊。"阿幸忍不住想，她把客人点的生啤酒放在他的面前，说道："蔬菜沙拉马上就好，这是您的酒。"

客人还在看着手中的飞蛾，阿幸也忍不住低头看。

"您上次来店里的时候也飞进来一只飞蛾呢，您跟这东西很有缘分啊。"

"确实是呢，不过我跟飞蛾的缘分不重要啊，跟姑娘你有缘才好。"

阿幸一听，咯咯地笑了起来。

"笑什么啊！快点给我拿酒来啊！要啤酒！"表演的青年用胳膊支着脑袋，愤怒地喊了起来，阿幸温柔的梦一下子被叫醒了。

"怎么还要喝啊？喝这么多的酒了……"

"别废话！"

阿幸无奈，笑盈盈地掀起帘子到厨房取酒，两只手里，一只手端着蔬菜沙拉，一只手拿着开了盖的啤酒瓶。

把蔬菜沙拉放到英俊客人的桌上时，阿幸忍不住又看了一眼他的手，手心上什么都没有。

"咦？飞蛾去哪儿了？"

客人望了望阿幸，指了指自己的右边衣袖，"怕弄伤了它，所以就藏在袖子里了，等会儿我走的时候再把它带出去。"

这个温柔的举动直击阿幸的心，她几乎感动得说不出话。

"酒！酒！酒！快点拿来！"表演的青年拍着桌子喊了起来。阿幸只好快步走过去，将开了盖的酒放在他的桌上。

"阿幸！快上酒，快上酒啊！"那边的三个理发师似的年轻人也跟着叫喊起来。

正在和满脸胡碴的男人聊着天的阿菊听见了客人的招呼，应声道："三位还要酒是吗？"

"没叫你没叫你，让阿幸过来啊！"

"瞧您说的，我上酒和阿幸上酒不都一样吗？"

"那可不一样啊，我就是爱看阿幸上酒的那个样子！"客人边说笑边模仿起了阿幸的神态，周围的人都笑了起来。

阿幸听见客人的调侃，转身说道："森山先生您这样拿我寻开心，我可是会生气的！"她边说着边走到厨房拿了一瓶酒来，心里却想着再和那位温柔的客人闲聊一番该多好。

阿幸一直在等着那个客人出声喊她，可是一直没有动静，她也不好自顾自地过去直接搭话，于是阿幸就这么心不在焉地胡思乱想着。那位英俊的客人慢悠悠地吃完了蔬菜沙拉，放下了餐具，阿幸心里想，要是再点一些菜就好了，她还在等着客人开口。

客人端起了酒杯，喝了一小口酒，杯子里还剩了好些。不一会儿他抬头问阿幸结账。

这客人的食量还真是小，上一次他来的时候也点了差不多的东西。阿幸心里想着。

"这么快就要走了？再多坐坐吧。"

"下次还会来的。"

"那请您一定要常来坐坐啊，一共四十五日元。"

客人从黑色的钱包里取出一元钱，放在桌上然后站起身来，"剩下的钱你拿去吧。"

阿幸把客人送到酒馆的门口，突然想起这个客人的那把雨伞还放在高架子边，赶紧过去帮他拿了过来。客人温柔地看着阿幸，笑着说了声谢谢。

阿幸一直目送着他远去的背影消失在雨幕之中。

阿幸独自坐在高架子边的凳子上，心思却飘到了天边，分不清昼夜，猜想着店里的常客这会儿是休息了，还是上夜班去了。

一只黄色的飞蛾在她面前转着圈飞舞着，阿幸呆呆地望着飞蛾，脑海中又想起了那位英俊温柔的客人。

这么温柔善良的人是做什么工作的呢？哎呀，穿得这么体面，应该是有钱人家的公子吧？看上去不像是做生意的人。这一带有很多大宅子，说不定他就住在某一幢深宅大院里。可是，他那么有钱为什么来我们这个小酒馆？这里又脏又闹，是不是因为觉得新鲜？或者是好奇？我长这么大还没遇到过这么风度翩翩的人呢……要是我有个这样的哥哥该多好。

阿幸胡思乱想起来，不着边际。

黄色飞蛾在阿幸的面前又一次飞舞起来。

阿幸回忆起客人说过的那句话："都怪人类太残忍了……"这话说得真对，人类总是又狡猾又无情，尽管飞蛾的翅膀上全是粉末，随时有可能会掉进客人的酒菜里，但是飞蛾可不是故意的，它只不过是为了追逐灯光罢了。人类开心的时候，也会手舞足蹈啊。但是人啊，一看见飞蛾就去追赶拍打，把它们弄死才罢休，真是太残忍了！

我要是变成鸟儿或者蝴蝶该多好啊……远离人类……

"阿幸啊……"

阿幸猛地清醒过来，眼前正站着那个矮矮的英俊客人。

"是您呀！欢迎光临。"阿幸从凳子上站了起来鞠了个躬，拉开了左边的椅子请客人坐下。

"我散步路过，看你坐在这边发呆就过来打个招呼。你不忙的话，要不要去我家坐会儿？我住的地方很近，走后门进去的话也不会被人看见。"

阿幸真想立刻就走，不过阿幸还是先走到厨房边，偷偷往里看，老板娘和阿菊正在说着什么。要是有客人来，阿菊会招呼的，要是被发现了，就说自己出去逛了逛。

"阿幸？去坐会儿吧，五分钟、十分钟都可以。"

"不麻烦吗？"

"不麻烦的，不会有人看见的。"

阿幸笑着，不再说话。于是客人走出了酒馆，阿幸也跟在他的身后。此时的雨已经停了，月亮从云后露出脸来。

"月亮啊……"

"是啊，没准要出黄梅了……"

客人向右走，阿幸怕遇见熟人，不好意思跟他并肩走，便隔了一点距离跟在他的身后，就这样走了一会儿，只遇到三两个陌生人。

"往这条路一直走，就能到我家了，就在那个坡的中间位置。"

两个人一直走，果然有一个窄窄的小坡。深宅大院的墙一眼都看不见头，走到小坡中间的位置，客人停了下来，向右转了弯进了小巷子。

"好啦，到了这里就不会有其他人看见了。"

眼前是一扇黑色的侧门，客人信手一推便开了。

"来。"客人让阿幸先进，自己随后将门关上。整个院子里明亮宽敞，两侧都是高大茂密的树丛。阿幸跟着客人走了一段才看见回廊，走上回廊，纸门出现在眼前，屋里的灯还开着。

"来吧，这是我的书房。"客人拉开纸门，请阿幸进去。

阿幸有些不好意思，但是来都来了总不能推托不进去吧，于是恭敬不如从命，走进了屋。

屋里十分宽阔，布置也很简约，除了一些盆栽就是许许多多的书卷。桌旁有蓝色的坐垫，客人把坐垫放在中央，请阿幸坐下。

阿幸更不好意思起来，但一直站着也不行，于是小心翼翼地坐在了坐垫的边上。客人拿了一块红色的坐垫坐下，见阿幸没有坐在坐垫上，笑道："坐垫子上吧，我都给你准备好了，不必见外。"

在客人的劝说下，阿幸害羞起来，坐在了垫子上。

"泡茶实在麻烦，我就不招待你喝茶了，不过我有比茶更好的东西。"客人起身往橱柜走去。

"不用麻烦了，我坐坐就走。"

"虽然比不上酒馆的啤酒，不过味道也很不错呢，你尝尝吧，花蜜酿造的。"客人从壁橱里取出一个小瓶和两个酒杯，给阿幸倒了一杯。"快尝尝吧，这个东西很稀有，日本还没有这个东西呢。"

客人自己倒了一杯，一饮而尽，见阿幸没有喝，说道："不是酒，不会喝醉的。"

阿幸犹豫再三终于还是喝了，这东西果然十分甜蜜，而且满是花香。

"好喝吗？"

"真香啊……"阿幸意犹未尽地喝了半杯。

"阿幸你难得过来坐，要是天还亮着光线好，我就可以给你拍照，可惜现在是晚上了，下次我再给你拍。今天……"客人思考了起来。

"您不用这么客气，我马上就走了，店里还要忙的……"

"对了，人家送了一个不错的化妆盒给我，我也用不上，送给你吧。"

"不用了，真的……"

"没关系的，反正我用不上。"客人又起身到橱柜边，找出了一个包装精美的盒子。

"你可别介意，别人送我的东西，我转手送你。"客人把盒子递到了阿幸手中。

阿幸有些受宠若惊，"太贵重了，我不能收的……"

"不要紧的，拿去吧。"

"这……"

这时候，回廊上忽然有人靠近，似乎是一男一女。远远地传来了他们说话的声音，声音越来越近。

阿幸慌张起来，要是被人看见可怎么办。

"这屋子里难道有人？"

"没有啊，不会有人来的，安心吧。"

"我刚才听见有说话的声音呢。"

"是你听错了什么吧，赶快进屋来。"

纸门呼啦被打开了，一个岁数有些大的男人带着一个妆容花哨的年轻女子进屋了。这女子看起来似乎是那个有钱人家的女仆。

"哪儿有什么人啊？"

"可是坐垫还放着呢。"

"刚才有客人，坐这里没收拾而已。"

阿幸看着眼前的这一幕吓得不知如何是好，但是进屋的两个人都看不见阿幸似的，自顾自说着话。

"快坐。"老男人让年轻女人坐在红色垫子上。

"哇，这里有只飞蛾啊！"年轻女人看了一眼坐垫，叫了起来。

老男人顺着她的目光往坐垫上看去，果然有一只飞蛾正待在坐垫上，他毫不客气地把叼着的雪茄取下来，往飞蛾的翅膀上烫去。

"干吗这样啊，翅膀都被烧坏了，这下飞不了了，只能爬着了吧。我还是把它放了吧。"女人低头把飞蛾拿了起来，拉开纸门把它扔了出去。

阿幸趁着纸门拉开的瞬间，飞快地往外跑。

"阿幸！快醒醒！"

阿幸恍惚间觉得有人在摇晃着自己，一睁眼，原来自己正坐在酒馆里，还是在高架子边上的凳子上没有动过，是阿菊看见自己一直睡着，就来叫醒自己。

这天夜里，阿幸发起了高烧，病得很重，过了足足四五天才回酒馆上班。这一天雨一直下着，店里十分冷清，只有几位常来的客人还坐在店中。

十点一过，客人就散去了。还有点心厂的那个胖乎乎的厂长仍在店里，阿幸和阿菊都和他说笑着。聊得开心，胖乎乎的老板又多要了一杯酒，阿菊去厨房倒了酒出来，发现店里来了新客人，是那位有些矮小的英俊客人，今天的他看起来没有什么精神，面色发黄。

"是您啊，欢迎光临！"阿菊笑着跟客人打招呼，转头对阿幸说道，"阿幸啊，有客人来啦。"

阿幸一看，立刻迎了过去。见到他面色极差还绑着绷带，阿幸紧张起来，"这是伤着了吗？"

"嗯，一不留神烫伤了。"

阿幸拉开了桌子边的椅子，和客人一起坐下，客人满脸痛楚，似乎伤得不轻。

"伤得严重吗？"阿幸关切地问。

"还好吧，只是伤口碰到会疼一些。"

"那真是太麻烦了。"

"没事，只是轻微烫伤罢了。"

"那也得注意养伤呢。"

"给我来一杯苏打水吧。"

阿幸心疼坏了，满脸愁容地端了苏打水送到客人的桌上。

"阿幸，真谢谢你啊。其实，我是特意来跟你说再见的。明天我就出发去外地养病了。才刚交上朋友，挺舍不得你的。"客人悲伤地笑了笑。

阿幸勉强地笑了一下，几乎就要哭起来。

"今天没有飞蛾呢……"一想起飞蛾，阿幸想起那天那个十分诡异的梦来，上下打量着眼前的客人。

客人完全没有注意，缓缓把杯中的苏打水喝了下去，从衣袖中拿出一日元交给阿幸。

"我走了，阿幸你多多保重。"

"你可要好好养伤呢。"阿幸的声音有些颤抖。

就这样，阿幸朝思暮想的客人离开了酒馆……

第二天，阿幸睡了一个大懒觉，十点多走到酒馆上班的时候，天空飘起了小雨。阿幸推开酒馆的玻璃门，发现屋檐下的水沟附近躺着一只黄色的飞蛾，一动不动，已经死去多时了。

飞蛾怎么会在这地方？

阿幸有些好奇，走近一看，这飞蛾左边的翅膀被烫得破碎不堪……

大人偷了不动明王像

　　寒风凛冽，落叶纷纷，斗贺野里一行人正翻山越岭地走着，这一行人一共有七个，其中领头的人叫山内监物。他们来到这斗贺野是为了打猎，他们已经打了一整天的猎，累得实在走不动了，连带来的两只猎犬都呼呼地伸着舌头喘着气。

　　他们正想着有没有什么地方可以停下来好好休息一番的时候，路边远远地能看见一座寺庙的尖顶。

　　"这里怎么会有寺庙啊？"山内监物有些不敢相信似的问道。

　　"有啊，这儿有个积善寺，归那座清龙寺管的。"一个随从回答道，这个随从的肩上扛着一头刚打来的鹿。

　　"哦，那好啊，我们过去休息下吧。"

　　"嗯……休息倒是可以，不过我们今天杀生了呢……不太好吧……"

　　"这有什么关系，听说现在连僧人都开荤喝酒了呢！"

　　"好像是……"

　　"走吧走吧，都累坏了，快去休息去！"

　　走了不多远，积善寺的门便出现在了众人的眼前，山内监物径直朝门口走去，随从们先进了寺庙中。没过多久，随从们就把住持带了出来。住持领着山内监物一行人进了正殿，正殿中供着一些香烛，烛光中各色佛像栩栩如生。

"欢迎诸位大人驾临本寺……"住持弯着腰在前面开路往偏殿走，抬头看见了随从们手中肩上那些死去的动物。

偏殿的位置就在正殿的右侧靠前的地方，与正殿相比显得有些破败。山内毫不客气，直接往铺了席子的地方坐了下去。他的肩膀上扛着自己心爱的猎枪，此刻也随手一扔，跷着腿休息起来。

"来来来，都快休息休息。"

见山内这么说，随从们纷纷把肩扛手提的猎物全都放在边上的草地上，鹿、野鸡、兔子等等各式的野兽不计其数。

穿着深色僧衣的洒扫僧人为一行人端来了茶水，他先给内山奉了一杯茶。内山大摇大摆地接过茶，狠狠地灌了一口，一路走来，他的嗓子早就快冒烟了。

他边喝边打量了下寺庙内部，看到一个奇怪的建筑。

"那里是什么地方？"

山内最后盯着远处小山坡下的祠堂。

"那处是药师堂。药师神像旁是不动明王神像，不动明王神像身上没有刻铭文，但是看神像雕刻的手艺，绝对是运庆大师或者湛庆大师的作品，看起来很是精细。"旁边的方丈回答。

"哦，这么一说，我倒是很感兴趣……"

说完，山内立马饮完手中的茶。

"老身为大人带路吧。"方丈双手合十，恭敬地说道。

"请。"

山内立马起身，方丈便引了山内去药师堂。山内的随从们都很累，想好好坐下喝喝茶，但是没办法，山内大人要看，他们只得跟着去。

这个季节，芒草都开始抽穗了。方丈带着大家来到了祠堂，然后在祠堂前停了下来。等山内经过他身旁，方丈便拿起他的佛珠，边转动边念着经。念完，方丈慢条斯理地打开了木门，门是朝两边打开的。药师神像端坐在祠堂内，而身旁便是不动明王神像。不动明王神像拿着宝剑，身上满是火焰。虽然比药师神像小点，但是看起来特别威武精神。

"这是不动明王神像吧，我瞧瞧……"山内细细琢磨了下不动明王像。

"我觉得这肯定是大师级别的佳作。"

"嗯，我看也是。"山内想了想，"来人，给我把这个不动明王像拖回去！这是个好东西。"

方丈吓呆了，木木地看着山内。

"哈哈，实话告诉你，我家正好缺个摆件，摆这个最好了！"山内嚣张地看着方丈说道，方丈很是错愕。

"方丈，您看怎样啊？送我？"

"呃……送……其实我倒是没有什么意见，但是……"方丈很茫然。

"没事，我又不是搬走药师神像，一个装饰，不怕，这里面有那么多装饰，少一个也没事。"

方丈不好回答，也不知道怎么回答。

"唉，这样吧，你不要为难了，要是真有人问起，你就告诉别人，是我偷了。"

方丈叹了一口气。

"甚六！待在那儿干啥！搬东西！"山内对自己的随从说。

"好的，大人！"

一脸络腮胡、高大威猛的随从快步走到木像前，单手抓着不动明王像的颈部。

方丈没办法，只好默默地念经……

那天晚上，山内一行人在于户波的一个官员家住下。官员家灯火通明，盛情款待了山内。

"哈哈哈哈哈，你不知道，我说要搬走不动明王像的时候，那个方丈的表情，太有趣了！哈哈哈哈哈！"

山内醉了，看了看壁龛里的木像。在忽明忽暗的烛光下，不动明王像端坐在那儿一动不动。

"虽然我也觉得这么做不好，但是这木像真的雕刻精致，特别像出自运庆大师或湛庆大师之手……"

说完，山内好像听到了奇怪的声音。于是，他认真地听了起来……

那是连续不断的咚咚声，像是有人在敲阵鼓。

"你们听听，是不是听到了一些声音？"

山内举手示意大家一起听。

"听到了吗？"

别人都没听到，听了半天只听到后山的呼呼风声。

"没有声音呢，没听到奇怪的声音，只有风声。"一个下属回答说。

"咦？奇怪了，我明明听到有人在敲阵鼓……"

山内又仔细地听了听，但是这次没有听到咚咚声，他也只听到了风声，其他什么也没有。

"应该是听错了，怎么可能是阵鼓呢，像我们这种平安的年代，怎么可能敲那个鼓……"

山内疑惑地皱了下眉，然后举起酒杯，一饮而尽。正当他又看回不动明王像时，他发现木像的中间有一团火，红红的火苗正欢快地烧着。

"我天！"

山内看到此景吓了一跳，大叫。但是当他叫完，火一下子就熄了。壁龛还是原来的样子。

山内以为是自己喝多了，又是幻听又是幻觉的。

翌日早晨，大家梳洗完毕后在一起吃早饭。吃饭的时候，一个下属对另一个下属说："好奇怪，我昨天晚上做了个荒诞的梦……"

"梦到了什么？"

"怎么讲呢……简直难以置信……我梦见一个高大、肤色漆黑的男的，骑着马在半空中围着我飞来飞去的……而且还边飞边喷火，那红色的火焰，特别壮观、吓人……"

"你说啥！你也做了梦！梦到了火！我梦到自己在路上走，但是突然间就有火球向我扔过来，我躲躲闪闪了一晚上，累死我了。"

另外一个下属听到这两人的聊天，又补充道："你们还别说，我也梦到了！哎呀，好奇怪啊！我做梦的时候梦到自己一个人在荒郊平原上走，但是一踩到地上，地就起火了。我好害怕，于是跑啊，躲啊，逃啊。跑啊跑啊，看到了一个祠堂，于是我就跑了进去。进去后看到了不动明王神像，然后我就醒了，以前我都没梦到过。"

山内听到了下属们的聊天，吓得脸色发白——他昨晚也梦到了火！他梦到一个身上冒着火的男人一整夜追着他，想要杀了他。

山内终于回到了自己的府邸，他把不动明王像安放在了大门口旁边，还特意做了个台子放木像。

山内在当地有权有势，因为他是皇亲国戚，跟藩王有亲戚关系。家里有三万石的土地，在家臣中数一数二。因为他平常胆大，性子强，所以之前做的梦他也没怎么放在心上，只是稍微注意了下这个巧合。

刚进入冬天，天气很好，温暖的阳光照耀着大地。晚上也是晴空万里的，漫天星斗，很是平静。山内小酌了几杯，快要吃完晚饭时，他突然听到了雷声，震得人头痛欲裂。闪电也跟着雷声劈了下来，吓得山内酒杯都掉了。电闪雷鸣还伴随着哗啦啦的大雨。天气极其恶劣糟糕！远看，好像是闪电砸向大地，一条接着一条，像在惩罚人一样，着实吓人。

暴雨雷电持续了两个小时。天空停息了之后，山内趁着上厕所的工夫看了看头顶，天气还是那么好，月明星稀。隔天，村民们就对晚上的电闪雷鸣议论纷纷。

"你们还别说，晚上打雷落雨的时候，我看到山内府的上空有个火团爆炸呢！"

"晚上的雷着实怪异……"

山内听到了这些传言，但是他依旧不放在心上。

三天过后，大家又听到了一下不一样的咚咚声。这个声音的来源特别奇怪，不像山里发出来的，不像地下发出来的，更不像天上发出来的。真要描述这个声音，它就像来自远方的海声，像从山后面刮过来的呼呼风声。这声音从早上持续到晚上还没见停，过了很久才消停。

"我的天，这是什么声音？"

"不知道什么声音，但是我就是觉得这几天奇怪的事都凑成堆了，想想前段时间的电闪雷鸣……"

"我活了这么久了，七十多年了，从来没看到过这种事，这难道是上天给的暗示？"

到了第二天正午，村子里又掀起了一股妖风，破坏了村民的仓库，把仓库挪到了春日川。妖风还把干活的老牛卷到了种着萝卜的田地里。

"这可怎么办，最近出现这么多怪相，肯定是有大灾难要来啊！"

"恐怖至极！恐怖至极！肯定是谁作孽了，老天要惩罚他！"

四五天过去了。暴雨下了一整天还没有要停下来的意思，狂风大作。这种灾害天气持续了一整晚都没停歇。村子里泥石流滑坡情况严重，埋了三幢房屋，不过没有人受伤。

"好邪门！好邪门！这到底是怎么了！"

"我们得赶紧找法子治治，再这样下去，后果不堪设想啊！"

"似乎，好像，这个怪事是从山内大人搬回不动明王像后开始发生的……"

"那就肯定是不动明王发火了！"

山内听到了这个传闻，他仍然觉得这是无稽之谈，一笑置之。

又是两天过去了。

山内这天被下属邀请去家里。下属盛情款待之后已是半夜，于是他在自己的随从引路下，准备回家。就快到了，他记起忘记拿下属送的礼了，于是他派随从倒回去拿来，自己就一个人往家里走。

晚上风吹得人有点寒意，当他到达自家门口时，他看到一个巨型火球朝他飞来，吓得他半死。火球行动灵活，山内差点没注意就被火喷到脸上。这个火是一个有着金色眼球的怪物喷的。山内也很勇敢，吓到之后立马拔出自己的刀，一把劈到怪物的头上。哐当一声，声音震得耳朵都要聋了，怪物也不见了。

"来人！快来人！点灯！"山内大喊。他的精神高度紧张，一刻不敢放松，佩刀还被他紧紧握着，他生怕怪物一下子又从哪儿飞出来。下人们立马赶了过来，甚六拿着蜡烛，推开了门喊："大人？"

山内傻傻地看着蜡烛发出的微光，说："原来是你啊，甚六……赶紧过来，我刚刚把怪物给砍死了。"

甚六一听，立马举起蜡烛，护身在山内旁边。山内手里还握着佩刀。甚六顺着他的手指的方向，看到放置不动明王像的架子倒了，木像却没倒，依旧端坐在那儿，架子上明显有山内劈过的印记。

"大人，发生了什么？"下属很是疑惑，看了看山内。

"啊……"

山内呆站在那儿一直盯着木像看。与此同时，他们听到了后山有奇怪的声音，噼里啪啦的……没过多久，他又听到了好多人的呼喊声。后山着火了。火势很猛，火光都照亮了天空，仿佛要把黑夜都烧了，而且火还在不断地向周边蔓延……

"大人，不好了！不好了！"

甚六吓呆了，握在手里的蜡烛都掉了。

山内扔掉了刀，对下属说："甚六！赶紧带人，把不动明王像请回去，请回户波！"

"大人……后山都着火了……"

山内没有听下属说话，一直沉浸在自己的思考里，嘴里念着："甚六啊，甚六啊……赶紧带人把神像请回去啊！"

火势还在不断扩大，照得村子里恍如白昼。

"甚六！赶紧去！"山内激动地喊着。

当天夜里，木像就被请回了户波，回到了药师祠堂。安放好了以后，原来的熊熊烈火就悄悄地熄灭了……

后话

很久以前八月的一天，下了一会儿阵雨。我和桂月老人被户波的人邀请到家俊。家俊有一座山长得特别像佛手山药，叫作虚空藏，在土佐都很出名。

邀请我们去的青年陪桂月老人爬了虚空藏山，花了两天时间。我却待在了旅社，懒于出门。桂月老人第一天回来后，吃饭的时候告诉我，他看到了一座有趣的药师祠堂。次日早晨，桂月老人在给当地的小学生做完讲学后，又去爬山了。我也对这个祠堂感兴趣了，于是让三名学生带我去，我们穿过稻田，穿过了积善寺村，祠堂就坐落在虚空藏山下。

山下有座豪宅存放了药师堂由来的牌子。当地官员说会将那块牌子展示给我看。我们在套廊上等着，聊了聊天，抽了抽烟。没过多久，官员就带来了牌子和一个牌位。这个牌子是用栎树做的。听说牌位是一个武士的，武士是隔壁一个村的城主的皇亲国戚，因为在长宗我部氏吃了败战，在祠堂自杀了。官员引路，带我们进了祠堂，还为我们展示了神龛的里面。

药师神像后面是太阳，左边有一个毗沙门，听说不动明王像应该守护在药师的右边，但是我们并没有看到不动明王像，现在只有雕刻得像火的板子和不动明王的剑。木像又被偷了。官员觉得桂月老人难得来一次，于是希望他能作曲一首，好祈祷木像早日回归原位。

看过木像，我研究了下栎木板，上面写了："药师神像旁边的不动明王像，在正德年被山内大人所偷。但村中发生了很多匪夷所思之事，这都是不动明王在发怒，所以山内大人归还木像，让其陪伴药师。"

看到"被山内大人所偷"，我真的是觉得好笑。

"呵呵，明明偷了东西，还自称大人，真的是少有。"

要离开的时候，桂月老人写了一首和歌送给了当地人："历史定将重演，犹如岸边白波。"要是让桂月老人写一首歌就能让被偷的东西回来，那还要警察干啥？

话说去祠堂的时候，官员曾经告诉我："这个祠堂原来香火挺旺的，有很多香客的。随着时间的推移，这里就有很多人定居下来，然后渐渐就有了小镇，还有人做起了生意，唱起了戏曲。"

他指着山中的一丛孟宗竹说："那边原来就是戏院。"然后他又给我们介绍了下药师镇的发展。听说明治初年，四国的一个瘸子靠着手推车来到了药师堂。听到传闻说药师堂特别灵，于是他就拜了下，神奇的是，没过几天，他的瘸腿就好了。住在附近的人听到这个就不得了了，都去拜。消息不胫而走，香客也就越来越多，然后附近就繁华起来了。

药师镇到明治二十年都很繁华，但是一个名叫"土居松次"的赌鬼害了这个镇子。他因为一些小事跟白木琢次交恶，但是白木不仅能说会道，武功还比他高，他根本赢不了白木。于是土居想到了使用旁门左道的阴损招害白木。一天早晨，土居经过田村旅店的时候，看到了白木在旅社二楼。

"我今天一定要报仇！"

土居看到有了可趁之机，于是回家拿了一把日本刀，跑到了旅社的二楼，一把砍了白木的头。

"终于报仇了！"

土居傻眼了，杀错了，这个头根本不是白木的。巧的是，白木从旅社起床后就回家去了。晚上，药师堂的守灵人看到了旅社有空房，于是进去休息了下，怎知……

"祠堂的守灵人被杀了！神仙都不保佑自己的守灵人吗，真靠不住……"

这下，大家对祠堂都失去了信心，再也不来参拜了。从那之后，就更加没人来了，药师镇就衰落了。

"你们看，这里就是那个旅馆。我把这里的地利用了起来！"

官员边走边跟我讲着土居的事，他到死的时候，一共杀害了七人，之后剖腹自尽了。

杀人噩梦

在一片长满了莴笋的菜地后，是一间屋子，屋子的套廊上坐着一个青年。只见这青年体态壮硕，他斜着身子和屋里的女子说着话，丝毫不知道，此时，自己的一举一动都被他人看在眼里。

这家院子被树篱围着，其中一棵树的后面，藏匿着一个偷窥的青年。青年名叫仲治，一直仰慕这家的女儿阿辰，但前不久阿辰成了亲，家里招了一个上门女婿，也就是方才那壮硕青年三忠。

树篱外的仲治很是不甘，他原本以为今天家里就阿辰一个人，想着能见阿辰一面，没想到三忠居然在家。正当他准备原路返回时，套廊上的三忠竟突然看向了仲治这里，他目露寒光盯着仲治，吓得仲治夺路而逃。

返回家里的路上，风景宜人，仲治却无心欣赏。他匆忙地走着，遇到了刚做完农活的伊太。仲治不想理会对方，便一路低头前行，却被对方叫住了。伊太神色诡异地打听仲治从哪儿来，仲治实在不想搭话，就装作没听见继续赶路。

回到家里，仲治没心思做任何事情。他坐在套廊上一个劲儿地发呆，就连自己的母亲回到家中都未发觉。

看着仲治无精打采的样子，母亲心中也不好受。她知道自己的儿子为何如此不快——仲治一向与阿辰交好，随着彼此的相处，仲治对阿辰产生了爱情，想要娶其为妻。但不幸的是，阿辰家只有她一个女儿，所以父母准备招一个上门女婿，而且态度很坚决。但仲治也是家里的独生子，父母和其他长辈无论如何都不会放任他去别家做上门女婿的。这件事在家里闹得鸡犬不宁，仲治对阿辰一往情深，但其实阿辰并不怎么钟意仲治。最终，阿辰的父母回绝了仲治，并找到了更为合适的人选。

过了一会儿，仲治的父亲和其他亲属都从庄稼地里回来了。这段时间农活儿很忙，但仲治实在没心情帮忙，于是总偷懒。他担心被父亲责骂，赶快躲到了二楼自己的房间。

过了一会儿，母亲做好了晚饭，前去叫仲治出来吃饭，但仲治连吃饭的心情都没有。

月亮慢慢爬上枝头，仲治实在憋得慌，便出门散心。走到一个十字路口时，他遇见了自己的好友阿芳。

阿芳邀请他一同走走，却被婉拒了。

告别时，阿芳叮嘱仲治别做傻事，仲治嘴上答应着，脚下却像着了魔一样，一步一步迈向了阿辰的家……

他偷偷摸摸地躲在树篱后，朝屋里看去，有两个男人背身坐着，仲治一眼就认出其中一人是三忠。虽然心中一惊，但月黑风高，自己的位置还是很隐蔽的，仲治觉得对方应该很难发现他，于是他一动不动躲在树篱后。此时，两个男人聊起了几天前的相扑大赛，原来在比赛上，三忠十分威风，摞倒了多人，并最终夺得了冠军。

听到这里，仲治更加觉得自己无望和三忠竞争。

紧接着，两人竟开始嘲笑仲治。这时，仲治才听出另一个男人的声音，那是阿辰的父亲。他们极尽所能地嘲笑仲治瘦弱愚蠢，三忠更是嘲笑仲治经常偷窥的事情，这时仲治竟听到了阿辰的笑声——原来，在阿辰眼里，自己竟像个小丑一般。

听到这里，仲治实在没有心情再待下去。他赶忙跑回家里，到家门口时听到了父母的对话。原来，父母担心他会做傻事，特意将一些有可能伤到人的东西藏了起来。

回到自己的起居室里，三忠那些刺耳的嘲讽一遍又一遍在仲治耳边回响，他实在是咽不下这口气——难道自己真的赢不了三忠吗？

仲治好像走火入魔一般，绞尽脑汁想着"复仇"的方法。突然，他想到人们经常用刀宰牛杀猪，既然如此，难道自己就不能用刀解决掉三忠吗？只要杀了三忠，他就能一雪前耻！接着再慢慢折磨阿辰，毁掉她漂亮的脸蛋，最后砍掉她的头！

仲治摆脱不了自己脑中喷薄而出的邪恶想法，沉浸在复仇的快感中……

从想象中清醒过来后，仲治开始思考怎样做才能杀掉三忠。对方比自己高、比自己强壮，如果正面对决，他一定不是对方的对手，只能智取。也许趁对方熟睡的时候偷袭会是个好办法……

仲治想了一整晚，直到清晨他的母亲叫他用早餐时，依然沉浸在复仇计划之中。然而他根本没有心思吃什么饭。母亲无奈，只能将饭菜留在了厨房，叮嘱仲治想吃的时候自己吃。交代完这些，她便起身下地干活去了。

仲治突然灵光一现，道："对呀！也许三忠也去地里干活了！只要他去地里干活，我去找阿辰复仇，那么阿辰根本不是我的对手！"

仲治一改多日的颓势，顷刻有了精神。他想起家里有一把短刀，连忙赶到仓库里找起短刀来。然而令人意外的是，他翻遍了仓库里的多个箱子与衣橱，竟没能发现那把刀的踪影。正在他一筹莫展之时，突然想到："没有短刀，可以用农具啊！只要能杀了阿辰，用镰刀也可以啊！"仲治像是看到复仇的曙光般兴高采烈地去拿镰刀，但出人意料的是，他只看到了家里的五六把锄头，而镰刀竟一把都不在。他左找右找，也没能找到一把镰刀，最后，在一堆粮食的袋子上，找到一把已经生锈的镰刀。虽然已经生了锈，但仲治觉得，这就够了。

他一把抓起镰刀，径直朝阿辰家走去。路上遇到了跟他打招呼的人，但他根本无心去看那是谁。

走到阿辰家，他蹑手蹑脚躲在树篱后，还没来得及朝院子里看，头顶竟响起了责骂声。

"你怎么又来我家！"

来人不是别人，正是三忠。

仲治大惊失色，吓得手足发麻，抱头鼠窜。他毫无目的地奔跑着，认为自己出师不利是因为手里的镰刀太钝，如果他拿着一把锋利的镰刀，即使面对三忠也不会害怕。于是，仲治开始思索去哪儿找一把锋利的镰刀。

又跑了一会儿，仲治发现前方有一栋民宅。巧的是，民宅前竟有一块磨刀石，而磨刀石上，竟放着一把足够锋利的镰刀。仲治觉得这是老天在帮他，二话不说便丢下自己那把钝刀，拿起刚磨过的镰刀。

手持利器，仲治感觉自己底气十足，他觉得杀人于他而言不再是难事，真想现在就试试。刚有了这样的念头，仲治就看到一个小姑娘迎面而来，小女孩看起来也就十岁左右，仲治恶狠狠地把刀架在女孩的脖子上，这时，不明所以的女孩抬起头，看到是仲治便冲他笑了起来，原来这女孩儿认识仲治，他们以前一起玩过，所以她误以为仲治在跟她开玩笑。

看到对方如此可爱的笑容，仲治觉得不应该杀她，赶忙抽回镰刀，却不小心划伤了女孩儿。女孩哭起来，仲治却置若罔闻，继续朝阿辰家走去。

不一会儿，迎面又走来一个八九岁的男孩，那男孩正在放风筝。仲治再度恶狠狠地将镰刀架在男孩脖子上，毫不犹豫就砍了下去。顷刻间，男孩的脑袋便掉在了地上，仲治满意地看着镰刀，直言："果真锋利！"

仲治觉得自己有如神助，发了疯一般举着镰刀向阿辰家跑去。

很快，仲治发疯的消息传遍了村子，但大家忌惮他手里的凶器，没有人敢上前拦住他。这时，邻村的前滨恰巧经过此地，他也是一位相扑好手。看到仲治发疯的样子，他不假思索上前制服了他。此时，其他村民也一拥而上，大家一起绑住了仲治，把他抬上一辆车，拉回了村里。

一行人经过那个小男孩的家时，男孩的父亲正抱着孩子的尸体痛哭。他愤怒地叫停了车，三下五除二爬上去，此时被绑得丝毫不能动弹的仲治仰面躺在车上，男孩的父亲用尽全身力气不停踩踏仲治的胸口。他无法抑制自己心中的痛苦与愤怒，他知道自己再怎么做，孩子也不会复活了……

终于，男孩的父亲筋疲力尽。此时的仲治也已经奄奄一息，那父亲将孩子的脑袋塞进袖口中，抱起可怜孩子的尸体，慢慢朝家里走去……

画猫的男孩

    很久以前，在日本的一个小村庄里，生活着一个贫苦的农夫和他的一家。农夫一家人生活得幸福快乐，可是由于家中生养的孩子实在太多，要把他们全部健康平安地带大确实是一件很困难的事，因此生活一度过得特别拮据。

    穷人家的孩子早当家，农夫家的孩子过早地便挑起了家庭的重担。农夫的大儿子，十四岁的时候就只得跟着父亲下地干活，而女孩子们从小便要跟着母亲做针线活，还要收拾家务。日子虽然过得紧巴巴的，可是一家人心里却很满足。

    由于他们家最小的那个孩子是个男孩，加上这孩子从生下来起便体弱多病，粗重的活计一样也干不了。家人本来就特别宠着他，又担心他身体虚，一干活便会再次病倒，反而给大家增添许多不必要的麻烦，所以家中的大小事都不让他插手。

    小男孩的头脑很好，比他的所有哥哥姐姐都要聪明，记忆力也很惊人。因此，每当听到自己的儿子被邻居们赞扬，农夫夫妇心里都觉得无比自豪，同时也对自己的小儿子有了新的打算。那时候的和尚显然是个吃香的职业，因此他们觉得，与其让他跟自己一样一辈子当农夫，不如把他送到寺庙里当一个和尚。

    夫妇俩商量好了以后，一天，他们带着小儿子来到了离家最近的一个寺院。

    寺院的住持是个面慈心善的老和尚，一见到小男孩，心中便十分欢喜，有意收他做自己的关门弟子。住持当场问了几个较为刁钻且颇有难度的问题，小男孩都回答得非常流利，很合住持的心意。于是，老住持满心欢喜地收下了小男孩为徒，将农夫夫妇俩送出了院门，并答应他们，自己将竭尽所能，将毕生所学倾力授予这个孩子。

老住持果然没有食言，夫妇俩走以后，他果然对这个孩子百般照拂，尽可能地教给他更多的知识。小男孩也很争气，无论住持教他什么，他都学得很快，从不让住持失望。

可是慢慢地，住持发现了一个很奇怪的现象——这个孩子什么都好，可是却有一个非常诡异的毛病：他喜欢画猫。

按理来说，小孩子喜欢画画小猫小狗之类的小动物也没有什么可奇怪的，可这个小男孩却与别人不同，他喜欢画猫的程度，竟然达到了让人匪夷所思的程度。只要住持稍不留神，小男孩便会在寺院的各个地方画起猫来，经书的边缘、房间的屏风、庭院的墙壁、柱子上，只要是小男孩能够找得到并且够得着的地方，他都画上了猫。寻常人乍眼一看，准会被这一院子的猫给吓掉了魂。

老住持虽然心里纳闷，但是却不忍责怪这个小徒弟，因此每次只能对他循循善诱，百般劝导，希望小徒弟能体谅自己的一番苦心。

可是小男孩却像是魔障了一样，只要一闲下来，手便不由自主地拿起了画笔，满寺院地画起猫来。小男孩自己也不知道自己为什么喜欢画猫，可他就是闲不下来。

一天，老住持无奈地发现，他房间里新换的屏风上，又被他的小徒弟画满了猫。那些猫个个全身漆黑、毛发油亮，一双明黄色的大眼睁得澄亮，直勾勾地盯着前方，让人忍不住心里发怵。

老住持怒不可遏，忍无可忍，只能把小徒弟叫到跟前，严厉地对他说："孩子，你喜欢画猫，这个我能理解。但是这里是寺院，由不得你任着性子到处乱涂乱画。你还是离开这座寺院吧，去找一个艺术家当老师，说不定你还可以当一个伟大的画家。"

小男孩的眼睛里蓄满了泪水，他舍不得离开师父，可是他就是戒不掉画猫的这个毛病。

"孩子，你好歹跟了我这么多年，师父也没什么可以给你的，除了一个忠告。"老住持神色严肃地说，"我前些日子为你推算了一卦，发现你最近命里将有一个劫数。师父告诉你，以后你离开寺院了，千万要记得，晚上睡觉的时候千万不要睡在宽敞的地方，一定要找一个狭小的地方入睡。你记下了吗？"

小男孩虽然不明白师父说的这句忠告是什么意思，但还是在心里默默地记下了老住持说的话，含泪点了点头。他伤心地收拾了一些衣物和干粮，又郑重地跟老住持道别，才恋恋不舍地离开了寺院。

离开寺院后，小男孩不敢回家，怕回去会被父母亲责罚。因此，他想了想，决定往邻村去碰一碰运气。他以前就听人说过，邻村也有一座大寺院，那座寺院里也有好多和尚，只是离这里有点远，差不多有十二里的路程。

小男孩决定前往邻村的寺院，看看他们还收不收小和尚。

由于两座寺院离得太远，小男孩一路上走走停停，等到他抵达那个寺院时，天已经差不多黑透了，村民们也大多已经安歇。

小男孩又累又饿，想找一个好心人让他借宿一晚，可是找遍了全村也没有找到亮着灯的人家。

正在沮丧的时候，小男孩惊讶地发现，在村落另一头的山丘上，竟然亮着一盏灯。

那个时候，民间流传着这样的传闻，说是每到晚上，妖魔们会点亮一盏灯，引诱孤单的旅人前来借宿。因此，旅人露宿他乡时，如果见到亮起的孤灯，千万要记得绕道走，免得撞上了什么妖魔鬼怪。

但是小男孩可没空想那么多，他欣喜若狂，正如落水之人抓住了救命稻草一样，喜滋滋地往亮着灯的山头奔去。

等小男孩到达目的地一看，这里，竟然就是那座他找了一天的寺院。

小男孩走上前去，轻轻地敲了敲寺院的门。可是，门里却一点动静都没有。

小男孩又重重地敲了几下门，仍然没有人来搭理他。他有些失望，但是又不知道此时自己还能去哪里，便在门边蹲了下来，想在这里将就着过一夜。

哪知，小男孩的背刚往门上一靠，身体便往后一栽，摔了个四脚朝天。

原来，这座寺院的院门并没有反锁，乃是虚掩着的。小男孩拍了拍灰尘站了起来，轻手轻脚地走了进去，看见院子里孤零零地挂着一盏燃烧的油灯，但是一个人的影子都没看到。

小男孩觉得，自己弄出这么大的动静，很快就会有和尚跑出来查看原因的。于是，他便找个地方坐了下来，等着有人过来兴师问罪。

等了好一会儿，小男孩都没有等到有和尚来迎接自己，心里不由得十分纳闷。这时，他又发现了一个奇怪的现象。这座寺院里的所有物件上，都蒙了厚厚的一层灰，有的地方还结满了蜘蛛网。他心想，这个寺院的和尚们也太懒了，怎么着也得每天派个小和尚出来，把寺院收拾干净的。也不知道这么脏乱的地方，那些个和尚是怎么住下来的。

小男孩巡视了四周一圈，终于找到了一个让他眼前一亮的东西。他已经走了一天一夜，不仅又累又饿，最重要的是，他整整一天都没有画过猫。此时闲了下来，他的手又开始痒痒，思量着该把猫画到哪里才合适。就在这时，他在一旁的杂物中看到了一块大屏风。

这个大屏风，正好适合他来画猫。小男孩高兴地从行李中拿出笔墨，一本正经地画起猫来。

小男孩在屏风上画了好长一段时间，直到屏风都已经画不下了的时候，他才打着哈欠，把笔墨收了起来，打算好好睡个懒觉。

就在他准备席地而睡的时候，他突然间记起了师父的那句忠告："上床睡觉的时候千万不要睡在宽敞的地方，一定要找一个狭小的地方入睡。"

小男孩忍不住打了一个哆嗦，睡意顿时醒了几分。他环顾了四周一圈，发现这座寺院空落落的，显然是一个宽敞的地方。不知道怎么的，此时他的心中突然升起了几丝寒意，一种不好的预感浮上心头。

他遵循师父的忠告，从宽敞的院子中爬了起来，最后找到了一个有小拉门的壁橱，费力地爬了进去，然后拉上柜门，才终于安下心来。

小男孩走了一天的路，加之刚才又画了许多的猫，身体十分疲惫，于是很快就睡着了。

到了半夜的时候，小男孩突然间被一阵吵闹的声音吵醒了。他不敢乱动，只得把耳朵贴在柜门处，仔细听着外面传来的动静。很明显，外面有人正在打架，而那些怒吼和打斗声，正是外面的东西发出来的。

小男孩吓得瑟瑟发抖，他不敢向外偷看，更不敢发出一丝一毫的声响，连呼吸都放慢了速度，生怕惊扰了外面的注意。

此时，外面的油灯已经在打斗中熄灭了，可是，打斗的声音却一直在持续着，而且越来越激烈。哭声、喊声、呜咽声，夹杂着各类物件碰撞的声音，几乎让整个寺院都翻了天。小男孩躲在壁橱里，吓得丝毫不敢动弹，直到外面雄鸡报晓，太阳光从遥远的天边照射进来，打斗声才渐渐消停，安静了下来。

小男孩在橱柜里踟蹰了好久，等到确认外面没有一点动静的时候，才鼓起勇气拉开柜门。

可是，眼前的一幕，却让小男孩惊得目瞪口呆。

只见院子的中央躺着一具巨大的老鼠尸体，它的身躯比牛还要壮硕，全身的毛发皆被鲜血染红，倒在了血泊之中。院子的所有物件上，几乎都留下了打斗的痕迹，还有好多地方溅上了鲜血，看得人触目惊心。

正在诧异的时候，小男孩突然发现，昨晚他画画的屏风上，那些猫的嘴角和利爪上，都布满了斑斑血迹。

小男孩哭叫着跑了出去，一路上连摔了好几跤。村民们见到这个哭哭啼啼的孩子，忍不住生了恻隐之心，忙过来问他发生了什么事。小男孩将昨晚的经过一五一十地说给了村民们听。哪知，村民们听过之后，却显得无比震惊。

原来，那间寺院早在好几年前就已经关闭，因为那里有妖魔作怪，寺院里的和尚们死的死，逃的逃，早就没了踪影。妖怪们占领了那个寺院后，便在夜晚亮起孤灯，引诱过路的旅人前去投宿，然后再把他们吃掉。有几个大胆的村民想为民除害，夜里闯入寺院想要降伏那个妖怪，哪知都被妖怪抓住吃掉了。从此之后，便再也没人敢走近那个寺院了。

所以，当村民们得知一个孩子竟然在那间妖魔作祟的寺院里活了下来，个个惊讶不已。听到小男孩的遭遇后，大家才终于明白，那个霸占寺院的妖怪原来是一只老鼠，专门诱吃旅人。小男孩由于谨记师父的忠告，爬进了壁橱里睡觉，巨鼠想吃他的时候，却因为身体太大进不去，恨得牙痒痒。巨鼠的举动激怒了屏风上的猫，猫为了保护小主人，一个个从屏风里走了出来，与巨鼠展开了一场激烈的生死较量。最后，巨鼠寡不敌众，倒在了血泊中，气绝身亡。

小男孩此刻终于明白师父的忠告到底是什么意思，他幸运地躲过一劫，心里更加感激老住持。为了让师父不再为他操心，小男孩开始云游四海，刻苦学习，苦练画技。后来，他终于成了当地首屈一指的画家，尤其是他画出来的猫，更是远近驰名。

香叶的秘密

很久很久以前，丹波国有一个富商，名字叫源助。源助有一个活泼可爱的独生女儿，叫作香叶。香叶从小便生得既聪明又美丽，深得源助的宠爱。在香叶稍大一些的时候，源助觉得她仅在乡村里学一些简单的技艺，实在可惜，于是就找了几个可靠的侍女，陪伴香叶到京都学习，让香叶到京城里见识名门闺秀的礼数和教养。

香叶在京都学成返乡后，经人介绍，嫁给了源助的商人朋友亨罗耶。婚后不久，她生了一个儿子，一家三口过着平静幸福的生活。

然而好景不长，香叶与亨罗耶结婚刚满四年后不久，她忽然染了疾病，很快便抛下丈夫和儿子，撒手人寰。

香叶的家人悲痛不已，随即为她举行了隆重的葬礼。然而，在香叶入土为安的那天晚上，她年幼的儿子突然对家人说："妈妈回来了，不过，妈妈看到我也不跟我说话，只是一个劲儿对我笑。她现在就在二楼的房间里……我好害怕，所以赶快跑下来了……"

几个大人听完孩子的话，顿时觉得毛骨悚然。有胆大的人半信半疑地跑上二楼，打开香叶生前住的房间一看，果然，在微暗的灯光下，香叶幽幽地站在祭台边上。

见到这一幕，在场的人一时间全都吓傻了。

香叶的鬼魂站在橱柜旁边，橱柜的抽屉里，放的仍是她之前所用的发饰、梳子及衣物。她的神情和容貌就和她死时没什么两样，一脸的哀怨。只不过，她的上半身轮廓极其清晰，然而，腰以下的部分却异常模糊，甚至能看得出来，她的影子正在一点点地消逝。她的整个身体就如同水中的倒影一般，完全是透明的。

几个大人亲眼见到了香叶的鬼魂，吓得尖声大叫，随后没命地逃下楼，惊魂未定地聚在一块儿商量对策。

香叶的婆婆说：

"我觉得，女人都非常在意自己的那些化妆品或者饰物，还有一些杂碎的东西。香叶平日爱美，对自己的东西也非常爱惜，我看，她应该是想回来带走那些东西的！我们应该赶快把这些东西送到寺里烧掉，要不然，她还是会不断回来的！另外，我们最好也赶快把香叶的衣物整理好一块儿送去烧掉，省得她惦记，希望她能早点安息！"

众人都觉得她说得有道理，都认为越快把东西送去烧掉越好。

第二天清晨，众人立刻把香叶放在橱柜抽屉内的饰物、衣物等用品收拾好，一并送到檀那寺去，请求法师尽早烧给香叶，让她不要在凡间流连，免得吓坏家人。

但是，这晚香叶又回来了，仍然和前夜一样站在橱柜前，一脸哀怨地望着空空如也的橱柜。

第二天、第三天、第四天还是一样……香叶每晚都会回来，不吵不闹，只是呆呆地看着她的橱柜。

亨罗耶一家人被香叶的鬼魂搅得心神不宁，整个家也变得阴气重重，失去了往日的生机，变得死气沉沉。

香叶的婆婆再也无法忍受这样担心受怕的日子，于是她亲自前往檀那寺，找到了寺里的住持，告诉他自己的儿媳香叶的鬼魂屡屡出现并骚扰全家的事，并哭着向住持求助，希望他可以设法驱除鬼魂，还一大家子人安宁的生活。

檀那寺的住持是远近有名的一位德高望重的老僧，法号大玄。大玄和尚听了这些话，考虑了片刻，说："按照你的说法，我推断，那个橱柜的抽屉里可能藏有什么重要的东西，这件东西让你的媳妇放心不下，无法割舍，所以她的鬼魂才会一再地回来。"

香叶的婆婆听罢，忙不迭地答道："但是，在发现她的鬼魂出现的第二天，我们就已经将抽屉里的东西全清理出来，连同她的衣物一起烧给她了啊！现在橱柜里空空荡荡的，什么都没留下！"

大玄和尚一愣，又思虑了片刻，答道："好吧！既然如此，我只好跟您去你们家看看情况，到时再想办法吧！我会在她的房间里一直等着她的出现，然后设法跟她交流。可是请您务必转告您的家人，没有我的指示，任何人都不能随意到房间来，否则后果将不堪设想。"

第二天太阳落山之后，大玄和尚如约来到亨罗耶的家里。在众人的带领下，他进入了二楼香叶住过的房间里，随即关上了房门，独自坐在房内念经，等待香叶的到来。

子夜之前，房内一切如常，非常平静，什么也没出现。但子时一过，香叶的鬼魂突然出现在橱柜前面，她的身影非常模糊，脸上的表情非常凝重，透着一股子哀怨的气息。她静静地站在那里，一动也不动地凝视着橱柜。

大玄和尚见状，不慌不忙，念了好一会儿经之后，才慢条斯理地喊着香叶的名字，冷静地说："香叶，我来这里是真心实意地想帮助你的，并没有什么恶意。我看你一直盯着这橱柜看，想必这里面一定有什么东西让你放心不下吧？如果你相信我的话，要不要告诉我，让我替你找找看呢？"

香叶幽幽地看了大玄和尚一眼，又轻轻地点了点头，好像是答应了大玄和尚的话。

大玄和尚见得到了香叶的同意，便即刻站起身来，走到橱柜前，打开最上层的抽屉，一看，抽屉是空的。

于是他继续拉开了第二个、第三个、第四个抽屉，仔细地搜寻着抽屉的每一个角落，又抬起橱柜看看底下，再将抽屉拖出橱柜，看看后面是否藏有什么东西。

可是，他还是什么也没找着。

大玄和尚看了香叶一眼，只见她仍是和以前一样，死死地凝视着橱柜。

"你到底想要什么东西呢？"

大玄和尚疑惑地看着空空如也的橱柜抽屉，想了半天也想不出个所以然来。

忽然，大玄和尚脑中灵光一闪，他忽然意识到，好像有什么东西被大家集体忽略了——垫在抽屉里的纸的下面，说不定还藏有什么别的东西！

想到这儿，大玄和尚又拉开最上层的抽屉，掀开了垫在抽屉底的白纸来看，但是什么也没有发现。

第二个抽屉也没有。第三个抽屉的垫纸下，还是什么也没有。

大玄和尚不死心，继续打开了最后一个抽屉，掀开了垫纸。这一次他发现，在厚厚的垫纸下面，静静地躺着一封信。

"香叶，让你放心不下的东西，是不是这封信？"大玄和尚扭过头，抬起手中的信转头问道。

香叶阴森森的脸上顿时出现了一丝笑意，她轻飘飘地来到老和尚面前，直勾勾地盯视着大玄和尚手中的信，沉默不语。

"那么，你想让我把这封信烧给你？"大玄和尚又问香叶。

香叶立刻低下了头，微微一笑，似乎是向大玄和尚致谢。

"我答应你，等天一亮，我把这封信带回寺中烧给你。同时我也向你保证，除了我之外，不会有第二个人知道关于这封信的事！"大玄和尚庄重地说，"不过，你也得答应我，这件事了结之后，马上去你该去的地方，不要在凡间逗留了！"

香叶听完后，终于露出了笑容。而后，她的身影越来越淡，越来越淡……不一会儿，便彻底消失不见了。

大玄和尚将信件收好，慢悠悠地从二楼下来。这时，天色已经渐渐发白，亨罗耶一家早就在楼下眼巴巴地等着结果。

大玄和尚微微一笑，安慰众人说："你们放心吧，这件事我已经处理好了，从此以后，香叶不会再出现了！"

果真，当天晚上，香叶的鬼魂便再也没出现。

大玄和尚回到寺庙后，立刻按照誓约，烧掉了那封信。

原来，香叶到京都学习礼法时，曾经与一个男人相恋，那封信正是那个男人当时写给她的情书。至于那封情书的内容，除了香叶，只有大玄和尚一个人知道了。

不过，大玄和尚信守承诺，从未向任何人透露过这件事。那封情书的内容和香叶的秘密，也随着大玄和尚的圆寂，被永久地埋葬了。

安艺之助的梦

许久以前，在大和国的十市郡地区，住着一位名叫宫田安艺之助的乡士（日本封建时代相对上士、番士而言的武士阶级，通常地位较低）。

安艺之助家的庭院中，有一棵高大而挺拔的古杉树，在烈日炎炎的夏天，安艺之助经常在古杉树下纳凉休憩。

这一天的午后，安艺之助邀请了两位乡士好友，又准备了小酒佳肴，一起到树下喝酒聊天。他们一边品尝着醇香的美酒，一边高谈阔论，在古杉树下谈笑风生。

或许是因为天气炎热，微风阵阵拂来，加上酒精的作用，一时之间，安艺之助只觉得困意上涌，昏昏欲睡。于是，他便向两位友人说了声抱歉，然后自己找了个舒服的地方躺了下来，呼呼大睡。

在迷迷糊糊之间，安艺之助做了个梦。

他隐隐约约地看到，在自家的庭院中间，出现了一列壮观而又气派的队伍，就好像达官贵人出巡一般，他们越过附近的山丘，缓缓地走过来。

于是，安艺之助不禁站起身来，想看清楚到底是怎么回事。

队伍越走越近，果然既威武又气派，排场很大。走在队伍最前头的，是身着华服的年轻侍佣，他们集体拉着一辆豪华的宫车，那大车色彩鲜亮，冠盖还垂着长长的宝蓝丝绢，极为讲究，贵气十足。

队伍浩浩荡荡地来到安艺之助家大门口停下，这时，一位气质高雅、风度翩翩的男子缓缓地从队伍中走出来，向安艺之助走近，用极为礼貌、尊敬的语气开口说道：

"恕在下无礼，我是常世国的臣子，敝国国王下令派我前来拜访您，向您请安。同时要我传达旨意：国王希望您能亲自前往敝国，与国王共商要事。接迎公子的车驾已经在外等候，望请公子即刻动身，随我前往。"

事发突然，安艺之助头一次得见如此阵势，惊讶之余，激动得连话都说不出来。这时，他的意志突然变得模糊起来，身体也渐渐脱离了自己的控制，迷迷糊糊地便跟着常世国王的大臣登上了宫车。同时，家臣向前面拖引宫车的侍佣们挥了挥手，侍佣放下宫车两旁的门帘，载着安艺之助缓缓地向南驶去。

过了一会儿，车驾在一幢装修得极具中国风的宫殿前停了下来，屋宇雕梁画栋，气势宏伟，甚为壮观，安艺之助前所未见，不由得连连赞叹。

正当安艺之助惊叹之时，那位大臣率先下了车，向他鞠躬作揖道："我先进去禀告国王，请您稍候。"随即，他便不见了踪影。

过了片刻，两位身穿紫色衣袍、戴着高贵礼帽、气质出众的人从门里走出来。他们先是深深地鞠了个躬，然后伸出手来，毕恭毕敬地搀扶他走下宫车，又带领他越过宫门，穿过无数广阔的庭院，又通过正面宽达数里的正殿大门，之后来到宽阔华丽的贵宾室里。

两人等安艺之助上座之后，便谦卑地退到一边，随后，又有侍女端着茶点走了过来，请安艺之助品尝。

安艺之助用过餐点茶饮之后，两位穿着紫色宫服的人又上前行礼，并且用十分尊敬的口气向他说道："非常抱歉，我们需要向您禀告的是……这次国王特地恭请您来此地，是因为……国王希望您能与公主结为夫妻，成为我们常世国的驸马……而今天，他希望您与公主举行婚礼……请您稍候片刻，我们即刻就将带您觐见国王……国王的尊驾已在殿前等候您多时……不过，在此之前，烦请您先行换上已为您订做好的宫服。"

说完，两位紫衣男子便起身往一个有着镶金大柜子的置衣间走去。两人打开柜子，从中挑选出做工精细、裁剪精良的宫服及各种衣带、头冠，又服侍安艺之助穿戴整齐。

经过这一番修饰后，安艺之助整个人容光焕发，气宇轩昂，俨然一派驸马爷的风范。

一切准备就绪后，安艺之助随着紫衣男子来到正殿前。

常世国的国王此刻正端坐在正前方的龙座上，头上戴着黑色高冠，身着华丽黄袍。文武百官左右排开，恭恭敬敬地站在一边，就如寺院的雕像般，个个神情肃穆，眉头深锁。

安艺之助走到龙座前，他依照宫规，恭恭敬敬地俯下身，向国王连拜三拜。

国王示意他起身，然后用宽厚慈爱的语气向他说道："今日特意把你请到这里来，正如侍卫所言，我决定招你为王婿。现在，我将亲自为你们举行婚礼。"

国王说完，喜庆的乐声随即响起，一群身姿曼妙的宫女优雅地排成长列，从罗帐中缓缓走出，引领着安艺之助向公主的宫殿中走去，公主早已经等候多时。

公主的宫殿装修得极为豪华，外面早已挤满了前来庆贺的达官显贵。安艺之助在宫女的簇拥中来到公主的身边，并在备好的坐垫上坐定。公主长得美若天仙，衣裳是用天蓝丝绢细织而成，华丽而且贵气十足。公主与安艺之助两人并坐于宫前，接受众人的祝贺。一时间，众人情绪高涨，气氛活跃，场面无比热闹。

婚礼仪式结束后，两位新人来到一间特意为他们布置的新房，房间里堆满了不计其数的贺礼、贺金，以及数不清的珍奇宝物。

过了几天，安艺之助再次被召唤至殿前。这一次，他得到了比先前还要隆重数倍的礼遇和尊敬。这时，国王一脸慈爱地对他说道："在我国西南方的领土上，有一座名叫莱州岛的小岛。现在，我想将这座岛屿赐封给你。这个岛上的百姓温厚纯良，民风淳朴，不过，一切规章法令尚未建立，民风民情也略为复杂，目前尚无法与常世国本土一致，岛民的风俗习惯也有待重新整治。无论如何，朕对你寄予厚望，希望这座岛屿交给你整治之后，你能够教化岛民，修订律法，富岛强民。

现在，朕已经将船只和其他装备准备好，由你途中差遣，你即刻便可以带领船队向莱州岛进发。"

安艺之助跪谢了国王的赏赐，随即与公主离开皇宫，向莱州岛驶去。

动身出发前，又有众多达官贵人、文武百官以及数不清的侍卫宫女随行相送，他们一路护送着公主和驸马爷直至海边，才依依不舍地向他们告别。

然后，安艺之助和公主登上了国王下令特别打造的豪华宫船，踏上了前往莱州岛的漫漫征途。

这一路顺风顺水，安艺之助的豪华宫船不多久便平安地抵达了莱州岛。岛上的百姓早已齐聚在岸旁，等候公主和驸马的驾临，对他们的到来表示了极大的热情。

安艺之助正式成为了莱州岛的主人，他事必躬亲，顺应民意，深得岛民们的喜爱。加上他本身的才智，辅治莱州岛民并非难事。同时，统治岛上最初三年之间，因为还有贤明的官吏在旁辅佐，让主要的法律规章都能明确规定施行，一切渐入轨道；而安艺之助也乐在公事中，日复一日，岛上逐渐欣欣向荣。

法令法规步入正轨之后，只有一些流传已久的陈规陋习需要整顿，其他的都不需要特别教化。从人们生活在莱州岛开始，此地便风调雨顺、物阜民丰、地产丰饶；当地居民也非常勤劳，能够自给自足；另外，岛上的人民温和纯良，偷盗的事情极少发生，人们常常夜不闭户，所以几乎没有人会做犯法的事情。

安艺之助治理莱州长达二十余年，期间政通人和，政治清明。加上初行新政的三年，安艺之助共在莱州岛待了二十三年，每天都过得悠闲自得，经常陪公主出游，期间也从没有悲伤苦难降临到他身上过。

俗话说，人无千日好，花无百日红。在第二十四年时，一个灾难降临到了安艺之助的身上。

安艺之助的妻子病逝了。公主一生为安艺之助生了七个孩子：五个男孩和两个女孩。公主的葬礼极其盛大。她被安艺之助葬在鄮菱江畔的一座秀丽小山上，并在墓旁立了一块豪华的墓碑，以表达自己对爱妻的深情。

失去公主之后，安艺之助非常悲伤，常常觉得人生索然无味，再也没有了之前的雄心壮志和乐观开朗。

皇室接到了公主病逝的消息，国王即刻挑选了一名使者，让他到莱州表达自己的悲痛之情，并向安艺之助传达自己的旨意："莱州统领安艺之助，请立即启程返回王城。其七个孩子，都是公主血脉，乃我皇室子孙，朕定会命人妥善安排，请你不必为他们担心。"

安艺之助接了圣旨后，按照国王的指示，收拾行囊准备返回王城。他妥善安排了岛上的一切事宜，并将其交给身边亲信之人。一切交接完毕后，岛民又举行了隆重的仪式，为安艺之助饯别。之后，安艺之助就坐上了接其回宫的宫船。宫船慢慢驶向宽阔无边的大海，莱州岛渐渐地退出了他的视线，直至最后再也看不到了……

突然，安艺之助猛地睁开了眼睛，就像大梦初醒一般。他细看了一下周围的环境，发现自己仍好好地待在自己家里。

一时之间，安艺之助有些摸不着头绪，神志不清，头脑恍惚。定睛一瞧，他看到两个好友仍然在旁边高谈阔论、吃酒品茶。安艺之助好像受到了很大的惊吓一样，表情呆滞、双目无神，直愣愣地瞪着两人，大声说道："真的太离奇了，简直不可思议！"

一个好友问道："安艺之助，你刚才做了什么奇怪的梦吗？"

另一人也说："你说离奇是发生什么样的事情了呢？你都梦到什么啦？"

安艺之助也很纳闷，于是就把自己刚才梦到的一切讲给好友听，包括他如何到了常世国以及治理莱州岛的二十三年经历等等。

那两人听完后，你看看我，我看看你，都不知道怎么解释，只是觉得非常吃惊。实际上，安艺之助刚刚睡着两三分钟而已，短短的几分钟时间，怎么可能会有这么离奇的境遇呢？

一个好友忽然说道："这真是一件很奇怪的事情呢。刚才在你睡着的时候，我们也看到了一件怪事。刚才有只黄蝴蝶，在你面前飞来飞去地晃了好久。我们很好奇，于是就一直盯着蝴蝶看，想看看它到底会做什么。后来，这只蝴蝶就在你旁边的地上停了下来。一会儿，从杉木旁的洞里爬出了一只前所未见的大蚂蚁，把那只黄蝶拖进了它的洞里。就在你睁开眼睛的时候，黄蝶又飞了出来，然后在你面前晃了几晃，就没影儿了。具体飞到哪里，我就不知道了。"

"说不定那只蝴蝶就是安艺之助的魂魄呢。"另一人说道。

刚才那人又说道："我觉得，那只蝶好像真的飞到安艺之助嘴里了呢。假如，蝴蝶真是安艺之助的灵魂，那刚才你说的事情就不单单是个梦了。不过，现在蝴蝶已经找不到了，我们也没办法查出事情真相。或许，那只大蚂蚁可以告诉我们一些蛛丝马迹呢。古人都说，蚂蚁非常神奇而且具有灵性，说不定，它是妖怪变的呢……不管怎样，我们还是到古杉木下的蚂蚁洞穴探个究竟吧。"

在好友的怂恿下，再加上安艺之助自己也想知道真相，于是他就附和好友道："既然这样，那我们就去看个究竟吧。"

于是，安艺之助准备了几把铁锹，三人就开始了探秘行动。

挖掘之后，他们发现在杉木周围的底层住着很多很多蚂蚁，而且蚂蚁洞穴看起来像是没有尽头一样，深广绵延。

蚂蚁们在这个宽广的洞穴中打造自己温暖舒适的家园，那些小小的建筑物都是用稻草和黏土等组成的，看起来非常精巧细致，俨然是一座微缩城镇。

另外，在洞穴里还有一些建筑物比较华丽高大。其中，最大的一个就像城堡一样。一只黄色的大蚁王位居其中，头长身大，而且神态威严，周围有不计其数的小蚂蚁围着它。

安艺之助吃惊地说道："难道这里就是我梦境中的常世王宫？这个就是常世国王？这真是太豪华了，真是妙不可言啊！那莱州岛在什么地方呢？梦中莱州岛在常世国的西南方，对了，应该是大树根的左边……哎呀！果然是这里。你们快看，太神奇了！既然这些都没有错，那公主的陵墓也应该在才对。"

在挖掘过的蚁穴中，安艺之助前前后后仔细地翻找了一遍。终于，他在一个小丘上，找到了一个石塔状、由细碎砂石砌成的小冢。

占卜的白水老人

江户繁华时期，有一个算命师——白水老人，住在泉州地区。大鸟神社是他经常活动的地方，他在此为人们卜卦、占凶吉。神奇之处在于，他卜的卦非常灵验。

一天，一个侍人找白水老人占卜，白水老人问了一下他的生辰八字，掐指算了一下，对那人说道：

"我给你占完这个卦之后，你要即刻赶回家里！"

侍人非常腼腆，但还是壮着胆子说：

"你给我占的结果怎么样呢？你还是看了之后再说吧，不要随随便便就下妄言。"

"死亡即将降临到你的头上……"

白水老人闻言，就直截了当地向那人说出了占卜结果。

"人必有一死。我想知道我会在什么时候死去呢？"

"就在今年。"

"那我会在今年的什么月份死呢？"

"这个月，今天晚上。"

那人听了之后，非常不高兴，但还是问道：

"哪一时刻呢？"

"三更，子时。"

白水老人的卜卦结果激怒了侍人，那人出口便骂道：

"今天晚上我到底会不会死现在还不能确定。如果你说得不准，那我明天必定不会放过你！"

"如果明天你还能好好地活着，那就请你来取走我的颈上人头好了！"

侍人看白水老人说得信誓旦旦，心里更是气愤，不禁勃然大怒，上前踢了白水老人一脚，然后在众目睽睽之下，愤怒地扬长而去。

"刚才那个侍人是这里的官差，他专门负责查看这附近的商店是不是有问题。先生还是少告诉他一点坏事的好……"

老人听了众人善意的规劝之后，长长地叹了一口气说道：

"卜卦本来就是帮助人趋吉避凶的，怎么可能总是合人心意的呢？如果总是有人因为预言不好而愤怒发脾气，那我看这里已经不适合我待了。"

于是，白水老人就把店关了，行踪无人知晓。

卜卦的侍人叫茅淳官平，是当地的地方官。虽然回到了家里，但他还是愤愤不平，非常生气。太太看了他的表现非常担心，于是就问他是不是发生了什么不开心的事情。

官平就把自己卜卦的事情一五一十地告诉了太太小濑。听完，他太太顿时严肃起来，眉头紧锁地说道：

"这只是占卜而已，你需要那么认真吗？"

"人的命运是上天早就注定了的，如果我今晚平平安安地度过了，才能够证明他说的都是假的。"

他太太听后，面露微笑，说道："我给你准备一点酒菜吧，你消消气，把这些话都忘掉吧。"

晚上，满身酒气的官平躺在床上假寐，他太太和下女安子在隔壁休息。安子非常好奇官平到底和算命师之间发生了什么事情，于是就笑着对夫人说：

"我今天晚上一定要保持清醒，看看算命师的话究竟会不会应验。夫人您也要保持清醒哦！"

她们两个聊着天，听到远远地传来钟声，预示着三更已经到了，空气中弥漫着一种阴沉压抑的气氛。

突然，假寐的官平跳了起来，匆匆忙忙地飞奔出门。小濑跟安子也立马起身，拿着灯笼追出了家门。

当她们追出来的时候，官平穿着睡衣，正奋力往前奔跑。女子的身材比不上男人高大，脚力更是无法跟男人相比，于是两人只能在官平后面拼命追赶。

不久，官平跑到了一座桥上，迟疑了一小会儿，然后毫不犹豫地纵身跃入河里。小濑和安子只远远地听到"扑通"一声，一惊之下，两人立刻跑到桥上，四下寻找，可是什么都没有瞧见。

两人心有余悸地哭喊着："他为什么要自杀呢……难道是疯了吗？"

小濑和安子在桥上怔怔地站了很久，不断地掉泪。不久，凄惨的哭声惊动了周围的居民，居民赶了过来，一边好言好语地安慰两人，一边把她们送回了家里。

第二天，天一亮，村民们便集合众人到河里寻找官平的尸首。但是，无论他们怎么找就是找不到。最后，无奈的众人推测说官平肯定是疯了。

之后，小濑和安子日夜为官平祭拜，只为安抚他的亡魂。百日之后，小濑的亲友不忍看她一个人孤苦无依，于是劝她再寻好的对象。起初，小濑充耳不闻。可是在亲友不断的劝说下，小濑渐渐地萌生了再嫁的念头。

"如果我要再嫁他人的话，我希望他能够入赘我们家，这也算是我对亡夫官平的一点心意。如果对方不肯的话，那我是宁死也不愿意的。"

父亲听了小濑的一番话，考虑了良久。最后，他向女儿妥协了，按照女儿的要求为她寻找新的对象。那时，侍人权滕太，即官平的同事，说道："要我入赘也是可以接受的啊。"

不久，在父亲的主持下，小濑和权滕太举行了婚礼。权滕太既已入赘，所以就改名为官平。新婚的夫妻两人相处上没有什么问题，总是相敬如宾。大家经常看到他们相敬如宾的模样，都说他们恩爱得让人羡慕，小濑也是深得大家夸赞的贤惠妻子。

数十日后的一个晚上，小夫妻俩都有些困了，想要在睡觉之前小酌几杯，就叫安子起来热酒。已经睡熟的安子非常不高兴，但还是乖乖地起身把酒拿到火炉边，正准备生火的时候，发生了一件离奇的事情。

圆炉灶突然剧烈地摇晃起来，并发出奇怪的声音。瞬间，圆炉灶飞了起来，在离地一尺高的地方漂浮着……安子受到惊吓，还没喊出来，就有一个不知名的东西从圆炉灶下面冒了出来。

"啊！"安子再也不能承受更多的惊吓，昏了过去。

出现在炉下的是一张脸，血红血红的，舌头还长长地伸出口外，眼睛里流出血泪，头发披散，看起来凄厉无比。

"安……安子……"听到安子惨叫声的夫妻俩立马跑了过来，看到安子昏倒在地上，他们立刻用冷水刺激她，使她清醒过来。

"发生什么事情了，竟然把你吓昏过去？"

"官平先生从火炉里冒出来了，披头散发的，眼里流着血泪，对我喊叫。然后，我就昏过去了。"

安子语无伦次地说着，身体还微微颤抖着。小濑听后，非常生气，对安子说道："那种东西怎么会在炉子里，你就不要胡说八道了。现在热酒太晚了，你还是早点儿睡觉吧。"

小濑回到卧室后，还在一直纳闷。后来她想，安子的年龄也不小了，该结婚了，难道是没有对象，所以脑袋出了问题？看来，我应该给她物色一个结婚对象了呢。

数天之后，小濑把安子介绍了一个商人，叫段介，两人很快举行了婚礼。

但是，段介是一个嗜赌如命的人，而且还好贪杯。两人才结婚三个多月，安子的陪嫁物品几乎都被段介典当光了。

"你去官平家里借点儿钱回来。"段介如此对安子吩咐道。刚开始，一两次的，安子还听从段介的话。但是，段介却没完没了，一而再、再而三地让安子做同样的事情。最后，安子忍无可忍了。

一天晚上，又发生了同样的事情，而且段介还变本加厉地威胁安子道："如果带不回钱，你就不要再进这个家门了。"

但是，当时已是深夜，安子不敢贸然吵醒小濑夫妻，怕一分钱都拿不到。于是，安子就悄无声息地沿原路返回了。

"你需要金子是不是？"

突然，安子身后响起了这个声音。安子受到了惊吓，慢慢地转过头一瞧，发现有一个人影站在官平家的房顶上。

"不要害怕，我就是已经死掉的官平。这袋子里有满满的金子，它可以帮助你摆脱贫穷。不过，你要想得到金子，就要拿好这张纸，这是我的临终遗言。"

那个人影说完这些，就把袋子往地上一丢。安子愣愣地站在那里良久，但是金子的诱惑实在是太大了，于是她战战兢兢地捡起那包东西。打开一看，里面装的果然是金子。随后，黑影便消失无踪了。

安子带着金子，惊恐万状地跑回家里，然后详细地向段介解释了这件事。

"主人生前经常用这个袋子装打火石。可是很奇怪，他投水自杀的时候，袋子是戴在他身上的啊。"

以前，安子跟段介讲过她的前主人曾出现在火炉下的事情，现在又听到这样的事情，他也觉得匪夷所思了。

但是，他们又不敢告诉别人，害怕别人一旦知道，金子就不属于他们了。所以他们就一直隐瞒着。

一天晚上，郡主（当地官吏）迷迷糊糊地做了一个梦。他梦到一个官差站在床头，披头散发，眼含血泪，似有很大的冤屈。那人向他呈递了一份请愿书，纸上写道："要知三更事，可开火下水。"

郡主醒了之后发现一切如常，但是那两句话却深深地印在了他的脑海中。他默默念了几遍，但是始终无法参透其中的含义。于是，他命人将这两句话遍贴全郡大街小巷，希望有能人能够解开这个谜。

郡中很多自视甚高的学问大家都没办法体会句中含义。段介看了之后，心中大骇，惊愕万分。因为那两句话就跟安子带回的字条上的一样，是官平的遗言。

段介把事情一五一十地禀告给郡主。郡主命段介取来那张纸条。段介立刻返回家中，翻箱倒柜地寻找那张纸条。后来终于找到了。

"呀！"

段介看着纸条大惊。因为纸条上面什么字迹都没有，是一张干干净净的白纸。可是，他明明记得安子当初带回来的时候上面是有两行字的啊。

"这下我要倒霉了，我一定得老老实实地交代前因后果了。"

于是，段介一个人惴惴不安地赶回郡主那里，说道：

"安子是我的妻子，她从小就生活在官平家里。安子嫁给我之前，曾经碰到过一件怪事。"

郡主听段介说完前因后果之后，沉思了很久，这么奇怪的事情肯定跟官平家脱不了关系了。于是，郡主派人召官平夫妇前来问话。

"这件事情过了那么久，我们早就不记得了。"

小濑夫妻两人都如此回答郡主。郡主无奈，于是就让几个仆人把官平家里的火炉给挖开了。

仆人都很纳闷郡主怎么会下这样的命令，但还是乖乖地去了官平家。火炉被挖开之后，众人发现了一块大石头。大石头被搬开之后，一口古井显现出来。一个胆子大些的仆人下到井中一探究竟，却被看到的景象吓得差点儿魂不附体。

井下面躺着一名官差，正如郡主梦中一样，头发散乱，眼中含血，舌头伸到了口外。

经过证实，众人发现死去的那个官差正是官平。

家仆合力把官平的尸体抬出井外，抬到郡主面前。

官平夫妇一看到尸体的惨状，脸色铁青。

"找到尸体了！"郡主说道。

仆人们仔仔细细地检查了一遍尸体，发现死者的脖子上有勒痕，显然是被人勒死的。

一阵骚乱过后，郡主开始盘问官平夫妇。然后，事迹败露的两人终于招认了谋害官平的原委。

原来，权滕太在官平未死之前就跟小濑暧昧不清，但是他们一直都在秘密进行，所以没有人知道这件事。官平卜卦那天，权滕太趁机潜入官平家中。午夜三更时，他看到官平喝得迷迷糊糊，趁官平睡着之际，溜进了官平的卧室，勒死了官平。

一切收拾妥当之后，权滕太脱下官平的衣服，穿在自己身上，装成慌慌张张的样子跑出了卧室。跑到桥上之后，他故意站在那里徘徊，犹豫了一下，之后把一块大石头丢进了河里，让人以为是官平投水自尽了。然后，他又悄悄潜回无人的官平家，将尸体藏起来。几天之后，小濑两人一起把尸体投入井中，再把火炉搬到井上面。

官平的亡魂为自己申了冤，报了仇。从此以后，这个故事就在泉州人之间口耳相传了。

美浓国工人遇女鬼

从前有个大庄园的工人叫纪远助，他做人踏实，做事勤恳，深得庄园管理人藤原孝范的喜欢，于是管理人推荐他到自己的上司关白国守家里值班。

有一次值完班后，纪远助向藤原孝范告假，因多日未归，他十分思念家中的父母和孩子，欲请几日假回家探望。藤原看他尽忠职守，当即批准了他的请求。于是纪远助收拾行李，骑着马回家了。

他走到半路，看看地标，应该是进了美浓国的地界，离家不远了，心中欢喜。他走着走着，来到了一座桥边，桥上面有个女子站在那儿仿佛在等什么人来。

女子看他走近了，开口问道："请问官人这是要去哪里？"

纪远助回答说要回美浓国探望家人。女子一听他去美浓，浮现出喜悦的神色，"小女子有一事相求，请官人务必帮忙带句话给我在美浓国的一个朋友，并且把这个盒子交给她，谢谢您了。"

看纪远助没有反对的样子，她从怀里拿出一个精致的小盒子，用手绢细细地包着，递过来道："请您将这个盒子带到郡唐乡村口的那座桥，交给等在那里的一个老妇人。"

纪远助一听郡唐乡距离自己家有些远，便有些后悔，不该答应这桩麻烦事。但话已出口，君子一言，驷马难追，再看看这女子神情忧郁，着实可怜，他只能接过盒子，问如何找到那个老妇人，她具体叫什么名字，如果她没来应该去哪里找她，以及交付人是谁等等细节问题。

那女子有些不耐烦，又不容置疑地回答说："这个你不必担心，只要你去了，她一定在那里，不会有错。但是有一点需要特别叮嘱你，千万千万不要打开这个盒子，任何时候都不能。"

纪远助表示他记住了，于是上马赶路。他身边的仆从觉得十分奇怪，为什么主人莫名其妙地站在那里与空气对话，但又不敢问出口，只能跟着默默赶路。

一行人行色匆匆，快马加鞭，经过女子所说的桥的时候，纪远助竟然一时忘记了女子的嘱托，带着那个小盒子回家了。回到家收拾停当后，纪远助突然想起来小盒子的事情，一拍脑袋，怪自己大意了。于是他小心翼翼地把盒子放在书房的高架子上，以免被人碰坏，等第二天就把盒子给那老人家送过去。不料，他的举动被隔着门缝的妻子看见了，妻子醋意大发，冷笑道："哼，这不知道是他给哪个不要脸的小情人的礼物，还藏得这么隐蔽！"

等纪远助出门办事的时候，妻子来到书房，搬了个梯子把盒子取下来，看到小盒子包装精美，心想，果然不出所料。她毫不犹豫地打开来看里面装了什么宝贝，等她一看到里面的物品，顿时吓得瘫坐在地上：原来，盒子里装了好多活人的眼睛，还有男性器官，血肉模糊，十分吓人。她呆呆地坐在地上，不知如何是好，一直到纪远助回来，不见妻子，来到书房找她。

纪远助看到小盒子被妻子打开了，又惊又怕，呵斥妻子："你这妇人好不懂事！这盒子是别人托我转交，并且千叮万嘱我不可打开，你竟然擅自偷看，恐怕要大祸临头了！"

他不敢再耽搁，马上把盒子关上，又学着之前的样子包起来，出门给那老妇人送过去。

等他到了桥头，四处张望，果然有一个老妇人向他走来。纪远助心想应该就是她了，于是把盒子和转述的话都告知老妇人。谁知那妇人接过盒子后瞄了一眼，冷冷地喝道："这个盒子已经被你打开过了，你好大的胆子！"

纪远助心中愧疚慌乱，但强作镇定地发誓自己绝没有打开过，老妇人并不搭理他，只是恶狠狠地说了句"太可恶了"后，就气冲冲地走了。纪远助解释不及，只好无奈地回家了。

等到了家，他就觉得头晕目眩，体力不支，一头栽倒在地上。妻子慌神了，不知如何是好，纪远助气息微弱地说："都是你造的孽，偷偷打开盒子，这下我躲不掉了……"说着说着，他就断气了。

女人善妒的恶果就是如此，她们往往自作聪明，最终给自己的亲人带来灾难。就如故事里的纪远助，他原本高兴地回家探望家人，谁料妻子嫉妒成性，导致他白白丧命。故事里的妻子固然可憎，但我们日常生活中，难道不应该时时警惕，莫让嫉妒蒙蔽了自己的头脑吗？

女子深山产子遇食童鬼怪

从前有个大户人家，家境殷实，生活富裕，家有良田数十亩，房屋数十间，女主人一人操持不过来，就请了几位女佣协助打理。其中有一个女佣是孤儿，父母双亡，又无兄弟姊妹，幸得女主人收留，才有了个安身之所。别的女佣都有夫家有归处，逢年过节都一家人其乐融融，只有她孤身一人顾影自怜，女佣常常为此暗自神伤。

人说，好事成双，祸不单行。这话果然不假。这女佣孤苦伶仃也就罢了，她结识了一个相好，原以为从此有了依靠，不想那男人竟是个负心汉，发现她怀孕后便抛弃她，另结新欢了。

女佣只叹苍天无眼，也不知道自己前世作了什么孽，上天竟要如此折磨她。伤心归伤心，眼见着自己的肚子一天天大起来，女佣心里急坏了，想打掉胎儿，却总是狠不下心来，常常摸着日渐隆起的小腹喃喃自语："可怜的孩子，你是无辜的，为娘的怎么忍心扼杀了你这幼小的生命！"她想跟主人说明缘由，好不容易鼓起勇气，但话到嘴边就泄气了，实在羞于启齿，只得另想办法。

女佣日思夜想，终于有一天灵光一闪，想到了一个解决办法。

听说这镇子附近有座深山，那里人迹稀少，到了分娩之日，到时候她偷偷跑去山里，找个无人之地生下孩子，然后将孩子寄托在一个农民那里抚养。如果自己不幸难产死去，也了无牵挂。

打定主意后，她找到府里与自己最为交好的一个丫鬟，把自己的计划一五一十地告诉她，请她在自己生产那天前来帮忙。丫鬟答应一定会帮忙，并且会替她保守秘密，女佣这才安心不少。

幸亏女佣身形清瘦，肚子一天天鼓起来，只要穿着宽大的粗布麻服，外人倒也看不出来她有孕在身。虽然时不时会出现呕吐、眩晕等怀孕反应，但她掩饰得极好，除了那个丫鬟，别人都没有发现她的异常。

就这样，到了快临盆的日子，天还没亮，女佣就觉得肚子绞痛，估计自己快生产了，赶忙悄悄地找到丫鬟，两人带好食物和水，收拾了一些细软，就从后门偷偷溜了出去。

出了门后，两人就直奔深山方向走去。一个丫鬟拖着一个孕妇，行动迟缓，走走歇歇，还没走到一半，就已经日上三竿了。她们不敢耽搁，怕人多被认出来，只能不辨方向地朝着深山走，兜兜转转，终于走进了山里。

山里树木茂盛，杂草丛生，遮天蔽日，果然是个躲避人群的好去处。她们走了走，看到不远处有个破落的院子，似乎荒废已久，无人居住，于是她俩在院子里找了个角落安顿下来。走了这么远一段路，两人都已经热汗淋漓、腿脚酸痛了。她们解开包袱，吃了点干粮，正坐着歇息的时候，房子里面传来脚步声，抬眼一望，原来是一位老人家，头发花白，走路颤颤巍巍。老人家问她们是谁，从哪里来，女佣答道："我们是城里某一人家的女佣，因为自己未婚先孕，恐人嘲笑，实在没有办法，只能独自前来深山分娩，原以为这里无人居住，想不到打扰到您老人家，实在对不起。我在城中无依无靠，只求您收留我几日，待我生下孩子，一定尽快离开。"

老人家听了她的话，很是同情，和蔼地说："想不到你身世这样可怜。我这里穷乡僻壤的，就我一个人住这儿，平时也没人过来，你们尽管放心在这里生产，不用担心。我一个人住也冷清，你们可多住几日，陪我说说话也好。我隔壁的房间空着，稍微收拾一下你们就能住。"女佣自然感激不尽。

老妇人拿来一张席子铺在床上，又把桌椅抹干净，让她们坐下歇息。没过多久，女佣羊水就破了，丫鬟和老妇人一起给她接生，很快生下来一个白白嫩嫩的小男孩。孩子哇哇地哭，三人呵呵地笑，逗弄着孩子，爱不释手。丫鬟突然叫道："哎呀，净顾着开心了，我先去烧点热水给孩子擦擦身子，你们先看着。"

不管女佣之前多么不愿意这个孩子来到世上，但现在她已经完全把这个念头抛诸脑后了，婴儿的一颦一笑都牵动着当母亲的心。女佣爱怜地摸着孩子的头，怕他饿了，时不时给他喂奶。

时间一晃，女佣她们已经在老人家中住了两三天。这天，阳光明媚，女佣便把孩子抱到院子里来晒晒太阳。女佣因连续躺了几天，不见天日，整个人都潮乎乎的了。她们在院子里一边晒太阳一边闲聊，聊着聊着，女佣困意涌来，靠着椅子迷迷糊糊地睡着了。老妇人以为她们睡着了，走过来摸着婴儿的光洁白嫩的脸颊，情不自禁地呢喃道："这孩子真是细腻白净，吃起来一定很爽口。"

女佣本来迷迷糊糊快要进入梦乡，听到她的呢喃声，一下子惊醒了。但她强作镇定，仍然闭着眼睛装睡。老妇人好像并没有发觉女佣已醒，仍然自顾自地欣赏着自己的食物。女佣偷偷睁开一点眼缝，看到老妇人脸上完全不见之前的慈祥和蔼，反而面目狰狞，充满着贪婪的欲望。女佣心想：千万不能打草惊蛇！于是她不动声色地继续假寐，心里却在暗自盘算，怎样才能逃脱这个鬼怪的魔爪。

隔了一日，天气炎热，老妇人用完午饭后就回房午睡了。女佣一看机会来了，她示意丫鬟不要出声，抱起孩子，两人悄悄地走出院子，等走出去一里开外，确认老妇人没有追上来，她们才拼命地飞奔，一刻也不敢停，直到跑进了镇子里，看到人来人往，才敢停下来喘口气。

她们决定就在镇子里找一户善良人家将孩子寄养，多处打听后，她们得知有户人家膝下无儿女，一直想要个孩子，于是女佣放心地把孩子送给他们。跟孩子告别了好久，她才依依不舍地回城。

她们收拾好面容和衣服，若无其事地回到主人家，好像什么也没发生一样，别人以为她们只是出了趟远门。

女佣不敢跟人提起私生子的事情，一直保守着这个秘密，直到暮年，看淡人世纷繁，她才断断续续讲起自己年轻时候的故事。听了故事的人，无一不佩服她聪明过人、勇气非凡，不仅顺利地生下孩子，还从鬼怪手中死里逃生。所以说，人迹荒芜的地方鬼怪多，尽量不要去往荒无人烟的地方，做人要时刻保持警惕，即使发现危险的蛛丝马迹也要先推断周围是否存在风险，以防万一。

借尸还阳

故事发生在古代时期的山田郡。

在山田郡的某地，住着一位女子，姓氏是布敷。某日，这位女子突然病倒了，看情况并不乐观。她的家人很着急，就在自家门口摆卜丰盛的贡品，来祭奠瘟神，以求女子能尽快恢复。

不多时，阎王派手下的小鬼来到阳间，要带走生病的女子。小鬼到女子家门口，见桌上摆着的酒菜，忍不住大吃了一顿，而后，他拖着女子上路。走了一会儿，小鬼忽然对女子讲道："既然我已经享用了你家的贡品，自是愿意报答你们的好意。你是否知道，在附近有没有跟你姓名相同的女孩？"女子略略思考了一下，便回答："我记得在名叫鹈足的郡，的确有这样一个女孩。"

小鬼带着女子的灵魂来到鹈足郡，找到那个与她姓名相同的女孩。而后，用随身带着的一把凿子，直接插入了女孩的额头。如此一来，女孩的灵魂就从肉身脱离出来。小鬼捉住女孩的灵魂，将之前山田郡女子的灵魂放回家去了。

面对着重新回归阳间的女儿，布敷一家自然是很高兴。权当是祭祀起了作用，其余的也没有多想。

然而，当小鬼带着"冒牌货"回去的时候，阎王一眼就识破了这件事。"我之前安排你去带回的灵魂，不是这个女孩吧？你是不是认错人了？快去，把山田郡的那名女孩带来，这个就先留在这儿。"

　　被戳穿的小鬼无可奈何，只好按照阎王的吩咐又将姓布敷的女子带回来。这一次，阎王很满意，"没错，就是她。先前那位被你带回来的姑娘，可以放她回去了。"

　　可不幸的是，来来回回耽搁了三天，这位被小鬼强制当作替身带回来的姑娘已经失去了肉身。只因家人见女儿突然暴毙，就匆匆火化了。所以，她已经没有办法再回到父母身边，被迫又回到阎王殿，向阎王讲述了实情。

　　阎王想了想，问小鬼："姓布敷的女子的尸身还在吗？"

　　"在的，在的。"小鬼连忙回答。

　　"那好。"阎王对女孩说，"不如你就用她的尸身回到现世去吧。"说完，阎王一挥手，女孩的灵魂就飘到了山田郡。

　　布敷一家见自己的女儿再次重生，真是喜出望外。可女子张口就说："这是哪儿啊？我怎么不在自己家里？"女子的父母急忙说："这里就是你的家啊，我们是你的父母，你怎么不认得这里了？"

　　女子并不理睬他们，而是独自一人坚持回到了鹈足郡。那家人看到一个陌生的女子闯进来，正准备赶她出去，忽然听她说道："没错，这才是我自己的家啊。"这家父母很吃惊，脱口而出："你从哪儿来？这里怎么会是你的家呢？我们不认得你，我们的孩子前几日突然暴毙，已经火化了。"

　　"不，这里就是我的家。"女子告诉家人自己的名字，又讲述了生前的许多事情，一家人这才相信。而后，她又讲述了自己在阎王那里的经历，告诉他们自己为何会是现在这个样子。

　　女儿能够失而复得，两位老人都很高兴。即使外表已经完全不同，但是又有什么关系呢？只要灵魂还是女儿的灵魂，就已经算是万幸了。

　　而当山田郡的布敷一家得知这一消息，也赶到鹈足郡，探望女子。看着熟悉的，属于自己女儿的容貌，也是依依不舍。最终，两家老人商量着，共同抚养女子。将来两家的财产也由她一人继承。

阴阳师

平安时代，有位阴阳师，上知天文下知地理，可与古人齐名，他便是世人皆知的安倍晴明。众传晴明自小就刻苦跟随师父学道，日夜勤奋苦读，潜心钻研阴阳之术。民间流传着很多关于他的故事。

有一天晚上，幼年的晴明跟着师父贺茂忠行一同前往京师南城办事，师父忠行在车上小睡，晴明跟在车旁一路步行。然而等忠行睡熟之后，一群凄厉的恶鬼冒了出来，在前头挡住了车的去路。晴明大惊之余却不慌张，立刻跑到车后叫醒了忠行，忠行一个法术，便将一行人的行踪隐匿起来，躲过了一番劫难。这件事后，晴明就受到了忠行的重视，成为他信赖的弟子，尽得其法术真传。安倍晴明的名字也开始被越来越多的人熟知。

再之后，忠行离世，晴明回到了自己家中居住。某日，一个领着两个十余岁小童的老人敲响了晴明的家门。

"敢问师父法号，又从何处而来？"晴明向那一副僧人打扮的老人问道。

"贫僧听闻先生阴阳之术了得，当代第一，特从播磨国赶来，向先生讨教。"

原来是来故意试探的同道中人，晴明心中了然，看着老僧，心里起了小小的戏弄之心，双手缩进衣袖里结了个印，心中默默念咒，开始作法。

和尚身边的两个小童是他召唤来的值日神，晴明便用法术将他们藏了起来，但表面上还是正常地同老僧交谈着："晴明明白师父的意思了，但是今日实在不巧，抽不出身，还请师父今日先回，过后择吉时再来向晴明学阴阳之术吧，届时晴明一定奉陪。"

老僧见晴明这样回答，便双手合十，道一声"善哉"转身走了。

大概走了半里路，老僧觉察到了异样，又回到晴明的住所前，他朝着晴明屋子里四处查看，寻找着两个小童的身影。

"晴明先生，还请您把方才一道前来的两个小童还给贫僧吧。"在找了好一会儿都不见小童们的踪影之后，那老僧便向晴明低头了。

晴明却还要逗弄那老僧一番，说："晴明不明白师父您说的话了，好好的，我为什么要把您的童子藏起来呢？"

"晴明先生啊，您就不要同贫僧计较了，是贫僧不自量力。"老僧彻底讨饶了，晴明见状，便不再为难对方。

"既然你已知错，那我也就不多为难你了。别人也许看不出，但我晴明可不会被你蒙骗，那两个小童我一看便知是你召来的值日神。用这样的方法来试探我，你也太小看我晴明了。"

晴明一边说着，一边施法，把两个童子变了回来。

老僧见此连连惊叹："要召神从来不是难事，但是像先生这样将他人召出的神藏匿起来的，贫僧还真没见有谁能做到过。先生法力高超果真名不虚传，贫僧着实佩服，今后愿以师礼待先生。"说罢，老僧就手书拜师帖，递了过去。

还有一个故事，发生在遍照寺，当时的遍照寺云集了很多出家为僧的贵族公子。寺中的僧人同晴明闲聊之际，忽然就问起来："晴明，你召出的值日神可不可以将人即刻杀死？"

"此事重大，大庭广众之下本该讳而不言的，"晴明说，"杀生自然非易事，但若有法力，便不再算难事，如果对象再由人换成蛇虫鼠蚁、飞禽走兽，那更简单了。然而，世上没有能死而复生的法术，所以杀生之罪不可轻犯，一旦犯了就没有任何可以将功补过的办法了。"

话音刚落，一群蛤蟆不知从哪儿蹦了出来，往庭院的水池赶去。那些出家的贵公子就提议道："那就杀个蛤蟆看看吧，又不是人。"

晴明无奈地看了看众人，回道："既然你们不怕报应，那我就依你们这一次。"

说完，晴明取来一片叶子，对着叶子念了一阵咒语，随即将叶子朝蛤蟆掷去，蛤蟆一下子就肚皮朝天死了，大家看了莫不惊奇。

关于晴明的奇事还有很多，像用值日神替他做家务，让值日神替他看管房屋等，无所不有。

晴明死后，蒙荫后世，其孙现在还是朝中官位显赫的大臣。晴明的宅邸一代代传给他的后人，据说，至今都有值日神留守在那座宅邸，晴明的孙子还多次听到值日神之间的对话呢。

安倍晴明真是一个传奇般的人物啊。

放生津物语

1

越中有个地方叫放生津町，那里有一片辽阔的草原。草原上植被也不是很多，只是稀稀疏疏地长着一些朴树和松树。附近村的孩子们都爱到草原上来耍。草原中间的老朴树下，有一座很小很小的祠堂。小成什么样呢？癞蛤蟆大小！人们叫它"诹访祠堂"。这座祠堂的屋顶是用茅草做的，经过长年的风吹日晒，这些茅草都腐烂了。除了屋顶破旧外，祠堂的瓦片和木板也都黑黑破破的，看起来特别残败。

那是一个初夏，天特别闷热，没有一丝风。黄昏，五六个小伙伴相约到草原，准备一起到放生湖的小河边捉一些躲在芦苇丛里的小河蟹。他们走着走着就到了草原中央的"诹访祠堂"前，然后玩着打仗游戏。没玩多久，他们就玩累玩腻了，于是大家都往地上一坐。为什么大家都坐在地上呢？因为啊，有个小伙伴准备讲故事啦！故事讲的就是大家比较害怕的鬼火。这个鬼火就出现在神通川的某个山脚下。到底是哪个山脚下呢——安然坊！

故事要从佐佐成政开始讲。佐佐成政有个非常疼爱的小妾叫小百合，但是成政怀疑小百合与自己的侍卫竹泽有奸情。一气之下，成政便把竹泽斩首了，小百合也没有被轻饶。她被佐佐一把拖住头发，一路拖到了神通川。忍受了拖行之后，成政又斩下了小百合的头颅，把头绑在河边的柳树枝上，把身子扔进了小河里。在那之后，人们听说小百合怨气冲天，阴魂不散地变成了鬼火，经常出没于安然坊。成政带军经过神通川，爬过安然坊山后，就莫名其妙地失去了战斗力，一蹶不振。最后，佐佐成政因为一些原因被赐死了。然后这附近就一直流传着"小百合的怨灵杀死佐佐成政"的故事。

"我爷爷曾经在鬼火那儿附近瞧见了一个女人头呢，头发被吊起来了！"

"太可怕了吧！"

"真的是吓人！"

"那里现在还会有鬼火吗？"

"肯定有啊！而且能看到头发竖起来的人头呢，像这样！"

边说，这个讲鬼故事的十四岁左右的少年边作势边把头发竖起来，各种比画，还将脏脏的塌鼻子耸了耸，鼻子里面还有鼻屎呢！

"阿松，你听过关于放生龟的传说吗？"在塌鼻子小朋友右边的小伙伴问。这个小伙伴正调皮地坐在老松树根上。

"你讲的是住在放生湖的那只吧？河道不宽，怎么游都没游出河道的那只。"塌鼻子很是得意地回答道，一副"我什么都晓得"的姿态。

"不是你说的那个！"

坐在老树根上的小伙伴不屑一顾。塌鼻子听后不是很开心。

"你说是哪只放生龟的故事？"

"那是很久远很久远之前的一个夏天，一个人把自己的船荡到了放生湖中。打了个小盹之后，这个人醒来就发现自己在湖里游水，而且变成了鱼。他在心里嘀咕着：'咋就成了鱼呢？'这个时候，身边的其他鱼过来跟他说：'海神驾到，你也赶紧跟着我们过去！'这个人边跟着别的鱼游，一边打量自己，'哦哟，我这是变成了一条大黄鲫鱼哦。'他觉得特别纳闷，想知道究竟发生了什么，为什么会这样。但是他不能说话，没办法，他只能乖乖地跟着游。不一会儿，他们就到了一个巨大宏伟的水中龙宫。海神正端坐在殿中央，两旁整齐划一地站列着一排鱼儿。这个男人跟着大家找了个地方坐下。这时，只见一条大鱼着黑色素袍恭敬地站到了海神的面前。男人问隔壁的鱼：'那只大鱼叫什么？'隔壁的鱼说：'赤兄公！'这时，赤兄公对海神报告道：'亲爱的海神，我想到外面找您，但是我的身体太大，实在从湖口出不来啊！'海神淡然回答道：'我知晓你出不来，才把你委派到这儿的。但是我最近听说，附近有个村民想要挖泥改湖为田，而你竟然想要派乌龟咬死那个村民，是不是有这样的事？真是岂有此理，无法无天了！我要让毒蛇变一堆虱子在你的鳞片下，让你求生不得、求死不能。'

"赤兄公急了，急急忙忙回答道：'亲爱的海神明鉴啊！那个村人挖泥会让湖里的甲鱼兄弟们绝种啊，这是置他们于死地啊。这种情况下，我也没想很多，只有去吓吓那个村民，好让他知难而退。可是谁知那个人一吓就掉水里了，而且还不怎么会游泳，然后就被淹死了！'

"听完赤兄公的话，海神立马问话甲鱼："赤兄公所说是否真实，可有虚假之言？"

"甲鱼诚恳地回答道："海神陛下，赤兄公所言句句属实！而且村里人都说乌龟精害人，说要杀绝乌龟啊！我们要是都逃了，乌龟要怎么办？根本没法活下来，而且栖在城址边的桑树的蛇兄弟也要遭殃啊！村民们还嚷嚷着要烧死蛇呢！吓死我了！听说了这件事后，蛇每天担惊受怕，哭成了泪人啊！亲爱的海神，您一定要为我们做主啊！只有陛下您才能保我族和蛇的平安啊！'

"海神思索了下，答复道：'那就传话村民，让他们建一座宫殿在湖中央，供乌龟和它的子子孙孙住在里面。今天不正好有个村民变成了鱼吗？让他恢复成人，去告诉村民们。'说罢，海神摆驾回宫了。

"听罢，这个变成了鱼的男人急忙问：'请问我要怎么做才能恢复成人？'

"一条鱼回答道：'如果你被人钓上钩或者被渔网捞到，然后被做成菜，你就能变回去。'

"了解到这些后，他就游来游去寻找鱼钩，可是并没有人来湖里钓鱼。于是他就改变策略，去找渔网，可是湖里又没有人打鱼。一段时间后，村里有人想，如果我们好好祭拜乌龟，乌龟会不会就不吃人了！

"不多久，为了祭拜乌龟，人们就在湖中间建起了一座宫殿。那个变成鱼的人每天都盼望着被人捉住。很久很久很久以后，两个金泽的游客终于来撒网了。一个撒网撒得特别有技巧，网撒在了前面，鲫鱼没法儿进网。另一个笨拙点，把网撒在了小船的正下方，鲫鱼高兴地钻进了渔网，于是他就被网了上来，被人宰杀之后，烹饪成了菜。鱼被杀后，他就变回了人身。恢复之后，他发现，自己还是在当初的小船上。这时，湖中的宫殿已经建好，也没有让他传话的必要了，而且说了之后也没人相信他的经历。"

骑坐在树根上的小朋友讲完了放生龟的故事。塌鼻子听得入了迷。

"现在坐落在岛上的宫殿是不是你说的为乌龟建的那座？"

"对啊！"骑坐在树根上的小朋友得意地笑了。

"好有趣啊，人会变成大黄鲫鱼。"

"那个赤兄公是什么来历啊？"

"城址的那条蛇到底长什么样子？"

小伙伴们你一句我一句叽叽喳喳地讨论开了。看到这个状况，骑坐在树根上的小伙伴得意地大笑。

"你干吗笑啊？"塌鼻子孩子觉得莫名其妙。

"我笑那些故事都是编的啊！一个学者瞎编的！以前我伯父告诉我的。"

"啥？编的？那都是假的啊！"

塌鼻子小朋友和其他小伙伴都哈哈大笑。笑罢，突然有个人喊道："快看快看，江户的那个小子过来了！"

塌鼻子回过头满脸诡计地说道："嘿嘿，我们耍他一下吧！你们谁过去叫他过来？"

骑坐在树根上的小伙伴说道："我以前见过，认识他，你们喊他吧！"

草原边上搭了两三座茅草做的屋子，一个十岁左右的小男孩站在茅草屋前。

他长得白白的。一个小伙伴过去说了几句就把这个小男孩"拐"过来了。

其他小伙伴都好奇地站了起来。

骑坐在树根上的那个孩子也跳下来了，拦住他们。

"你叫啥？"

长得白皙的小孩子答道："源吉。"

"源吉你好啊！以后你就加入我们，做我们的小伙伴。我告诉你个好玩的事情。"骑坐在树根上的小孩子指了指草原上的祠堂。"你到那边去，坐在地上，然后念：'诹访神，诹访神，陪我玩吧。'诹访神他特别喜欢小朋友，他肯定会一起玩的。你们说对不对啊？"

其他孩子连忙应道："对啊对啊！"

"是的！"

"嗯嗯，没错！"

源吉很害羞，很腼腆，低头问道："那诹访神它长什么样子啊？"

"哦……大神它是条白蛇！"

"啊，白蛇？"

源吉觉得特别惊奇，看向说话的孩子。

"对啊，大神是条白蛇。不过大神是神仙，不要害怕。"

"哦哦。"

"你快去试试吧。"

源吉听后转了转眼珠，应了一声。看了那个孩子一眼，源吉就径直朝祠堂走去。阳光透过朴树洒了下来，照在了祠堂上。源吉虔诚地坐在了祠堂前。这边树根上的孩子和塌鼻子一脸奸计得逞的样子，越看越觉得有趣。

"快说话啊！"

骑坐在树根上的孩子一催，源吉只好唯唯诺诺地说了："诹访神大人，诹访神大人，陪我一块儿玩吧。"

源吉特别虔诚。其他小伙伴看到后乐不可支。骑坐在树根上的孩子于是摆手示意，暗示大家不要笑得太大声。

"诹访神大人，诹访神大人，陪我一块儿玩吧。"

源吉重复着一遍又一遍。骑坐在树根上的孩子看到源吉这么专心，便抬手给大家暗示，让孩子们跟他一起悄悄踮着脚尖偷偷跑掉。接到暗示，塌鼻子小童和其他小伙伴立即跟上，边跑还听到源吉虔诚的声音。

2

源吉全神贯注地喊着"诹访神"，没注意周围的情况。过了好一会儿，源吉终于发现了周围特别安静。他回头一瞧，其他小孩子都不见了。于是，源吉就站了起来。

"源吉啊，搞了半天你在这儿玩啊！害爷爷都找不到你……"只见一个身着短裤衬衫的瘦削老人开心地喊着。这位老人家长得有点像"老翁面具"。这位老人不是别人，是源吉的爷爷为作。

"爷爷！爷爷！"

"你到处乱跑，爷爷都找不到。爷爷正要叫你回家吃饭呢。你妈妈还在外面帮人家做事，我要是不好好看着你，怎么向她交代呢？来来来，跟爷爷吃饭去。"

"爷爷，你说诹访神它喜欢我这种小孩子吗？"

"诹访神啊……我想啊，它应该很喜欢小孩子，特别是我们源吉这样的乖巧懂事的小孩子。"

"爷爷，那它会显灵吗，就算化成白蛇的样子。"

"这个爷爷也不是很清楚，我觉得只要虔诚，肯定能看到诹访神的。"

"有人告诉我，诹访神会化成白蛇和小孩子玩耍呢。"

"谁告诉你的啊？"

"就是刚刚在这边玩的小孩子说的。"

"哦，那样啊，搞不好真有这回事。爷爷觉得啊，你如果乖乖的，诹访神兴许会见你。现在啊，你就跟着爷爷一起回家去！"

"好的，爷爷！"

源吉在前头走着，爷爷为作跟着。源吉是爷爷的心肝宝贝。为作的儿子子承父业，也是木匠手艺人。之前他被召集到江户做工，为本藩江户改建宅子。工程完结后，他留在了江户，操练手艺。没多久，他就跟吉原的一个妓女成家了，之后两人还有了孩子。作为爷爷，为作一直想去江户看看他们一家子，但是总有一些原因去不了。不想到了去年的年底，为作的儿子因为感冒病情严重，最后恶化过世了。之后儿媳妇没了依靠，于是从未见过的儿媳妇，带着自己的儿子，拿着丈夫的灵位，忍着严寒冒着大雪来投靠为作。唉！谁又能料到自己的儿子忽然就出了状况，再也回不来了……白发人送黑发人，为作悲痛万分。但是让他感到欣慰的是，自己的儿媳妇特别懂事，孙子也十分乖巧可爱。

"爷爷，爷爷，您说我要怎样才能被诹访神召见呢？"

两人已经穿过了草原，正在麦田之间走着。

"源吉每天去祭拜下诹访神，或许它会显灵让你见到啦！"

"哦……"

穿过麦田旁的一片芦苇地就能看到为作的家了。为作的房子虽然小，但是不是随意搭建的，该讲究的地方都有讲究到。比如说房子的地板挺高，房子还有防雨窗。回到家后，源吉被爷爷安排坐在地炉边。地炉上钩挂着一口大锅，为作在锅里盛了饭给源吉，然后自己倒了一杯酒在旁边喝。风吹过来，地炉的火也跟着舞动，把为作爷爷的苍老脸庞照得清晰可见。

"小孩子要好好吃饭，饭吃得多就长得高、长得快。等你长大了，想做什么呢？"

"我想当武士，爷爷！"

"哇，我们源吉想当武士呀！要是你梦想成真，到时候你就有俸禄了，我们就能过上比现在好的生活了！但是，源吉你知道吗，武士要是犯了错，必须切腹自尽呢。你会不会害怕，还敢不敢？"

"切腹而已嘛，我不怕，敢！"

"呀，我们源吉真了不起。做人就应该这样，有决心！只要有决心，不管你想做什么，都能做成，比如武士、学者、神官还有和尚。说到神官……你娘的东家牧野老爷就是个神官。因为你娘做事勤快，人也机灵，牧野老爷挺关照她的。"

"我娘要几点回来啊？"

"快了快了，不要急。等她给牧野大人做完晚饭，收拾好就会回家了。牧野老爷可了不起了，不过爷爷现在跟你说你也听不明白。"

源吉刚吃完饭就听到屋外有脚步声。

"晚上好啊！"

"晚上好啊！"

为作端着酒杯，看着走廊。外面有两个男人，一个三十多岁，一个四十多岁。

为作冷漠地看着两人说道："哟，阿秀和金次啊，有事吗？"

四十多的人叫作阿秀，他略显尴尬，笑了笑，说："没什么事，就是有事找您商量。"

"哦，是吗？不影响我做别的事的话，我们就聊聊。"

两人交头接耳，偷偷说了几句就进了屋子坐下。这下金次说话了。

"大爷，最近忙吗，活儿多不多？"

"活儿？活儿还是有的，不做根本没饭吃。但是到了我这种年纪，别人只是让我打杂。"

"大爷，我家最近要建个仓库，您要不要来？"

"有闲钱当然可以。你为什么不去请喜六和善八？他俩手艺不错啊。"

"您是老师傅，我想请您。"

"可是可以哦，但是我一把年纪，谁能保证我能做到什么时候，万一哪天断气了怎么办？我不敢做这种重要的活儿了。"

"咦？嫂子怎么还没回来？就您和源吉在。"阿秀假装随意地问。

"她是去工作又不是玩，哪里自由到想回来就回来？"

"嗯嗯，对……"

两人实在谈不下去了，阿秀也找不到话说，于是他俩就回去了。"呸！"为作鄙夷地说道，"你们这群狗杂种，不要想着调戏我家儿媳妇！天天跟苍蝇一样来我家，太不像话了……"

源吉趴着，觉得特别困。

"你妈妈要回来了，等她回来你再睡。"

为作盛了饭正准备吃，听到一声女子的惨叫，就在不远处。于是为作立马扔下碗筷。

"嗯？"为作全神贯注地听着，忽然又听到了第二声，"我天，这是我儿媳妇的叫声！狗娘养的……王八蛋……源吉！你在家好好待着，不要出来啊！"

交代完，为作立马拿起自己的拐杖，冲了出去。源吉吓到了，焦急地在屋里转来转去。

3

今夜月亮很大，照亮了小路。只见一个彪形大汉虎背熊腰，腰间还别着一把锐利的短刀，他一把揪住了为作儿媳妇阿胜的裤腰带。阿胜做完工出来，看今晚月色不错，就想着抄近路回家。不想，有如此歹人躲在松树后，并且突然跳出来。

虽然阿胜以前是待在吉原比较低等的妓院，但是她也是有社会经历的人。本来觉得自己应该有方法对付这种暴徒的，先安抚再逃跑嘛。可是这人完全不听使唤，满脸横肉，凶相毕露，使劲拽着她的裤腰带，不让她逃跑。

阿胜这下急得没有办法了。要是被她拉回去，本来女性力气小不占优势，只要那歹人死扣着她的肩膀，那就别想逃跑了。阿胜使劲挣扎，使劲挣扎，突然，腰带就被挣扎散了。歹人手里只抓到了一根黑软缎做的腰带。突然失力，阿胜没站稳，只见她在地上转了几圈，重心不稳地跪在了地上，正好离歹人两三尺远。为了防止歹人再次袭来，阿胜伸出靠近歹人的那只手拦住他，另一只手为了保持平衡撑在了地上。她气喘吁吁，白皙的鹅蛋脸急得通红。歹人暴躁地把腰带往地上一甩，又逼近她。

"畜生王八蛋，你在干什么！"

突然的大吓和一根拐杖吓了歹人一跳，他下意识地往后缩。

"你个地下浪人！你拦着我儿媳妇做什么鬼！"

原来这个虎背熊腰的大汉，是这村子里的书法先生林田与右卫门。

林田满脸凶相地瞪着半路杀出来的老人。没错，这个人就是为作，阿胜的公公，长得像老翁面具的那位老人。

"我要跟她商量事情，你别在这儿碍手碍脚的，否则别怪我不客气！"

"呵，你还有脸说！这是我该说的话！你这不要脸的别对我儿媳妇打鬼主意！太不像话了！"

为作对着林田又是一拐杖。林田躲闪了，不过他一把抓住了拐杖，并夺过来。就在林田以为自己占上风的时候，他突然看到了一只紫色的大蟹钳，看上去非常锋利，像两把磨得发亮的柴刀，很是吓人。林田被吓到连忙扔了拐杖使劲往后退。可是蟹钳还是跟着他！

"嗷！"林田吃痛地叫了一声，双手捂住眼睛，一溜烟地逃跑了。

歹人终于跑了，惊魂未定的阿胜和为作终于能舒一口气了，安心回家了。

"对了，那歹人刚刚怎么突然就逃走了……"

"对啊，我看他捂住眼睛跑的，不知道发生了什么……"

"十有八九是被拐杖戳到了眼睛。"

"是这样吗？"

"那当然，这种人肯定是遭到报应了。"

4

翌日早晨，为作觉得儿媳妇晚上下班一个人回家太不安全了，他对儿媳妇说，等她下班，他会去接她。送完儿媳妇，为作就开始了一天的工作，边给别人造防雨窗，边照看源吉。

　　为作铺了一张席子在院中树荫处，在席子上做起了活儿。源吉在院子里跑来跑去的，自己玩自己的，有时候还跑过来瞧瞧爷爷在做什么。

　　不知不觉一天就要过完了，太阳下山，为作放下手边的活儿，给全家准备晚餐。"爷爷！爷爷！"为作听到院子里传来源吉的声音。"源吉你个小猴子，去哪儿玩了呀？爷爷还准备出去找你哩！"为作坐在地炉边回答说。

　　"我去找诹访神玩了。爷爷，您知道吗？今天诹访神现身了！"

　　"啊？啥？诹访神现身？"

　　"对啊，我今天过去祠堂，跪在那念了好几遍'诹访神大人，诹访神大人，陪我一块儿玩吧'，然后大神就出现了。"

　　为作想，源吉怎么了，怎么净在说胡话？可是源吉稚嫩的脸庞上显出的是一脸的认真，为作于是停了下来，没有再搅拌汤水。

　　"那你告诉爷爷，出现了什么？"

　　"诹访大神呀！"

　　"那诹访大神长什么样？"

　　"白色的蛇啊！"

　　"那白蛇是从哪里出现的？"

　　"是这样，我念完'诹访神大人，诹访神大人，陪我一块儿玩吧'，诹访神就从石头里钻出来了。"

　　"然后呢？"

　　"最开始我还很害怕呢，不敢靠近，可是它没有追我。我看它一下躺着，一下盘着盘成圈，我就觉得不害怕了。我说'诹访神，盘成圈圈吧'，它就盘成圈圈了。然后我又对大神说'诹访神，你快爬过来啊'，大神它就爬了过来。"

　　"源吉，你说的……说的……说的是真的？"为作被吓到了，急忙爬到了套廊，"真的？"

"嗯嗯，是真的呢，后面我跟大神说：'诹访神，你叫些螃蟹过来跟我一起玩吧。'于是它就带了好多螃蟹来了。"

"我的天，真的啊，是真的的话，真的是造孽啊！会遭天谴的……走，我们快去赔礼道歉……"

为作此时已经忘了要做晚饭。他赶紧到了院子里，在木桶里把手洗干净，又带了两块木片，拿了盐和米。

"源吉，快过来，跟爷爷去给诹访神道歉！"

"我们又去啊？"

"我们必须去赔礼道歉，不然会遭天谴啊！"

"哦哦……"

为作带着源吉，匆匆忙忙地往草原中央赶。为作走在前头，源吉小步跟着。天渐渐暗了。麦子还没熟，但是已经抽穗了。爷孙俩一前一后地走着，穿过麦田就到了草原。草原上已经很暗了。

没过多久，爷孙俩摸黑就到了诹访神的祠堂前，站在了老朴树下。月亮终于爬上来了，照亮了草原。为作敬畏神明，不敢冒冒失失地走到祠堂前。他在离祠堂大概两间远的地上坐下，恭恭敬敬地将带过来的米和盐放在木片上摆好，一个大拜，整个身体趴在地上说道："今天白天，小人的不懂事的孙子在此冒犯了您，小的真的不知道该如何做才能求得大神原谅……望大神您大人不计小人过，小的的孙子童言无忌，并无恶意。但是他终究是做错了，做错了就该道歉……请大神一定要看在他的父亲刚过世的份儿上，饶了他，求求您放过我孙子……小的在这给您赔不是，给您磕头……"

为作微微抬起头看了看源吉，说道："源吉快，过来给大神赔罪！"

源吉不懂爷爷为什么一定要这样，回道："爷爷，诹访神大人真的没有生气！您要是不相信，我叫大神出来，问问它不就知道了吗？"

"你这个……这个……傻孩子……"为作双手合十连忙打断了源吉说话，"我们不能触犯神灵，虽然你小，童言无忌，但是这是要遭天谴的啊，遭天谴的啊，大神要是生气了，你就遭难了……"

"但是诹访神大人听我的呢！"源吉才不信爷爷说的，双手合十念道，"诹访神大人，诹访神大人，快现身吧！"

"你这兔崽子，不听爷爷的，爷爷这样跟你说，怎么还是不听呢！"为作没办法，只能恭恭敬敬地趴在地上，连忙致歉："诹访神大人在上，小孩子不懂事，请您一定要原谅他啊！"

但是，为作听到了源吉此刻正高兴地跳着喊着。

"爷爷你快看啊，诹访神大人出现了！诹访神大人出现了！"

"啥？"为作都顾不上赔礼道歉了，抬起头瞧了瞧……

"爷爷，你快看啊，诹访神大人到我这边来了。"

为作仔细瞧了瞧，可是就是没看到。

"爷爷，您看啊，诹访神大人就是那条特别漂亮的蛇！好漂亮！"源吉指着前面。

为作又环顾了四周看了看，除了朴树、祠堂、地上的青草，他看不见别的啊。

"爷爷没有看到，但是……看不到也不能乱来……"为作不知道该怎么办，没办法只能再次匍匐在地上，"小的万分感谢诹访神大人陪孙子玩，感谢您，大人……"

"爷爷您是不是没把眼睛擦干净，是不是有眼屎，快去擦把脸，这样您就能看到诹访神大人了！"

为作不敢抬起头看。

"造孽，造大孽啊！诹访神大人，您定要处罚的话就罚我吧，大神大神，你归位吧，请大神您归位……源吉！不要再叫大神了，快快让大神归天！罪过罪过……"

"爷爷，您看啊，诹访神大人盘成圈圈了！"

"罪过罪过，你别叫大神了，别冒犯它……"

"诹访神大人，我爷爷无法看见您，不如您再抓点螃蟹过来吧！"

"兔崽子，你胆子大了……爷爷告诉你你不听！你不要再要求大神了……大神大人！您千万不要听我孙子的……"

"爷爷，您看螃蟹来了，诹访神大人把它们都召唤过来了。"

"罪孽啊……兔崽子，叫你别说……"

"爷爷爷爷，螃蟹出来了，出来，快看，哇，好多螃蟹呀！"

"罪孽深重啊，罪孽深重啊……不要再说了，真的得罪神大人了啊……"

为作偷偷抬起头，用余光看到好多有着紫色钳子的螃蟹向他爬过来。为作真的是吓傻了，立马匍匐在地。

"罪过啊……大神，如果您要降罪，就惩罚我吧，别罚我那孙儿，罪孽深重啊……"

有个人突然出现了，打断了正在祈祷的为作。

"这糟老头子鬼鬼祟祟的，我早就觉得他有问题了，原来是跑到这破祠堂来拜洋神！这条老狗！"

为作抬起头，只见林田带着两个帮手过来了。对，就是昨天晚上拦着阿胜的林田。这阵仗，看是来报仇的。

"洋神肯定是江户来的小婊子带过来的。昨天还整伤了我的眼睛，肯定是这破神仙的钳子！"

为作觉得处理林田的事是小，现在最紧要的是给诹访神大人道歉啊！他虔诚地匍匐在地上，继续道歉："诹访神大人，您一定不要跟我们计较，归天吧……"

"呵，诹访神大人？在哪儿啊？你还说什么显灵，就是鬼扯！现在最神神叨叨的就算洋教了。我还以为信洋教的人很少了，也不会再出现这种鬼事了，嘿！这糟老头又拜起了洋神！"

"罪过罪过！我拜诹访神大人！你个邪魔歪道肯定看不见，我孙子瞧见大神了！你再敢对大神不敬，小心大神惩罚你！罪过罪过……"

林田身边的一个帮手不屑地说："哈哈，这鸟窝一样的祠堂，还有什么鬼神仙！"

源吉一脸的童真，指了指前面的祠堂，说道："诹访神大人就在那儿，它带了好多螃蟹过来了。"

"小鬼，你睡多了吧！大神在哪儿呢？"

林田大喝一声，往前跨了一步。

"在那边呢，盘着圈圈呢。"源吉抬起手指了指不远的地方说道。

"你是傻子吧，我都没看到，地上就几根草。"

"要是真有什么白蛇，老子一脚踩死它！"

林田往前走，还使劲踩了踩源吉指的地方。

"诹访神大人正在往你的脚上爬。"源吉说。

刚说完，林田便吃痛地一叫，他好像被一种无形的力量弄翻了，而且还从为作前面滚了过去……

5

阿胜将昨天晚上的经历告诉了她的东家牧野的老爷。牧野的老爷叫治左卫门，是一个不错的人。他陪着阿胜走着，听着阿胜说她的经历，并被告知她公公晚上要来接她。治左卫门见如此，还是执意要送她："今晚月色怡人，我送送你吧。"阿胜没得办法，只好同意了。

两人走在人烟较少的一条小路上。治左卫门小心翼翼地试探性地说出了阿胜从没有想过的一句话。

"阿胜，其实我今天要送你，主要是因为我有话要同你讲……"

"啊？"

"我，我想照顾你和源吉……就如你所了解到的，我外子过世三年了。周围的亲戚朋友们都劝我再娶，但是我怕娶了之后，后妈对孩子不好，于是一直没做考虑……但是，自从认识你，我就考虑到了你……"

听后阿胜有点不知所措，有点发愁。

"我一定会好好对待你和你儿子的。为作老人我也会照顾好的，我会对你们负责的。"

"呃……"

"我是神官，平时都侍奉神明，我不打诳语。"

"额……妾身真的是受宠若惊，您的一番好意我心领了，不过这是大事，我一个人做不了主，而且我是个卑微出身低贱之人……"

"我才不管你的出身。我知道你的过去，我不在乎。一个人只要心思纯净，那他的灵魂肯定也是。让我好好照顾你和你的家人吧！"

"老爷，您的一番好意我心领了，但是妾身的丈夫去世不到一年，妾身真的还没想过这种问题……"

"我知晓你的想法，我也清楚现在可能还不是合适的时候，但是我怕，我怕你再有昨天类似的遭遇，我也怕你爱上别人，到时候我就一点希望都没了……"

"感谢老爷的不嫌弃……"

两人已经走到了分岔口，这小路的分岔口往右就是有诹访祠堂的草原。为了避免别人说闲话，不得不抄近路选择草原这条路。月影横斜，松树和朴树下都形成了一片阴影。

"阿胜，答应我吧，你能答应吗？"

"这……"

阿胜不知道如何面对这突如其来的表白，如何回答。她皱着眉，愁得不知怎么办。突然她听见不远处有人声，很是嘈杂。

"有事？"

治左卫门实在没办法继续问下去。本来为了避免说闲话，治左卫门就不敢跟她同时出现，但是这种时候他又不能抛下阿胜，于是他也跟上前去。

上去只看到为作老人和源吉都立在祠堂前。林田躺在了草地上，动都没动一下。这时的林田已经死了。林田找的两个帮忙的打手还想扶起林田……

6

林田这个地下浪人因为触犯了诹访神大人，被大人赐死了——这个传闻在周围村子都传开了。村民们也对诹访大神更加敬畏。村民们商量着决定，改造下诹访神的祠堂，给它建一座高大体面的宫殿。有个村人说，诹访神大人特别喜欢源吉小朋友，也特别关照他，这建宫殿的大事交给为作老人做最好。这样，为作老人就成了建造大殿的工头。

建宫殿的时候，源吉经常跑过去跟大神玩。

到了年底，宫殿竣工了。村民们商量着要办一场隆重的迁址盛典。由治左卫门担任主神官——因为他最开始就是这件事的参与者。

迁址盛典的当天，治左卫门走到宫殿正门，面对着祭坛端坐，为作老人和源吉被安排坐在这位神官身后。村里大部分人都来了，特别是那种有点小威望的人。

已到吉时，治左卫门开始唱着祝词。但是他断了祝词，没了声音。村民们不知道怎么回事。源吉喊着："诹访神大人跑到神官大人脖子上去了！"

大家被吓得不敢说话。这时，治左卫门回头转身对大家说道："诹访神大人对我不是很满意，因为我的内心和灵魂不够干净纯洁。我想，从今天起，诹访神社就由源吉担任神主吧，我会退位辅佐他。"

于是，治左卫门褪下神衣，给源吉穿上，让源吉端坐在祭坛前面。

自那以后，我们的源吉神官还是经常会去大殿找诹访神大人玩耍。村民们每次都能看到源吉周围出现一队队青蛙和小河蟹。

好色的猿猴

  故事发生在正平时候，当时南朝的首都就在吉野山的山门处。当时南帝有一名臣子，名叫吉田宗房。吉田是南帝的中纳言，他有一个十分美丽的养女，名叫明子，是吉田妻子的侄女。

  这一天正值初秋，天气凉爽，吉田家的明子前往初濑神社去拜神，一路上坐着轿子，在女仆和护卫的护送下前行。

  走回吉野山的时候，太阳已经西斜，一行人不由得加快了脚步。忽然间，天上飘来了一朵小乌云，不知怎的，这乌云越变越大，渐渐笼罩了整片天空。抬轿子的轿夫眼看大雨将至，不由得快步前行，风渐起，红叶片片吹落。

  只是一刹那的工夫，吉野山中一下子昏暗起来，冰冷的狂风肆意地吹着，大雨即将倾盆。此时的轿子已经到了吉野山的山腰，天黑得什么都看不见，随行的女仆不由自主地发着抖，从未见过这样可怕的天气。

  一道淡红的雷从天而降，一团白花花的烟雾一点点靠近明子的轿子。轿夫们惊恐地看着烟雾，赶紧停下了脚步。

  "啊——"轿子里的明子惨叫起来，此时天空中又冒出了一道淡红的雷火。随行的护卫立刻拔出了佩刀准备保护明子。就在这时，轿子的帘布被妖风刮得一下子碎成好几块，明子像是被什么拽着一般飞出了轿子，瞬间消失在白色的烟雾之中。

　　随行的女仆早就四肢发软瘫倒在地，抬轿的轿夫吓得丢下轿子拔腿就跑。三名随行的护卫立刻冲向了白色的烟雾，但是这烟雾十分诡异，似乎充满了极大的力量，一下子就把其中一名护卫的佩刀折断了，而另一个护卫的佩刀也一下子就被拧得像麻花一般。这两名护卫一下子就被烟雾打得昏迷在地。这诡异的白色烟雾又爆出一阵淡红的雷火，然后快速地缩了回去，模模糊糊能看见一个影子——一个妖魔！之间白色的烟雾中，明子小姐的青色的衣裳在白色的烟雾中渐渐消失。

　　护卫光成见自己的两个同伴都被击晕而明子小姐又被烟雾掳走，立刻举起佩刀向白色的烟雾砍去。此时白色的烟雾又一次发出了一道淡红的雷火，光成一眼就看见了妖魔的大嘴。妖魔快速地变成了烟雾的模样想要逃跑，光成立刻追了上去。忽然，一块石头飞了过来，一下子打中了他的脑袋，光成眼前一黑晕倒在地。

　　没过多久，逃跑的轿夫搬到了救兵，是在吉野山守卫的护卫们。护卫们的到来救助了昏迷的护卫及女仆。

　　光成这会儿才悠悠地清醒过来，他努力想要坐起来。赶来的护卫见光成满脸血污，便想把他扶起来搀回去。

　　"不要紧，我自己可以走。"光成咬紧牙关站起身，四处张望着寻找妖魔的痕迹。此刻赶来的护卫纷纷在林中寻找着明子小姐。

　　"明子小姐去哪里了？"赶来的将领问道。

　　光成抬起头回答道："我们刚走到这一带，突然狂风闪电大作，妖怪化作白色的烟雾把轿子的帘子都撕碎了，一下子就把明子小姐给卷走了。"

　　"你的脸上怎么全是血？"

　　"我本想冲上去击杀那妖魔，却被他施法扔来的石块砸中了。"光成说完立刻站了起来，"我这就去搜寻明子小姐的下落！请代我告诉大人！"

　　说完，光成便将自己掉落的佩刀捡了起来，沉默不语地下了山。

　　光成来自室生，离开吉野山的他回到了自己的老家，准备好干粮便再一次去了吉野山，这一次他深入山中寻找妖魔的踪迹。

光成在吉野山的深处游荡着，不断地翻山越岭，虽然遇到许许多多危险，却始终没有退缩。他立志要将明子小姐找回来。吉田夫人把明子小姐当成自己的亲生女儿，这一次明子小姐被妖魔掳走，吉田夫人悲痛欲绝。光成一想到可怜的吉田夫人泪流不止的样子不由得愤怒起来。一定要把这个可恶的妖魔杀死，将明子小姐带回去！

日子一天天过去，距离明子小姐失踪已经过去了整整二十天，光成也已经到了大台原山附近，快要接近伊势了。光成在大台原山脚下的草丛中睡了一晚，现在已是深秋，光成准备的干粮也快要吃尽了。早晨醒来，光成吃了一些干粮，喝了一些清泉，便向着太阳的方向继续出发。此处的山中有一些樵夫、采药师反复行走的小路，依稀能看出路的模样。

这天午后，光成走到了一座巨大的瀑布面前，这瀑布十分壮观，两侧都是红彤彤的枫叶。小路在瀑布前结束了，看不出其他路径。

光成慢慢靠近瀑布，然后走到了瀑布的下面。瀑布下的水池中有一个巨大的水池，上面分布着一些石块。光成踩在石块上继续前进。慢慢地，他发现了另一条小路，于是就继续走，直到越过一座小山。

这座小山的后面是一个山谷，光成沿着山谷一直走，在高大的树丛中有一块巨大的岩石，而那块巨大的岩石之上竟然是一座古庙。"没想到此处竟然有庙宇，不如进去先问一问，这山中的妖魔巢穴在什么地方。"光成这么想着，径直朝着古庙走去。

走了一会儿，山谷中的树丛变得稀稀疏疏，连脚下的荆棘丛都稀疏了许多。绕过了这块巨大的岩石，光成便看见了古庙的大门，十分破烂，似乎没有人居住。光成正在犹豫着要不要上前去问，忽然听到古庙中传来美妙的琴声。

光成心里疑惑起来，难不成这庙里的和尚还找了美女弹琴作乐？不过这座古庙确实是人迹罕至，要隐居在此处，倒也十分享受。

光成走进古庙中，左边有一间小小的屋子，似乎是厨房。光成慢慢往小屋走，一股子油味儿就飘了过来。院子里满是各种废弃的杂物，坍圮的佛像，破败的纸门，还有损坏了的桌椅，破烂的木箱子。

刚走到小屋的门口，光成就听见了女子说话的声音。光成怕惊吓到她们，便轻手轻脚地走了过去。

这小屋原来是个厨房，此时正有三名美女正在做菜，其中一个正在处理着鲜红的肉，还有一个弯着腰在生火，另一个正在烹煮肉块。那个切着肉的美女瞥见了一旁的光成。看见光成的第一眼，美女显得十分惊讶，但是很快她便恍然大悟的模样。她放下手中切肉的刀，向光成招着手。光成心中觉得古怪，但还是走了过去。

此时，古庙内的琴声依旧连绵不绝，从声音听来，这弹着琴的人应该在古庙的大殿里。此时，另外两个做饭的美女也看见了光成。

"你从什么地方来的？"切肉的美女小声地问道。

"我从山下来的，想来拜神的……"

"哎呀，你是走错路了吧，这庙里有一个可怕的妖魔啊，就算力气再大的勇士都会被他杀死的……我们全都是被他抓过来的。他每天都让我们取悦他，要是他哪天生了气，那可就小命不保了……你趁现在快点离开吧！"

光成顿时激动起来，自己总算是找到妖魔的巢穴了！

"不知道姑娘知不知道，二十来天以前，有个姑娘被抓来？"

"知道啊！是一个绝色美女，好像是京城来的。"

"嗯，她的眼睛好比天上的星星，美丽极了！"

"她还告诉我们她是中纳言吉田大人的女儿呢。"

光成确定明子小姐就是在这古庙里，连忙说道："对对，我就是来找吉田大人的掌上明珠的！小姐她现在在哪儿里？让我见一见她吧！"

"这……那位小姐昨天开始就一直身体不适，在内屋躺着休息，我们不敢带你去见她啊。要是被妖魔发现了，他一定会杀了你的。我看你还是回家去吧……那位小姐，你肯定救不了啊。"

"我不怕死！那一天我原本保护小姐去拜神，可是那妖魔却把小姐给抓走了！我只想把我家小姐救回去！请问，这妖魔长什么样子？"

"嗯，他看起来就像是一个手无缚鸡之力的年轻和尚，但他有法术，会飞上天。但凡是他看中的，不管是美人还是美食都能弄到手。他虽然平日里对我们十分好，但是一旦有人惹他生气或者是有人生了病什么的，他就会让她们渐渐消失……而且他力大无比，就算是有几百个勇士一起上，都制服不了他。我也知道你一心想要把你家小姐救回去，但是你是没有办法击败他的。我劝你不要再留在这里了……要知道我们也想要回家去啊，家里的亲人还在等着我们呢……"

"这妖魔有什么弱点吗？"

"藤枝姐姐……"正在烹煮肉块的美女走到了切肉的美女身边，靠在她耳边轻声说了点什么。

光成看着自己腰间的佩刀，叹着气。此时大殿中的琴声依旧悠扬。

两个美女说完了悄悄话，切肉的那位立刻让光成凑近一些，"你要是真的不怕死，我们就帮你除掉这个妖魔。我们把那个妖魔灌醉，再用我们的腰带把他的手脚全都捆住，以前这样的时候，他就会用力把腰带挣脱表演给我们看。要是你不怕死敢杀掉他，我们就在腰带里放上麻绳，这样他就没有办法一下子挣脱了。你再下手杀了他就行了。"

光成听到这个主意立刻兴奋起来，连忙说道："请诸位助我一臂之力！"

"好，那你就先躲在这厨房里吧，就躲在这地板下面吧。虽然很憋闷，你是千万不要出来，一定要等我们来喊你，你再从地板下面钻出来。不要担心，每天天黑了，我就会过来给你送饭。这地方是厨房，总是飘着肉的香气，那个妖魔是不会发现你藏在这里的。但是你要是出了这个厨房，那么这个妖魔说不定就会闻到你的气味了。真要发生了这样的事，那我们也没有办法救你了。"

"明白了，我一定会安静地躲在这地板下的，让我躲多久都可以。"

"嗯，快去躲起来吧。"

光成把腰间的佩刀取了下来抓在手里，然后猫着腰藏身在厨房的地板下面。

太阳西斜的时候，古庙的庭院里飘过来了一大朵白色的云彩。一转眼，这朵白云就变成了一个细皮嫩肉的和尚模样。和尚踱着方步走到院子中，轻轻咳嗽了一声，马上就有十多个绝色佳丽从屋中匆忙地走了出来。

和尚看见美女们出来，立刻眉开眼笑起来，审视着一个个妆扮一新的美人。很快他就在佳丽们的簇拥下慢慢走到了古庙的大殿里面。此时的大殿里面已经点上了油灯，佳丽们端上了煮好的肉。

和尚咧着嘴开心地坐在装满肉块的大碗之前，左边右边全是佳丽，面前也是佳丽陪他坐着。一位佳丽为和尚倒了满满一杯美酒，和尚一饮而尽，脸色立刻红了起来，褐色的眼睛在佳丽之间流连。

佳丽们在和尚的身旁搔首弄姿，笑着讨好他，和尚一边吃着肉，一边享受着佳丽的殷勤。有的佳丽在他的怀中娇笑，还有佳丽在一旁翩翩起舞，还有人弹奏着琴，有人和着琴声唱起了小曲儿。

和尚的笑声在大殿里回荡着，倒酒的佳丽一杯又一杯地给他倒满，不给他一点点休息的时间。过了片刻，和尚从佳丽中选了一个，搂着走了出去。其他的佳丽早就习惯了，因为每晚和尚都会带一个佳丽出去。大家见和尚离开了大殿，欢笑声、唱歌声顿时戛然而止。

过了一会儿，和尚又带着那位佳丽回到了大殿中，佳丽们再次娇笑歌舞起来。和尚则继续喝着酒，大口地吃着肉。两位佳丽在大殿中舞蹈起来，翩若惊鸿，婉若游龙。和尚喝着酒，色眯眯地盯着跳舞的佳丽。跳完一曲，和尚又选了一个佳丽待在自己的身边，把她靠在自己的膝盖上揉捏了一番，便带着她走了出去。

大殿中又一次沉默无语。和尚笑着回到大殿中，佳丽们又一次欢笑起来。有人弹琴，还有人取出玉箫吹奏起来，和尚这一次选中了吹箫的佳丽，把她带了出去。再次回到大殿中的时候，和尚满脸笑意地发号施令，把自己的手伸在空中，佳丽们立刻解开自己的腰带，将和尚的手和脚都捆起来。和尚乐不可支，任由她们把自己捆绑起来。

光成老老实实地在厨房的地板下待着，每天晚上，都有人给他送来饭菜，虽然光成在地板下不知道时日，但是从送饭的次数看，应该已经过了三天。光成不知道何时才会有人喊他出去，只好握紧刀柄随时待命。第三天的深夜，有人匆忙地跑进了厨房，打开地板将光成叫了出来。光成知道时机已到，立刻带着佩刀从厨房中爬了出来。

"快快，他已经被我们绑住了！"

来喊光成的正是那位将他藏在厨房里的美女，光成跟着美女趁着夜色走到大殿中。还没走进大殿，光成就听见妖魔在破口大骂，光成不敢耽搁，立刻拔出了自己的刀冲进了大殿中。

和尚倒在大殿的地板上，他的手脚都被各色的腰带牢牢捆绑起来，他还在不断地挣扎着，脸涨得通红，嘴里不断地咒骂。原本欢声笑语的佳丽们此时害怕得浑身发抖，相互依偎着躲在大殿的角落里，用衣袖把自己的脸遮挡了起来。

光成立刻举起佩刀，朝着和尚的心脏砍了下去。佩刀竟然被弹了开来，像是砍在了坚硬的钢铁上。光成没有惊慌，细细沉思，对准了和尚的喉咙刺去，鲜血顿时飞溅开来……

和尚死了，渐渐变回了原形，这个刀枪不入的好色和尚原来是一只成了精的老猿猴。而明子小姐就是因为被妖魔的妖气给伤到了，所以才卧病不起。光成把明子小姐带回了中纳言的府上，也将其他被掳来的美女一起带下了山，将她们送回原本的家中与亲人团聚。

再后来，光成与明子小姐成了夫妻，还出任了大将军。

雀宫的故事

如果乘坐火车走东北本线就会路过宇都宫，就会知晓宇都宫前一个车站，名叫"雀宫"。据说"雀宫"这个名字是因为附近有一座神社，供奉着麻雀，这只麻雀的名字叫作"雀大明神"。这个说法被记载在《东国旅行谈》中，不过木人没有在这里下过车，因此也没见到过这座神社。

在很久很久以前，传说这附近的村中有一个农民，农民又乐观又老实，除了喜欢玩相扑，还喜欢炫耀自己的喉咙。他总说自己的喉咙比一般人的粗大，不管多大的年糕或者馒头都可以一口吞进自己肚子里。不过如今已经没人记得这农民的名字了，只知道他是个善良而又质朴的人。

虽然这个农民善良又老实，可是他的妻子却是蛇蝎心肠。妻子对男女之事有着特别的爱好，她嫌弃农民，于是就在外面找了情夫。时间过得越久，她就越是看农民不顺眼，想要除掉他。

一天夜里，妻子和情夫偷情。妻子忽然又想到了自己的丈夫，于是自言自语道："有没有什么好办法能弄死他呢？"

情夫看了看怀里的女人，回答说："有办法……"

"你有什么好主意？快点告诉我！是要下毒毒死他吗？"

"下毒可不行，别人一眼就看出来了。让他吃几根针下去，他就会痛苦不堪地死去了。"

"可是他又不傻，怎么会吃针呢？"

"哎呀，他不是老是跟人说自己可以一口吞下一头牛吗？"

"什么一头牛啊，是年糕馒头啦！不过这个办法真不错！"

一对恶人细细商量了一番后，便由情夫回家做了青团，一共三个，其中的一个青团里藏了三根细细的针。做好青团的情夫假装送青团给农民吃，农民那天刚从地里回来，吃过了晚饭躺在床上休息着。妻子坐在火炉边上，若有所思的样子。

情夫在农民家坐着，开口道："有人送了青团过来给我，我拿了三个过来，不如你来个一口吞青团给我看？"边这么说着，情夫边把青团送到了农民身边。

农民已经吃过了晚饭，肚子一点都不饿，但是听到有人说想看他的拿手绝活，他还是爬起身来接过了青团，然后一口咽了下去。那神情就像是一口吞掉苍蝇的青蛙一样。

次日早上，农民觉得腹中疼痛难忍，只要稍微发出点声音或者是稍微动一下，就会觉得腹中刺痛，痛得不知如何是好，连起床都起不了了。

"咦，你怎么了？"妻子明知故问地问起农民来。

"哎呀，肚子疼啊……动一下就疼。"农民抱着肚子在床上呻吟着。

"哎呀，那你今天就别下地了，躺着休息吧。肯定是太累了，躺躺兴许就好了。"

到了第三天，农民还是觉得肚子疼，甚至比前一天还疼。农民因为肚子疼，什么都吃不下去，连水都喝不了，妻子也不理睬他。

这天，农民一个人躺在屋里，迷迷糊糊快要睡去，转头却看见有一只麻雀在院子里。不知道为什么，这只麻雀扑棱着翅膀飞不起来，还四处打着滚，似乎非常痛苦。农民有些好奇，便一直观察着。过了一会儿，飞来了另外一只麻雀，它的嘴里叼着一些青草一样的东西。那只打滚的麻雀像是看见救命稻草一般，狼吞虎咽地把青草样的东西吃了下去。

不多久，打滚的麻雀便一动不动地待着，又隔了一会儿，那只麻雀起身拉了一堆鸟粪，然后理了理自己的羽毛，快活地飞上天去了。

农民看得出神，忍住自己的腹痛挣扎着挪到门边。一眼看去，鸟粪中透着一丝银闪闪的东西，挪过去一看，原来是一根细细的绣花针！农民一下子明白了，这只麻雀是不小心吞了针，所以才痛苦万分，它的朋友找了草药给它，它排出了针便痊愈了。

"可是这小东西吃的是什么草药呢？"农民联想到自己的腹痛，也是针扎一般的疼痛，没准就是因为吞了针呢？哎，反正现在也没有救，不如像麻雀一样试试吧。农民这么想着，努力地挣扎到鸟粪的边上，趴在鸟粪边凑近闻了闻，隐约有一些韭菜的气味。

不如就找点韭菜吃吃看，没准能治好自己的肚子疼。农民忍着痛爬回了床上，喊着自己的妻子。

妻子听见他的声音，不耐烦地过来问怎么了。

"你去给我弄点韭菜来吧……也不用煮了……我想吃生的。"

妻子心想，这家伙肯定是痛得都不正常了，反正他也是没几天命的人了，这么一点心愿还是帮他完成吧。于是，妻子乖乖地去田里割来了韭菜，洗干净了放在农民身边。农民看见韭菜，疯了一样地放进嘴里咀嚼。这模样跟头蠢驴一样，妻子忍不住想要笑出声来。

过了两个多小时，农民觉得肚子疼得厉害，特别想上茅房。他忍着痛挨到了茅房，一顿腹泻之后，农民发现肚子一点都不疼了。

农民有些疑惑，便把自己的遭遇告诉了亲戚家某位见多识广的老人。老人听完了他的话，略一沉思，觉得一定是青团有问题。农民赶紧回到家中，粪坑里真的有三根银光闪闪的细针！

妻子一看农民没有死，还知道了青团里银针的事，吓得和情夫一起逃跑了。农民为了报答麻雀的大恩，便在家中建了一个小小的神社。这就是"雀大明神"的由来。

蛇妻

　　阿泷望着纸门外，那里有一个少年的背影。少年穿着发光条纹的衣衫，泛着不知道是黑色还是墨绿色的光。

　　阿泷一直目送着少年离开，直到再也看不清他的背影，心里忽然担忧起来，"他这么走出去，要是被人看见可怎么办……"

　　阿泷转过身来，此时她忽然想起来：我是在做梦吧，赶紧醒过来吧。阿泷这么想着，努力地睁开双眼，脑海中一片空白什么都没有，身体也变得不受自己控制了。阿泷有些急了。

　　正在这个时候，走出纸门的那个少年又一次出现在阿泷的面前，他的面容英俊白嫩。

　　"难道这不是梦？"阿泷挣扎起来。

　　少年就这样在她面前，看着她无力地挣扎着。

　　阿泷羞愧不已。这种半梦半醒的知觉变得清晰起来，她感觉自己的眼睛胀痛着，似乎看见了两个不同的世界，一只眼睛停留在自己的梦里，而另一只眼睛看见自己的丈夫侧睡在自己的身边，面容亲切安宁。

　　"咦，我真的是在做梦呢……啊，我真是不守妇道……"

　　阿泷静静地侧转了身，枕头窸窸窣窣地响着，四周一片黑暗，没有人发觉自己刚才的梦境。阿泷舒了一口气，羞愧的感觉一点点消退。

"为什么我会做这样的梦？"阿泷简直要哭出来了。

此刻，丈夫清一郎睡得正熟，均匀的呼吸声不时地传到阿泷耳中。

阿泷心想，幸亏清一郎没有醒，不然自己该如何面对他。阿泷一片清醒，怎么也睡不着，刚才梦中的场景再一次浮现在自己的脑海中，那个十八九岁的少年伏在自己的耳畔窃窃私语着，呼出的气就在她的耳垂附近打着转，身子四周都是少年身上淡淡的香气。阿泷觉得此刻都能感受到梦中的那股气息。

"好真的梦……"

阿泷原本打算叫醒一旁的丈夫，把自己做的这个梦说给丈夫听，可是话到嘴边又觉得贸然说出来隐隐有些危险的感觉。她在黑暗中看着清一郎的睡颜，不知如何是好。

就这样，英俊的少年开始每晚都出现在阿泷的梦境之中。

起初，阿泷十分讨厌他，在梦里躲着他、拒绝他，但是梦到最后，她总会心甘情愿地听从少年的话语。就这样，阿泷越来越没有办法向丈夫说出这不守妇道的梦境。

"快醒醒！是做噩梦了吗？"

清一郎焦急的声音唤醒了阿泷。很多次，当阿泷深陷在噩梦中浑身发抖的时候，都是清一郎觉察到然后将她唤醒。

"醒醒啊阿泷！快醒来！"

阿泷听见呼唤后才悠悠地从梦中清醒，睁开双眼发现自己刚才是在梦中。这时候的阿泷一直身体虚弱，在未结婚前，阿泷一心爱慕着清一郎，整天茶饭不思。如愿地嫁给清一郎之后却又时时避开他，总是自顾自地待在昏暗的房间里。

清一郎以为阿泷是闹别扭，于是想了许多方法来逗她开心，时而带她去散步，时而鼓励她弹奏三味线。可是不管怎么样，阿泷都不愿意，都不开心。散步不愿意去，三味线也不愿意演奏。丈夫清一郎实在想不出什么办法，只好请他的后妈来出主意。清一郎的后妈亲切善良，对清一郎一直疼爱有加，对阿泷也如亲生女儿般疼爱。

清一郎是本地一家大饭店的公子，他的生母在他刚满十二岁的时候就因病去世了，之后父亲把妾室扶成正房，也就是他的后妈。清一郎的后妈十分能干，家中的事务不分大小全部都由她来掌管，不仅如此，自家饭店里的三十个歌伎也全都是由她一个人照顾管理。不仅能干，清一郎的后妈个性也十分温和，一直对清一郎疼爱有加，清一郎也非常孝顺敬重她。

自从清一郎上了大学离开了家，他总会在空闲的时候回到家里来探望后妈。那时候他即将读完大学，一次回家探亲的时候，认识了刚刚来自家饭店的新歌伎阿泷。假期即将结束，正值夏末，芙蓉花开得十分鲜艳，天气不再酷热难当，清一郎动身坐船回到东京去。后妈亲自带着清一郎的两个弟弟来给他送行，阿泷也跟着一起来送别。结果清一郎走后没多久，阿泷就病了，而且病得不轻，所有的大夫都检查不出病因。不过心如明镜的后妈却十分清楚，那天夜里她去找了阿泷，帮她想了一个办法。第二天一早，梳洗打扮好的阿泷借着看病的由头离开了饭店，始终没有再回来。

过了两三年，清一郎大学毕了业，荣归故里，还当上了中学的副校长，大家惊讶地发现，那个消失不见的阿泷梳着圆圆的发髻跟在清一郎的身边，已经是副校长夫人了。

清一郎把阿泷的情况告诉了后妈，后妈十分着急地来到他们家中。

"对不起啊……"阿泷一见到后妈就流下泪来。

"可怜的孩子，说什么傻话呢……快生个孩子吧，有了孩子就好了。附近的温泉很不错，你们一起去散散心吧。"

"不了……我这病应该快好了……"

"谁说要生病才能去泡温泉？都说泡温泉更容易怀孕，快去泡泡吧。"

"太破费了……"

"不要在意钱，难道孩子还不比钱重要？"后妈不停地劝说着阿泷。

就这样，阿泷一直病着，直到春天快结束的时候。这一天一直下着雨，淅淅沥沥没有停过，让人觉得无精打采。三日之后，清一郎就要和阿泷去后道的温泉散心了，可是阿泷一直躲在房间里，也不开灯，一个人默默地哭着，似乎在想着什么。

入睡前，阿泷忽然开口对清一郎说道："夫君啊……"

清一郎迷迷糊糊地，听见阿泷叫自己，便努力睁开眼睛问："怎么了？"

阿泷沉默了片刻，忽然泪流满面地说道："对不起啊……"

清一郎被阿泷的话弄得摸不着头脑："怎么了？怎么哭了？"

阿泷也不说话，只是一个劲儿地哭，清一郎只好追问究竟怎么了："是弄坏了什么东西吗？不要紧的，钱财身外之物，不要哭了。"

"不是的，夫君……我做了罪大恶极的事啊……不是你想的这样的……"阿泷凄惨地哭着。

清一郎温柔地把手放在阿泷的肩上，轻声地宽慰道："阿泷啊，不管你做了什么我都不会埋怨你的。来，告诉我究竟怎么了？"

阿泷不答话，始终流泪不止。

"说啊，阿泷，别怕，说出来就好了。"清一郎劝着。

"是最最罪大恶极的事……"阿泷抽噎着。

清一郎心里想：阿泷估计是病得太厉害，所以有点胡言乱语，还是不逼她说出来了。

"要是不想说也没关系，好好休息吧，我们下次再说好不好？"

"可是夫君……如果今晚我还不告诉你，以后恐怕再也没机会告诉你了……"

"不会的，我们来日方长，以后有的是机会。"

"但是……"

"好了好了，快睡吧。"清一郎倦意浓浓，闭上眼睛不再理会阿泷的胡言乱语。

阿泷依旧哭泣着，慢慢地，哭声和屋外淅淅沥沥的雨声混在一起，听不分明。

清一郎就这么睡着了，忽然，他做了一个梦，梦见阿泷跪在自己的面前，一头秀发无比散乱，神情痛苦地说道："夫君，我要和你永别了。我有不得不赴的前生约定，今生无法再和你相伴了……"

说完，阿泷就慢慢站起身来，头也不回地跑了出去。清一郎还没弄清楚是怎么回事，赶紧追了上去。阿泷一直跑啊跑，跑到了护城河的边上，呆呆看着护城河里的水。清一郎怕她想不开，赶紧上去想要拉住她。

只见阿泷轻轻一跃，跳进了护城河里，嘴中喊着："永别了……"

清一郎吓了一大跳，结果发现天已经完全亮了，屋里的灯还没关，身边却没有阿泷。

那天夜里，阿泷失踪了，再也没有出现。

有人说阿泷是离家出走了，也有传闻说她跳河自杀了，总之没有人再见过阿泷，也没有找到她的尸体。这一年的夏天，清一郎辞去了工作隐居起来，悲痛之下仿佛一夜白头。伤心的清一郎常常徘徊在护城河边，呆呆地看着水面。

第二年，阿泷依旧下落不明。又到了暮春时节，自家饭店里年长的歌姬约了几个年轻歌姬一起去附近的弁天岛上参拜神仙，还把厨房的龟三也一起喊上了，让他带了一些饭店里的剩菜剩饭帮忙划船。

退潮之后天气不错，天上飘着一些云。众人要去的弁天岛就在护城河口的地方，十分小的一个小岛，岛上满是墨绿的大树，周围的水也清清浅浅。正当中的小祠堂里供着弁才天女。龟三划着船，小船儿随着护城河水往河口方向去。护城河里还有其他的篷船，不少人趁着天气好划船喝酒吹风。龟三不时地把船弄得左右摇摆，把几个年轻的歌姬吓得尖叫着。姑娘们充满活力的笑声在护城河上飘荡着。

船儿终于到了弁天岛，今天已经退了潮，岛周围的浅水都退了下去，露出茂密的水草丛，绵延开来如同一大片草原。船刚靠岸，就有一个歌伎迫不及待地下了船。

龟三吓唬道："蛇啊！好大一条蛇！"

"真的假的？"下船的歌伎犹豫着回过身来。

"怎么可能有蛇呢！"年长的歌伎笑着回答。

"好姐姐，这里真的没有蛇？"

"不会有的，要是有蛇，我们哪里敢来参拜弁才天女啊！"

歌伎们安下心来，一路聊着天上了岸。岛上的树枝都发了新芽，翠绿的树枝间歌伎们华美的衣裳更显得十分好看。

龟三没有下船，他留在船上把带出来的饭菜热了起来，炉子冒着火光。没过多久歌伎们就回到了船上。龟三兴高采烈地喊着："酒菜好嘞！"

歌伎们怕弄脏自己的木屐，小心翼翼地穿过水草回到船上。就在这时，有一个歌伎发现少了一个人。

"小花呢？你们谁看见小花了？"

走在最后的歌伎回头望了望，没有看见小花。

"是不是方便去了？"船上的歌伎往岸上张望了一下，她似乎弄脏了袜子，正在细细擦着脚尖。

"也就巴掌大的一个岛，还能去哪儿？你们谁喊喊她吧。"有人出了主意。

于是年轻的歌伎们一起喊起了小花的名字，却没有听到任何应答声，四周也完全没有小花的身影。

"真是奇怪啊，小花去哪里了？"

"这可怎么办……"

"要不谁过去找一找吧？"

大家都不由得担心起来，甚至觉得岛上的凉风都有些冰冷起来了。

"那么谁去找一下小花？"年长一些的歌伎问了一声。

众人你看看我，我看看你，没有人站出来。

"哎，我去找一找吧！"龟三站了起来，穿上自己的鞋下船去了。

龟三边走边四处张望着，岛真的很小，一眼就望到了头。龟三走着，走到了一个石阶前，这里有一个小小的祠堂，正好对应着弁天才女的祠堂。这个祠堂的后面还有一座鸟居，周围水草丛生，简直是水上的草原。龟三一路走过来，径直走到了祠堂前，这里除了祠堂和周围的一些花木，什么都没有。

"没准是到那个鸟居附近去了。"龟三这么想着，就慢慢走到了鸟居边，依旧什么都没有找着，转了个身，龟三忽然发现了一幢草屋，还有三味线的声音幽幽地传过来。

　　"咦？这岛上难道还有人住？"龟三有些诧异，也许小花就是在这户人家这里呢。于是龟三走到草屋前往里张望着。草屋的门并没有关，有一个披散着长发的年轻妇人坐在屋门口奏着三味线。

　　龟三仔细地端详着那个妇人，越看越觉得眼熟，这雪白的皮肤，乌黑的长发……这不是失踪了许久下落不明的阿泷吗？龟三发出了惊叫声。

　　屋里的妇人听见响动，停下了手中的三味线往这边看来，淡淡地说道："是龟三啊。"

　　"哎呀……夫人……"龟三一时不知道说什么才好。

　　阿泷平静地望着龟三，说道："看来你现在过得挺好的。"

　　"哪里……夫人啊，你到底是跑哪儿去了？老爷他很想念你，自从你不见了之后，他整个人都老了好几圈，学校的差事也辞掉了，每天就发着呆。老夫人也天天惦记您，到处找您。您快跟我一块儿回家去吧！别待在这种地方了！"

　　阿泷站起身来，把手中的三味线轻轻放下，"我已经回不去了，龟三……请你一定要帮我向夫君和母亲道歉啊……我带你去看些东西，你轻点声……看完就赶紧回家去吧……"

　　龟三小心翼翼地跟在她的身后，阿泷的纤纤玉手拉开了纸门。

　　"你可要看清楚啊……"

　　龟三睁大了眼睛往门口看，一片碧草之上，数十条小蛇正不断地扭动着。龟三被吓了一跳，连忙捂住了嘴巴，眼中露出惊恐的神色。要不是阿泷先前的提醒，他早就叫出了声。

　　"这些……都是我的孩子……"

　　龟三只觉得脑袋轰的一声，头也不回，跌跌撞撞地跑出了草屋。等到跑远了再回头一看，哪里还有什么草屋，哪里还有阿泷的身影？

“龟三！你在哪儿啊？”

　　歌伎们的声音从船上飘来，龟三吓得不轻，但还是屏住呼吸往方才草屋的方向望去，可是刚才的一切仿佛都是梦境一般了无痕迹。

　　回到饭店后，龟三把自己在弁天岛上看见的一切都告诉了清一郎。一直以来消沉度日的清一郎从此变成了虔诚的朝拜者，开始四处朝拜。

蛤蟆神社

半右卫门终于赶到了久礼，这时候，天已经黑透了。

早晨公鸡才打鸣的时候，他就从川原町的家中出发了。去久礼就得先到高知城，半右卫门走了整整十几里路才到高知，可是高知和久礼还隔着不短的路，而且全是山路，走起来很是费力，其中有一段路被叫作"门屋烧坂"，简直难以行走，但凡是走过这一段路的都恨不得以后不再走了。

半右卫门自小就喜欢打猎，这次他从家里出发到久礼其实是为了到高冈郡的山中去，那里物产丰富，据说还有鹿群，要打猎什么的简直太方便了。

这时候起了风，有些寒冷，天上稀稀疏疏没有几颗星星，草丛中传来各种虫子的鸣叫声。

半右卫门原来的计划是赶在天黑前到山脚，好在山脚的木屋里休息一番，第二天早上再养足精神打猎。可惜太阳落山比他预计得早，他赶到的时候已经黑得不能上山了。没有办法，半右卫门只好去八幡宫外躺着睡一晚了，等天亮再上山去。

久礼这个地方靠近海湾，只要穿过一小片树林就能看见海岸线，八幡宫就在这片树林的外边。半右卫门带着他打猎的东西走进了八幡宫的大殿里，长明灯的火光在海风中摇动着。走了一整天的路，半右卫门早就累得不行了，只想快点填饱肚子好好睡上一觉。他拿出包袱里的食物，埋头吃着，忽然想起了自己的妻子。

她已经怀了好几个月的身孕，自己出来打猎，只有她一人独自在家。

从出门到现在，半右卫门已经好几次想起自己在家的妻子。妻子十分年轻，这又是第一胎，虽然家里有个乳娘把所有待产的东西都准备好了，但是妻子从昨天开始就有些不舒服，估计这两天里就该临盆了。今早出门的时候，妻子流着泪希望半右卫门不要出门打猎，连带大自己的乳娘也责令他不要出门，但是他还是出来了。

走在路上的时候，半右卫门开始不停地担心家里，担心妻子在家忽然临盆会有什么不测，甚至是有些担心妻子会难产……原本他兴高采烈想要去打猎，可是想来想去又觉得兴致不高。

"她现在身子还难受不？孩子是不是要出来了？乳娘这会儿在做什么呢？"半右卫门忍不住胡思乱想起来，伸手去摸自己腰间的竹筒，打开灌了一大口清水。

正在这时，长明灯的灯火忽然摇晃起来，照出了一个人影，人影由远及近快步走来。

"老爷啊！"

半右卫门听见喊声，抬头一看，竟然是乳娘。

"老爷啊！不好了，夫人难产啦！快回家去啊！夫人还在等你呢！"乳娘焦急地喊了起来。

"难产了？"

半右卫门心里有些怀疑，乳娘岁数大了，从家里到这里路途遥远不说，山路还极其难走，她到底是怎么走过那么远的路追赶上自己的？

这个人有问题！半右卫门第一时间想到。冷静下来的半右卫门上上下下地审视着乳娘，周遭一片昏暗，半右卫门细细看去，这人的模样从头发到脸颊怎么看都是自己的乳娘啊。

"老爷你别光顾着看我啊，夫人还在家里等你呢！你今天早上出门没多久，夫人就肚子疼了，到现在孩子都没下来呢！大夫说是难产了！我没有办法啊，只好一路追着你过来了，快跟我回家去吧！"

乳娘一边说着一边向半右卫门靠近。半右卫门不言语，依旧防备地看着这个乳娘。

"快快，快回家去！"

半右卫门没有看出这人有什么问题，但是他心里明白，年迈的乳娘无论如何也不可能在今晚出现在这八幡宫里。

"妖怪！吃我一刀！"半右卫门见乳娘靠近，立刻抽出了随身的刀砍了过去，乳娘完全没有料到半右卫门会突然发威，一声惨叫之后化作烟雾消失了。

"看来确实是妖怪。"半右卫门收回了刀，回想刚才这一刀结结实实地砍中了妖怪的左脸，刀口上依旧带着血。

发生了这么一件怪事，半右卫门一点打猎的心思都没有了，也不休息，直接出发回到高知，又走了一整夜的路回到了川原町的家里。

到家的时候，半右卫门发现家里的门竟然开着，正奇怪是怎么回事，低头看见院子的地上有一行血迹。难不成是八幡宫的那个妖怪到家里来了？半右卫门不由担心起来，立马穿过玄关跑进了屋里。

"哎呀，老爷你回来了啊！夫人难产了！等你等得好辛苦啊！"乳娘见半右卫门跑了进来，立刻迎上去。半右卫门却只是静静看着乳娘，生怕这还是妖怪变的。

"老爷您盯着我看什么啊，夫人从昨儿傍晚就肚子疼，孩子到现在都没有下来呢！我都快急死了，又实在没办法告诉您啊！您回来可太好了！"

乳娘回头对着屋内大喊："夫人啊！老爷回来了啊！"

半右卫门吓得把打猎的东西全扔在了地上，赶忙冲进了屋里，屋里围着医生和产婆，见到半右卫门进来都很惊讶："难道是有谁通知你了不成？"

"这……"半右卫门把自己在八幡宫的遭遇说给了医生听。

正在这时，屋外的乳娘忽然喊了起来，半右卫门赶紧出去看。乳娘手指着兰花丛中，高声喊着："快看快看！"

半右卫门走到兰花丛边一看，是一只大大的蛤蟆，这蛤蟆的左脸受伤了，两只前爪捂住伤口。这蛤蟆半右卫门并不陌生，它一直住在他们家的院子里，大家都把它当作是宅子的守护神，时常喂它东西吃。

乳娘看它受伤，难过地说道："真是可怜啊，这是被人砍了吗？太可怜了啊……"

半右卫门不由得害怕起来，自己砍伤的妖怪恐怕就是这只蛤蟆了。

原来，这只蛤蟆居住在半右卫门的家中，受到家人的照顾，为此心怀感恩，这一次家中突发急事，蛤蟆为了报恩，变成乳娘的模样翻山越岭去通知半右卫门。

半右卫门明白了事情的真相后，将蛤蟆的尸体葬在了院中，搭了一个小小的祠堂来供奉它，人们都称它为"蛤蟆神社"。

在明治维新之前，这里仍有香火，维新之后蛤蟆神社附近被改造成"致道馆"，传说中的蛤蟆神社也就再也没有人找得到了。

吉延之妖

"日本第三大河"吉野川流经一个叫作"本山"的小村庄，这个人烟稀少的村庄坐落在远山中，是由"乡"晋升为"町"的。

在重峦叠嶂的山峰里，它显得格外细碎渺小。

紧邻村庄，有座被称为"吉延"的山谷，那里生活着不少体形较大的野兽。按理说，这正是个绝佳的打猎场所，但是，由于山谷中经常有怪事发生，所以，这里向来罕有人迹。

然而，有一天，这座静僻奇异的山谷引来了一位叫半兵卫的猎人。

半兵卫早早从家里出发，怀着紧张兴奋的心情，在黑幕中到达了目的地。

半兵卫是个经验老到的猎人，他到地方之后，很快取出打猎必备的工具，安好铁夹，布置了一番，然后从背包中取出烟草，点燃了火，藏在一旁的石头边，静静地抽着烟，等着猎物上钩。

等了一会儿，天边渐渐露出微光，寒风依旧萧瑟，露水滴落在皮肤上，引出了丝丝的凉意。

温度越来越低，吐出的烟圈也仿佛瞬间要结成霜，猎人点了点烟灰，也不忘放松警惕，四处观望了一下，看是否有野兽出没。

此时，天又亮了些，两颗不安分的小星星挂在云端，越来越低，渐渐隐没下去。光线透过安静的树林。经验丰富的猎人心想，是时候了，于是，他掐灭烟头，取出火枪，摆好姿势，冷静地端好枪，等待猎物的出现。

突然，只听"啪"的一声，猎人闻声看到，夹子上夹了一条硕大的蚯蚓。这虫子险些被带有锋利锯齿的夹子生生夹成两截，只是挣扎了两下，就不再动弹了。

猎人刚要上前收获猎物，旁边的枯草丛中就爬出了一只土黄色的青蛙，只见它谨慎地靠近夹子，歪着头思索了一番，突然张开嘴巴，将那条肥蚯蚓一口吞下，然后就静静地待在那里，一副悠闲懒散的样子，仿佛等着蚯蚓在自己的肚子里慢慢消化。

突然之间，一条身上带着红斑的小黑蛇不知从哪儿蹿了出来，以迅雷不及掩耳之势，咬住了青蛙的腿，任凭青蛙如何挣扎，就是不松口。最后，它终于把那只青蛙整个给吞进肚里。

猎人眼中透出不可置信的光芒，心里说不上的凉飕飕，此时，一只浑身棕黑的生物突然从山谷上直冲下来。猎人定睛一看，原来是一只野猪。他兴奋起来，把刚才因为放松而放下的火枪重新举起来，调整好姿势。

但是，还没来得及做下一步动作，野猪就一口吞下了那条蛇！

这一幕被猎人看在眼里，冷在心上。真可谓是"螳螂捕蝉，黄雀在后"啊。然而，更令人意外的还在后头，猎人见野猪吃了蛇，立刻拉动火绳，开枪打野猪，可是，枪响之后，虽然子弹明明打在野猪身上，但那只健壮的野猪非但没有负伤倒下，反而大模大样地离去了。

猎人不甘示弱，又第二次拉动火绳，却已经寻不着野猪的任何踪迹了。猎人见一无所获，顿时丧了气，准备收拾东西回家。

他整理好装备，顺着来路，往山脚下走去。没走多一会儿，却被一棵铁杉树挡住了去路，光线瞬间齐齐地隐匿起来，周围变得异常昏暗。一个胡须苍白的老僧人突然从树荫下钻了出来，拦在了半兵卫身前。

"何方妖孽！"

半兵卫抽出腰间的佩刀，朝老僧狠劈下去。这时，令人胆战心惊的一幕发生了——那老僧没有被劈死，反而随即变成了两个，猎人又狠劈了一下，谁知妖僧变成了四个。

老僧大声咒骂几句，在猎人接下来的一顿狠劈中，非但没有被打得临阵脱逃，更是一下出现了十四五个一模一样的老僧。

猎人突然意识到，这妖僧越劈越多，显然这种方法无济于事。于是，他突然将猎刀向空中一划，杀出一个空，决定逃命要紧。

老僧毫不示弱，确切地说，此时，是无数个老僧都齐齐地向猎人扔石头，石头雨一阵大过一阵。猎人见逃跑无济于事，干脆连喊几声"可恶"，反身向妖僧们扑去。

猎人费力地挥舞着刀，愤怒的情绪高涨到了极点，但是，由于山谷崎岖，沿路石头遍布，猎人不时被绊倒，突然，他连手中的猎刀也没抓紧，由于惯性，刀一下子就脱手了。

猎人见状，决定破罐子破摔，他大吼一声，捡起一切可及的物体，没头没脑地砸向妖僧们。说来也奇怪，妖僧们见猎人这样，就像见到了克星一样，消失的消失，逃走的逃走。猎人有了信心，继续抓起更多的东西，快速地扔向妖僧们。

不一会儿，妖僧们竟奇迹般地消失了。

仿佛经历了一个冗长的噩梦一样，半兵卫大口地喘息着，已经没有半点力气了。但是，他依旧保持警惕，为了以防万一，他连续不断地朝外扔着小石子。哪知，那些小石子就像受到外力一般，又向他自己的方向弹回来。

他扔出的石子全都打在了他自己身上！

半兵卫停下手，定过神来，发现自己头上、脸上已经满是伤痕了。

他不可置信地环顾四周，发现自己正站在光线充足的石滩上。他的左手方向，则是水流潺潺的吉野川。

灯笼姑娘

真澄本是一家公司的职员，但是，因为爱好喝酒，性格洒脱，工作了一年多之后，便被上司贴上了"工作不认真"的标签，开除了。当时，正值日本战后，经济萧条，想在短期内重新找份工作是非常不容易的事，于是，真澄百般无奈之下，只好暂时住在姨母家。

虽然是寄人篱下，日子过得处处小心，但幸亏他还比较积极乐观。没多久，他就给自己找了一个新的爱好——每天去厨房偷吃剩菜残酒。

大概也正是因为这种乐观的态度，他对当下的生活环境也自得其乐，得过且过，并无许多不满，更不会每天喋喋不休地抱怨。

那天夜里，真澄和平常一样来到厨房，想吃点剩菜残酒。当然，这时酒宴早就已经结束了，宾客们也都走了，只剩下女仆在厨房里收拾东西。

真澄向女仆要了点剩下的酒菜，回屋吃喝起来。

转眼间，酒就被他喝了一大半，只剩下了一小半。真澄见状，开始珍惜起来，细细地品尝着每一小杯酒。他总是这么珍惜这些酒。要知道，这些酒着实来之不易。所以，每当喝到一半时，真澄都会把酒壶摇晃一下，掂量还剩多少，尽量省着点喝，生怕一不小心就全部喝完了。

正值初秋，已经临近午夜，真澄知道，一般在这个时候，姨母肯定已经进入梦乡了，但是，当然也会有例外，所以，他还是有些提防姨母的脚步声，以免被姨母发现。毕竟，这是件不太光彩的事。不过，即使心有担忧，真澄还是放开了自己，尽量在最大程度上享受这一刻的悠闲。

他一边喝酒，一边眯起眼睛，只留出一条缝，无聊地望向外面。窗外的月光很皎洁，在月光的映衬下，大地上的万物仿佛都披上了一件灰色的大袍。

零星的两三棵小松树站在院子里，周围落满了胡枝子。

主楼二楼的方向挂着一盏岐阜灯笼，真澄拿起酒杯，转头向灯光的方向望去。姨母非常喜欢它，每到夏天的时候，都会叫人把它挂出来，一挂就是一个夏天，只有深夜的时候，才会恋恋不舍地让人把它们吹熄。可是，让真澄费解的是：今天已经到了这个时候，灯笼却依然亮着，如果姨母睡了的话，一定不会忘记熄灭它，她可是对火烛之事万分小心的，难道是因为招待宾客太过劳累，忘了吹熄它们？还是她根本就没有睡着？真澄这样胡乱地想着，心里犹豫万分。既然看到了灯笼亮着，总该把它熄灭吧，不然着起火来，可就大事不妙了，但是，他心中的懒虫又在默默作祟。管它呢！就一次没有熄灭，应该也不会发生什么吧？

当然，真澄不想熄灭灯笼，主要也是因为在这样一个初秋的夜里，既然有酒喝，他才不愿意动弹呢。于是，一想到烛光总会烧尽，最后灯笼会自己熄灭，他就决定默默品酒，不再瞎操心了。

但是，就在他又一次望向灯笼的方向时，这盏灯竟突然落了下来，就好像是谁扯断了上面的挂钩一样。

这时，闪过真澄脑海的，就只有一个念头："大事不妙！"他赶忙放下手中的酒杯，走出门，往灯笼那边走去。

说来也奇怪，那盏灯笼落到地上之后，竟然像长了脚似的，自己走到了屋顶上。不过，它什么都没做，只是在瓦片上驻足了片刻，又蹦回了地面上。

真澄好奇地藏在暗处，被眼前的景象搞得一头雾水。他根本不知道到底发生了什么，只是两眼直勾勾地盯着这盏灯笼，

就在这个时候，灯笼像通晓事理一般，闪了几下，又突然彻底熄灭了。

更让真澄目瞪口呆的是：这盏灯笼在熄灭后，竟然变成了白狗的影子。

灯笼变成影子后，长长地伸了个懒腰，迈开脚，一路穿过庭院，径直向后院走去。真澄赶紧跟上了白狗的影子，蹑手蹑脚地拉开了门，走到了院子里。

因为追得急，真澄没来得及穿鞋。此时，他是赤脚踩在红土地上的。地上有些凉，他小心翼翼地走着，生怕被那影子发现。

影子一直向前走，遇到有松树的地方便会绕开。最后，真澄跟着影子，停在了后门附近。

后门那里有一排用竹子做的篱笆，外面是个天然的小山丘，上面长着几棵小松树。

影子穿过后门，走向那个小山丘。真澄向外张望了一会儿，悄悄打开门，跟了上去。

小树林里满是芒草和胡枝子，芒草穗子柔软得好似姑娘的纤纤玉手一样。

没过多久，真澄便跟着影子穿过了松树林，爬上了平坦的丘顶。

小丘的顶端有很多从地里冒出的巨石，看起来像是某个地下古墓顶部崩塌而残留下来的。石头周围布满了芒草荆棘，真澄在这里停下了脚步，因为，走到巨石边之后，就再也不见影子的踪迹了。

忽然，一个十六七岁的妙龄少女出现在了他的眼前，她穿着一身鹅黄薄衫，整个人颜色娇艳。

真澄试图睁大眼睛，注视着眼前的姑娘，可是，很快，她就又消失了。

恍然间，真澄发现自己又端起了酒杯，正在喝酒。他以为自己做了一场梦，一场记忆清晰而真切的梦：岐阜灯笼掉了下来，变成了白狗的影子，自己赤脚穿过庭院，走出后门，来到山丘上，在巨石边邂逅了一名少女……他发现自己能清楚地回忆起每一幕场景，却怎么也想不起自己是如何回来的。他只好将这一切归咎于自己睡糊涂了，也许这也和他乐观的心态有关。于是，他继续拿起酒杯，打算好好享受起这个美妙的夜晚。

一眨眼的工夫，他就喝光了剩下的酒，然后钻进了被褥，进入了甘甜的梦境。

"喂，喂……"

睡着睡着，真澄仿佛听见有人在喊他，他下意识地以为是女仆在找他，于是稍稍睁开了眼睛，想看看是怎么回事。但是，出现在他眼前的，竟是那个在山丘上出现过的姑娘。

不过，真澄也没觉得特别诧异……

"你就是那只岐阜灯笼变的吧？"他迷迷糊糊地问姑娘。

姑娘微笑却不作答。

"你是那只灯笼吗？如果不是的话，你又是从哪里来的呢？"

"我没什么来头，但是和你一样，还是单身。"

"算了吧，我只会喝酒，你总要比我有本事吧，怎么能和我一样呢？"

"原来你喜欢喝酒？"

"是啊，很喜欢啊，不过，因为我没什么能耐，所以也没人请我喝酒。不过没关系，在厨房喝别人剩下的残酒也挺好。"

"你倒是挺乐观的。"

"既然生活已经是这样了，不乐观一些又能怎么样呢？更何况，这只是苦中作乐，并不能叫作乐观吧。"

"好了，不要谦虚了，我最喜欢像你这样乐观的人。不过，话说回来，你还想喝酒吗？"

"当然啦。"

"那你赶紧起来，酒我给你带来了。"

"真的吗，那真是太感谢了……"

真澄坐起身子，只见一个托盘，上面摆着两盒酒瓶，还有三盘下酒菜。

"赶紧起来，我来给你倒酒。"

说着，姑娘打开了酒瓶塞子，为真澄斟酒。真澄端起酒，不禁又追问起姑娘的来历。姑娘还是不想说，顾左右而言他，随意推托起来，只是劝真澄继续饮酒，不要多说别的。真澄知趣，也就不再深究，毕竟他现在也只不过仰仗着姨母，无法自立，更不想惹上什么不必要的麻烦。姑娘见真澄不再追问，脸色好了许多，还说她觉得真澄是个好人，今后会常带酒菜来探望他。真澄赶忙道谢。

因为有女子伴在身边，酒不醉人人自醉，之前也喝了点酒，所以，真澄没喝几杯，就又睡了过去。

第二天起身的时候，昨晚的那位女子早就不见了，没人知道她去了哪里，酒瓶和托盘也都没了影子。桌上仅剩了一些餐具，也是昨晚从厨房里拿来的。

鉴于这种情况，真澄乐观地认为，昨晚发生的事情只是一个怪梦而已，当不得真。

这天晚上，由于家中并无宴会，真澄是没指望能喝到残酒了。于是，他打算去厨房偷一些酒来，但是，不巧的是，厨房里总有女仆和姨母在场，根本没机会下手。

真澄只好作罢，无奈地回了房间，打算睡觉，但是，他刚躺下，还没睡着，就被人叫醒了。

"快点起来啦！"

真澄不耐烦地睁开眼，发现正是昨晚那个神秘的姑娘。

"快，这是今晚给你的酒。"

"真是太好了！又有酒了。"

真澄一下子坐了起来，姑娘像之前一样，贴心地给真澄拿出了酒菜，边倒酒边劝他吃菜。

美女斟酒，美味在侧，真澄一边暗中感叹自己的艳遇，一边沉浸在得意的情绪中。

但是，他第二天醒来的时候，姑娘又消失了，酒瓶和餐盘也不翼而飞。一切就好像是一场梦一样。而当天夜里，姑娘又一次带着美酒佳肴，如约而至。

可是，天一亮，她和她的东西就全部消失，屋里只剩下真澄一人。

真澄越来越觉得奇怪，自己明明锁好了门窗，姑娘是怎么出现的，又是怎么离开的呢？不过，他只是稍微地想了一会儿，就不再多想了。毕竟对于他来说，有酒喝就行，他并不想深究姑娘的来龙去脉。

　　就这样持续了半个多月，真澄每晚都和姑娘在房间会面，也不用再提心吊胆地去厨房里找剩酒了。

　　一日，姨母招呼真澄去房间，关切地询问真澄是不是身体不适。真澄推说不是。可姨母说，近日总发现他在房内自言自语，真澄否认，说自己没有自言自语。姨母指出，最近有一天，姨父晚上路过真澄房间，发现他正坐在床上自言自语，所以才断定他身子肯定出了问题。真澄估摸姨母二人知道了姑娘的存在，只是用身体出状况做幌子，好让他如实交代。于是，真澄就如实告知姨母，姑娘每晚来找他的事实。姨母听后，更是一脸茫然，更加坚定地认为，是真澄的身体出了状况，还建议带他去大阪看医生。

　　真澄对于姨母把自己当成精神病人这件事非常不悦，一再强调自己并未生病，与姑娘的约会也确有发生。可是，姨母依然心存疑虑。于是，真澄便与姨母约定，今晚姑娘来找他的时候，他问姑娘要一点信物，作为姑娘真实存在的依据。

　　当晚，姑娘还是和往常一样，给他送来美酒佳肴。在畅谈之间，真澄并未忘记信物一事。他和姑娘说明了情况，问姑娘讨要她手指上的那只青玉戒指，但是，姑娘并不想把戒指交出来，真澄依然不依不饶，姑娘显得非常不情愿。突然，真澄抓住姑娘的手，要去夺姑娘的戒指，姑娘大叫起来，一把推开真澄，从半开的院门前消失了。

　　那天之后，姑娘再也没有出现过。

　　不知不觉，到了元月，真澄去福岛给朋友拜年，直到晚上十点多，才醉醺醺地搭乘阪急线回到花屋敷站。

　　到站之后，真澄和另外四五个人一起下了车，他是最后一个下到站台上的。一抬眼，就发现姑娘正站在眼前。真澄上前去和她打招呼，姑娘只是笑了一笑。

　　真澄以为姑娘是因为生他的气才消失的，但是，姑娘却解释道，是因为时机到了，便未能再去，并没有生气，还邀真澄去她家做最后的道别。

　　姑娘说，她家就在附近。真澄跟着她，晃晃悠悠地越过铁轨，走进了马路右手边的房子里。姑娘嘱托真澄把门带上，然后带着他朝屋内亮着灯的右边房间走去。

两人坐下之后，姑娘提议给真澄倒点酒。真澄觉得自己已酩酊大醉，便拒绝了姑娘的提议，但是，姑娘又提出让真澄留宿。

因为今天是最后一次会面，于是，真澄便答应了姑娘的要求。

他随便和姑娘又聊了一会儿，便裹着友禅染的被褥睡去。

第二天，真澄是被冻醒的。

他睁开眼睛，发现自己正睡在姨母家后山那块冰凉的石头旁。

雪夜老婆婆

那是个天气十分古怪的日子。白日时分，气温很低，滴水成冰，可到了傍晚却温暖了起来。我同往常一样，去了山顶的咖啡屋里，想着在那儿随便坐一会儿。在数杯酒水下肚后，脑中就开始放空。

"哇，是雪。"一声中气十足的男声响起。

接着，便有娇滴滴的女孩子的声音附和道："果然，真是的呢！"

还有嘎吱嘎吱响的声音充当背景乐，是那扇咖啡屋门口的玻璃门同地板碰撞发出的响声。

那个娇滴滴的声音是属于女服务员阿幸的，她又一遍重复地讲："下雪了！"

之后，客人一个个被阿幸送出了门，唯独我还迟迟不走，阿幸便走到了我的座位旁。

我对阿幸说："雪天，真美啊……"

然而阿幸却抱怨道："好什么啊，多冷的天啊。"

我有了一点醉意，笑着道："为什么不喜欢下雪呢？要是雪大了，积攒个一丈高两丈高，那瞎子就能直接从窗子进来了，因为二楼成了一楼。"

瞎子是个老光顾咖啡店的客人。但凡有政治层面的选举，瞎子便会来此拉选票。瞎子的脸上少有光彩，身上终年笼罩着阴郁的气氛。看外表，瞎子差不多有五十多了。

我在曾经参加过的一次葬礼上，知道了关于瞎子的一些秘事。据说，因为把瞎子带进了家门，一位夫人遭到了她丈夫的暴打。打人的工具是一个掏粪勺，以至于最后那位夫人不甘羞辱，选择了服毒轻生。我所参加的那次葬礼，便是属于那位夫人的。

原本，我是想同阿幸讲世上是真的有那么一幅画了瞎子在雪天跳窗的插画的，但一联想到身边的这个瞎子，就立马把话咽了回去。

阿幸听了我说的话，连忙摆出一副眉头紧皱的样子，装作生气地说："他来干吗呢？一来，阿留就生气。"

阿幸所说的阿留，也是咖啡馆的员工，同时也是瞎子喜欢的人。瞎子每每来此，都要缠着阿留，甚至会抓着对方的手不松开。阿幸的这位同事对瞎子自然是态度好不到哪里去的。

"小心说曹操曹操就到，可别把那恶心的人唤来了。"

"瞎子那叫热情，不是恶心，如果是你，把手伸过去，他还会亲几下呢。"

我这样开着玩笑，脑海里也不禁浮现出了瞎子用他那有些发紫的嘴亲吻阿幸双手的画面。

阿幸的脸色即刻变得铁青，也许是也在想那样的画面。

"你怎么那么讨厌，太恶心了，我身上的汗毛都竖了起来，别说了。万一他真被你说来了呢？"

在我和阿幸耍着嘴皮子的时候，有人敲响了咖啡厅的玻璃门。

我和阿幸看着进来的男人，窃窃私语。

"你看看我说什么来着！"

"真倒人胃口。"

来人披着长长的破旧黑披风，手上是一顶鸭舌帽，上头的雪花看样子已经被掸掉了。

阿幸对着他招呼道："欢迎光临。"

那男人在我旁边的空桌位子上背对着墙坐下，直接问阿幸要了酒。

"服务生，这边要一盅酒。"

我微醉地坐在座位上，开始观察他。他的穿着像一个司机，脸色苍白，额头很窄。

"酒来了。"

不久，男人要的酒就来了，阿幸为他的酒杯倒满酒，他便一口喝光。

"服务员，你看今天晚上的天气是不是很讨厌？"

"可不是吗，雪天最烦人。"

"是啊……只能喝点酒，才能熬过去。"

男人开始自己给自己倒酒，喝了一杯又一杯，一连就是三杯。

"终于，感觉舒服些了……"

"外面非常冷吧。"

"我倒是不怕冷，只是有次在雪天遇到过一件奇异的事，所以一直讨厌下雪天。"

"哦，是怎样可怕的事，会让您这样？"

"这事说来话长。那是一个同现在一样的天气，雪一直下……"

"嗯……"

我同阿幸对男人要讲的"可怕的事"都产生了莫大的好奇，阿幸甚至还摆出了一副郑重其事的表情。

我忍不住开口问："究竟是怎样的事？"

"是一件令我至今见到雪就害怕的事。原本，我今天晚上该去康申冢的，结果遇上下雪，就作罢了。"

西方有谚语：好奇害死猫。我对此话深有体会，所以如今就不爱和第一次见面的陌生人接触过多，也就没有请男人到我这桌来坐。同时也没把再次想急切询问那奇异之事的话说出口，以免显得我太过在意。

我这样想着，只见那男人呷了一口酒从位子上转过身来，面朝着我，接着讲述起那件异事。

那是临近年关的某天下午，黄昏时分，差不多五点的样子，我受领班的差遣，从尾张町赶到品川去办事，结束之后，我便去了八山的小酒馆喝酒。当时我想着，反正也已经晚了，不如索性就第二天早上再回去，也能多玩一会儿。如果那时候就知道会遇上那件事，我肯定怎样都要赶回去的。现在回忆起来，当时说不定也是鬼迷心窍。

我是八山的那家小酒馆的常客，在那儿我认识了一个女服务员，她每次只要看到我去光顾别家的生意，就要开我玩笑，说我风流成性。哦，她的名字叫千代。

对千代的那些玩笑，我都会装作非常严肃的样子回答："别乱说话，是领班交代我要去办事。"

那晚走出八山小酒馆的时候，外头就已经在下雪了。从地上并未积雪的景象看来，当时雪也并未下多久。

当时，当我到了电车车站，有辆末班车正要开走，我是急急忙忙赶上的车。当时车上也就三个乘客。我醉得厉害，只管自己随便在一个空位上坐了下来，也没有理会那三个乘客。我单手支着下巴靠在车窗上，不知怎么的，车窗里的一切在眼里都是模糊的，而我的视力本是没问题的。也许是灯光的问题，我那样想着就一直抬头看车厢顶。当我想起下着的雪时，我又转头看窗外。奇怪的事发生了——只见窗外的雪片一片一片在飞舞。

下雪本是没什么好奇怪的，但问题是：如果车内的灯开着，我是根本看不清外头的情况的，更不要说能看清每一片雪了。我想到这里就感觉背后冒出了一层层冷汗。是喝醉酒后产生的幻觉吧，我这样安慰我自己，就不再看车窗外的景象，再次用右手支着头。

然而，有人在盯着我的脸看，我清楚地感知到。睁眼看去，在我坐着的车厢右排位子稍远的一个地方，有个老太太正看着我。

是和儿媳妇发生口角，气得从家里跑出来的吗？我不明白为什么一个老太太会出现在大半夜的电车上。想着对方很可能是个受到儿媳妇欺负的可怜老太太，我心里还生出了一丝怜悯之心。

只是当我仔细观察她时，看到的却是一张十分刻薄又带着凶相的脸，面色发黄，脸上的肌肉松弛得都耷拉了下来，两道深深的法令纹，看起来很不好相处。她身上的斜纹哔叽外套白得发亮，衬得脸色更加吓人。

怎么有长得那么凶狠的老太太呀，就在我这样想着的时候，一个矮胖身材的电车乘务员走到车厢里来查票了。那老太太的座位在我前面，要比我先一步查票。但诡异的是，当乘务员一走到老太太的位子，那张凶狠的脸就如发生了故障的电灯发出的灯光一样，呼哧闪了几下就消失啦！

我一下子慌了神，连忙问已经走到我面前的乘务员："那老太太呢？"

对方像是不知道我在说什么似的，反问我："这里有老太太吗？我怎么没看见？"

我马上指给他刚才老太太坐过的位子，辩驳道："刚刚有一个老太太坐在这里的！"

我身上满是酒味，脸上又带着靠在车窗上留下的红印，乘务员便认为是我一觉醒来分不清梦和现实。

"是你搞错了吧，这车厢里并没有老人。"

乘务员这样说着，电车也刚好到站了。我不敢再留在车上，立马跟着车厢里的其他乘客下了车。在当时那样的情况下，我已经没心思看雪还下不下了，只知道跟着他们走，穿过电车车轨，到道路的另一边。然而走到一半的时候，我看到电车警戒网跟前正蹲着一个人，那人好像在找掉在地上的东西。我以为对方有什么贵重物品掉在电车车轨上了，便想大声叫喊，让电车司机注意前方有人。

"嘿！前面有人！"

我急得伸手一把抓向那人，而对方被我一碰，居然立即站了起来，回头看我——我的天啊！是那个面相凶狠的老太太！

"啊——啊——啊！"我失声尖叫，也就是在这时，电车开动，撞向了我。再之后，晕倒在地的我被好心的路人送去了医院。

男人的故事讲完了，后来我才知道，他是一名司机，而那个怪异的老太太，据他所说，当时只有他一人能看见。事情发生的地点位于宇田川町的鸟居站，据统计，当地的电车交通事故伤人事件不在少数，而事故致死的情况也已发生了有五六起。有关部门甚至还想过在那儿立一座塔，以慰亡灵。

皇后与恶鬼

　　在文德天皇执政时期，有一位有名的染殿皇后。这位皇后做姑娘时，是关白大臣家的女儿。她的容貌很漂亮，可以说是美如天仙，气质也非同寻常，实在是难得的兼具美貌与气质的女子。或许正因如此，这位皇后时常会受邪魔的纠缠，无论如何都不能安稳。

　　天皇为此很是忧虑，多次祈祷，或者将拥有法力的高僧请到皇宫里来施法，但总也见不到任何效果。

　　那时，民间流传着一个得道高僧的传说。据说在葛木山的顶端，有座金刚山。山上住着法力高强的僧人。这位僧人已远离人世间修行多年，可以用法力操控饭钵获取食物，或者用瓶子打水，很是神奇。既是名声很响的高人，天皇和皇后的父亲关白大臣自然也就听说了他的事迹，想着如此高僧何不请到宫中来给皇后看病驱邪呢？

　　不久，天皇就派人去金刚山请高僧进宫。可当使者表明来意之后，高僧却一再婉拒，不想进宫。无奈，使者只得拿出天皇的命令相要挟，高僧不能违背圣旨，只好跟随使者进宫。

　　天皇见高僧到来，很是欢喜，立刻派人带高僧来到皇后的寝宫，为皇后作法。高僧摆开阵势，只略施法术，皇后身边的一位贴身宫女就突然发狂，号叫起来。

高僧定睛一看，说道："原来是你被鬼怪附体，酿成祸端。"

随后，高僧继续施法，将宫女捆绑起来鞭打。不一会儿，见有一只老狐狸从她的身上跳下来，高僧急忙逮住它，又吩咐身旁的侍卫，将狐狸押送给关白大臣。

看到高僧法力无边，手到擒来，关白大臣也很高兴。如此一来，不到三五天的时间，纠缠皇后许久的病也完全好了。

天皇与国丈十分欢喜，都极力央求高僧多留几天，守护着皇后，以免再生事端。高僧不好推辞，只得留下来，按照吩咐守在皇后的寝宫里。

当时，恰逢炎热的夏季，酷热难当。皇后只披了一层薄纱，在锦帐里休息。一阵风吹过，撩动锦帐的一角。高僧刚一抬头，便从锦帐的缝隙中望见皇后曼妙的身姿，心中不禁赞叹，世间竟然会有如此高贵、如此动人的女子。

正是这份爱慕之情，引起了高僧的贪欲和邪念。而心中的黑暗一旦占了上风，便再也不能掌控。他见四下无人，就悄悄地钻进了皇后的锦帐。此时，皇后睡意正浓，突然有人压上身来，也是一阵惊吓，无奈自己体弱力薄，终究不能抵挡高僧的轻薄。

锦帐内的变故引起了宫女们的注意，她们惊叫起来。此时，有一名在宫中侍奉皇后的太医听见了宫女们的呼喊。他立刻不顾一切跑进皇后的内殿，正看到高僧走出皇后的锦帐。他一把揪住高僧，用尽力气将他抓住。然后他立即去向天皇禀告。高僧自然也就被天皇关进了牢狱。

此时，高僧仍然不思悔改，并没有为自己过分的做法感到羞耻。相反，他还赌咒发誓，说只要皇后一天不死，即使自己被处死，也会完成与皇后亲近的心愿。他的话被狱卒听到，赶紧报告给关白大臣。这位国丈思索了一会儿，觉得处死高僧并没有什么好处。于是只好向天皇奏请赦免高僧。

被释放的僧人回到金刚山中，但是再也无法修行。他整日思念皇后，不惜向自己信奉的神求助。当然，神明是不可能帮助他作孽的。又过了一段日子，僧人觉得今生今世只怕是再也不会有机会与皇后在一起了，不如求死。做了鬼，再来满足心愿吧。

经过十几天的绝食，僧人终于将自己活活饿死。死后的僧人因着心中的执念，幻化成一个身形高大、面目狰狞、牙齿尖利的恶鬼。他浑身上下的皮肤都是黑色的，几乎赤裸着身体，只在腰间系着红布兜裆，兜裆上插着铁槌。恶鬼唯一的目标就是皇后。

当恶鬼出现在皇后宫中的时候，所有的人都吓呆了，纷纷逃窜。那些宫女看见恶鬼的模样，不是吓得昏过去，就是找个角落蒙住头，瑟瑟发抖。而外面的人，自然也不会窥探到宫中的内幕。

皇后并没有被恶鬼吓倒，而是不知不觉间中了恶鬼的套。面对恶鬼，她没有害怕，反而心神荡漾，带着含情脉脉的笑容，袅袅娜娜地走入罗帐中，与恶鬼同寝。周围的宫女们听见恶鬼向皇后诉说思念之苦，以及皇后玲珑的笑声，不由得远远逃了开去。

临近傍晚的时候，恶鬼才从皇后的锦帐中出来。等恶鬼走后，宫女们才敢靠近，去看看皇后是否受到伤害。当然，皇后并没有受到什么伤害，她像平日一样端坐在那里，仿佛什么事情都没发生。但仔细一瞧，不免令人心生寒意，因为皇后竟然目露凶光。

有人向天皇禀报了皇后宫中所发生的事情，天皇听闻大惊，特别担心皇后，也就更加忧心忡忡。

从那以后，恶鬼几乎每日与皇后私缠。皇后不但一点儿也不害怕他，反而情意绵绵地待他。宫内的人见到这样的情状，都很不安。

不久，恶鬼向世人宣告，要向当初抓住他的那位太医复仇。太医听后惊慌失措，但又无处逃脱。几天之后，太医突然死亡，连他的几个儿子也变得疯癫异常，不多时也死了。天皇和关白大臣听说此事，特别担忧。他们再次四处邀请得道的高僧来降妖捉鬼，力求将恶鬼赶出皇宫。果真，在各位高僧的努力之下，恶鬼大约有三个月没有出现过。

离开恶鬼的纠缠，皇后也渐渐稳定下来，逐步恢复到最初的样子。天皇得知这一消息，想着自己也是有很长时间没有见过皇后，便吩咐下去，要亲自带领文武百官去后宫探望皇后。

这一次的探望声势浩大，非常隆重。天皇与皇后久别重逢的场面更是令人动容，两人想起此前的种种风波，不由潸然泪下，互道安慰。

就在这时，恶鬼突然再次出现，一下子跳进了皇后的锦帐。这一变故，令在场的所有人惊讶不已。而皇后，忽然转过身，也跟着恶鬼进入锦帐。不一会儿，恶鬼从锦帐的南面跳出来，皇后也跟了出来，当着天皇与文武百官的面与恶鬼无所顾忌地缠绵在一起，丝毫没有任何避讳。恶鬼也并不与周围的人交恶，只一心与皇后亲热。不久，恶鬼又起身重新回到锦帐，皇后也跟随他一起去了。

见到如此情景，天皇感到自己确实无能为力，只得任由他们，便转身离去了。

原本，这是宫中的一件丑事，不能随便让外人知晓。只是贵媛淑女听说这件事之后，觉得世人今后应当谨慎躲避这一类的僧人或法师，所以将这个故事记录下来，算是起到一点警示作用而已。

河畔的怪异少女

在古代，有传言称，高阳河畔经常发生非常奇怪的事情。

高阳河位于仁和寺的东面，据说那里有一个年轻漂亮的姑娘，在每天太阳快要落山的时候就来到河边，遇到骑着马准备去往京城的人便拦下他们，并询问道："您能不能捎我一段路呢？"倘若他们回答"行"，那女子便立刻上马，跟随其入京。等到马儿走出大概一里地后，那女子就从马上跳下来，奔跑着想要逃走，如果骑马的人加快速度想要追上她，她就会立刻变成一只狐狸，不停喊叫着四处逃窜。

据说，这样的事情每天都会发生。人们对此事议论纷纷。

这天，一群禁中侍卫闲来无事也谈论了起来。大家正聊得起劲儿时，一位青年侍卫扬言说道："这个女子之所以总能跑掉，就是因为那些骑马进京的人都太愚蠢了！总有一天我要把这女子抓回来，看看她到底是什么妖魔鬼怪！"

一些侍卫听了这话反驳道："我不相信你能抓住她！"

那个承诺要抓住女子的侍卫又说道："等我明天晚上把她抓回来，看你们信不信！"

就这样，这个侍卫与其他不相信自己的人争论起来。到了第二天傍晚，这侍卫骑着自己的快马向高阳河走去。起初，他并没有见到高阳河边有大家口中的女子，直到返程时他才看到，确实有一位眉目清秀的女子站在河边。那女子见到侍卫骑马过来，露出妖媚的笑容，并赶紧上前询问："您能不能让我坐在后面捎我一段路呢？"

侍卫见状连忙说："当然可以，您这是要去哪里呢？"

女子又说："我想要去京城，但是太阳马上落山了，没有马车愿意载我。"

她还没说完，侍卫便把她拉到了马背上。这女子刚一上马，侍卫便拿出绳子将她捆绑起来，使她动弹不得。原来侍卫在出发前就做好了准备，就等女子上钩。

女子见到这番情景，急忙问道："你为什么把我捆起来？"

侍卫说："你的容貌这般楚楚动人，实在让我着迷。你同我一起回家吧，我可不能让你跑掉啊！"说完侍卫便拉紧缰绳往京城奔去。

不知不觉中，太阳已经落山，天越来越黑。

侍卫带着女子一直往东走，不久便来到西大官大路的拐弯处。侍卫在那里见到有一路车队缓慢地走过来，跟随车队行走的一众人手里拿着火把，并时不时伴随着仪仗队的吆喝声。侍卫见到这番情景，心想，这一定是某个王亲贵族到此地出访。为了加快速度，他决定换一条路走，经过两个转弯，最终顺着东大官大路一直向土御门奔去。

没过多久，侍卫抵达土御门，只听侍卫一声吆喝，十几个人从门中走了出来，上前迎接。原来侍卫在离开京城前便交代自己的随从，傍晚以后到土御门前面守候。

侍卫带着女子与随从一同前往班房，抵达班房后，侍卫把女子从马上拉下来，将她拽进班房内，其随从在屋内点燃火把，整个屋子顿时明亮起来。随后，与其打赌的其他侍卫吵嚷着纷纷进入班房，只听有人喊了句："抓到那狐媚女子了吗？"

侍卫听后一把抓起女子的手，说道："看！她已经被我抓进来了！"

女子见到这番情景显然是吓坏了，一边流着眼泪一边对侍卫说："你还是让我走吧！你们这么多人到底是想干什么？"

侍卫丝毫听不进女子的央求，抓着女子将她拖到了人群中央，并对女子大吼道："我不会让你走的！你这妖精鬼怪！"

其他侍卫见状连忙拿起各自的弓箭，上好弦后对准女子的腰部，并将女子包围起来，说道："你松手吧，我们都已经准备好了，只要她敢跑，我们就立刻射杀她！她绝对跑不了的！"

那侍卫见到其他人已经做了这么充分的准备，便将抓着女子的手松开了。可谁知，侍卫刚一松手，那女子立刻变成一只狐狸，一边叫喊着一边向外跑去。

就在女子逃走的瞬间，众侍卫一下子全部消失了，刚才还燃烧着的火把也全部熄灭，刹那间天地浑然一体，黑天墨地，伸手不见五指。侍卫见状一时不知如何是好，大声叫着随从的名字，可是根本无人应答。

侍卫这才发现，身边的人全都不见了，只剩他独自一人。过了一会儿，侍卫平静下来，发现原来自己身处一片荒无人烟之地，再想想方才自己所经历之事，依然心惊肉跳，后怕极了。侍卫仔细观察自己所处的这个地方，最终发现这里竟是鸟部野。侍卫更加纳闷，自己明明已经抵达土御门，怎么会是这里呢？侍卫一个激灵，突然明白了：这一切都是那妖媚女子制造的幻境，自己是中了她的狐媚之术，才跟随她来到这荒郊野岭！然而现在说什么都没有用了，他只能徒步向土御门走去，到达时，已经是深夜了。

第二天清早，侍卫醒来后感觉像是被人抽了筋骨一样浑身瘫软，没有一点力气。其他侍卫听说他回来了，纷纷来到他的营帐中，用讥讽的语气询问道："前两天有人放出豪言说要亲手抓住高阳河边的狐媚女子，请问抓来的人关在哪儿里啦？"

侍卫无力应付这样的场面，就命令随从前去应对。随从将其打发走后，侍卫才得以安心休息。没想到，侍卫一睡便是一天两夜，第三天清早，他才彻底清醒过来。

这天，侍卫如往常一样来到班房执勤，其他侍卫见他来了，都围上来询问当天抓狐媚女子的情况，侍卫无奈之下只能告诉他们当天自己突然生了急病，把这事情耽搁了，没能去成，并表示自己今天晚上一定会去。

其他侍卫听后一脸的不屑，再次嘲笑他："那你今天岂不是要抓回两个来！"

侍卫听到他们这样讥讽自己，很不是滋味，心想：前天被那狐媚女子跑掉了，今天晚上我一定要加倍小心，千万不能再中她的圈套，等她一上马，我就把它捆得紧紧的，一刻都不能松懈，绝不能再让她跑掉。如果今天还是不能抓住她，我也没有什么脸面再来这里了。侍卫非常清楚，自己因为这种事情强出头很有可能害自己丢了性命，然而事已至此，他已经没有退路可言了。

当天傍晚，侍卫挑了几个体形高大而勇猛的随从，跟随自己前往高阳河畔。

同上次一样，侍卫和随从一众人马途经高阳河时，并未见到有女子站在河边，而待其掉头返回京城时，便出现一位女子在河边等待。不同的是，这女子已不是上次遇到的那个。看到侍卫骑着马往京城方向走来，女子赶紧凑上前去；像上次一样对侍卫说："您能不能让我坐在后面捎我一段路呢？"

侍卫听后立即答应了她，并一把将其拽上马背。这一次，侍卫做了更加充足的准备，那女子刚一上马，侍卫立即用缰绳将她牢牢地绑在马背上，使她一丝动弹不得。然后这一众人马便开始向京城奔去，这一次他们一直沿着大路走。

天越来越黑，侍卫命令随从点燃火把以照亮前面的路，其他随从则围绕在侍卫旁边，以免有意外发生。到了土御门后，侍卫将女子从马背上拽下，女子不停哭泣着乞求侍卫，但他根本不予理会，拎着她的胳膊直奔班房。

来到班房，侍卫们早已在这里等候，见到他急匆匆地走进来，赶紧询问："抓到那女子了吗？"

侍卫说："我已经把她抓来了，在这里！"说着他将女子拉进班房内。为了避免上次的事情再次发生，侍卫将女子捆绑得更加牢固。随后，众侍卫对她进行了盘问，可这女子嘴严得很，侍卫只能对其用刑。

不一会儿，女子便露出了真身，变成了一只狐狸。

侍卫见状，赶紧拿来火把将其身上的毛全部烧掉，其他侍卫也拿起弓箭射向狐狸。混乱中，有人说："看你以后还敢不敢再出来祸害他人！"说完以后，便放狐狸离开了。

此时的狐狸已然不能像从前那样逃窜，用尽全身力气才走出了班房。随后，侍卫坦诚地向其他人讲述了自己第一次去高阳河边的经历。

十几天后，侍卫决定再去高阳河边一趟看看那边的情况。经过高阳河边时，侍卫再次见到上次那个女子，只不过她如今已没有过去那般神采飞扬，变得无精打采。侍卫骑着马走上前去，问女子："你愿不愿意让我捎你一段路啊？"

女子听后，小声回答道："我很想让您捎我，但我怕再被火烧。"

话音刚落，女子就消失了。

想必这狐狸是想化作人形来谋害世人，却没想到自己竟落得这般下场。

由此可见，自古以来，狐狸变成人的模样来祸害他人的事情经常发生。没想到狐狸竟如此大胆，于光天化日之下使用狐媚之术将人骗到荒郊野岭。然而，倘若狐狸真的拥有这样强大的法力，为何在侍卫第二次抓她的时候她却不敢再使用妖术了呢？可想而知，狐狸只能暗算那些防备较差的人。